D1600685

6/20

Malasangre

Michelle Roche Rodríguez

Malasangre

EDITORIAL ANAGRAMA

BARCELONA

Ilustración: foto © Ilona Wellmann / Trevillion Images

Primera edición: enero 2020

Diseño de la colección: Julio Vivas y Estudio A

© Michelle Roche Rodríguez, 2020
   Representada por la Agencia Literaria Dos Passos

© EDITORIAL ANAGRAMA, S. A., 2020
   Pedró de la Creu, 58
   08034 Barcelona

ISBN: 978-84-339-9890-3
Depósito Legal: B. 26943-2019

Printed in Spain

Black Print CPI Ibérica, S. L., Torre Bovera, 19-25
08740 Sant Andreu de la Barca

A las personas que dedican su vida a estudiar la historia. Su profesión es la labor de Sísifo: arrastrar cuesta arriba las piedras del pasado, para ver el futuro derrumbarse. Luego, repetir el proceso. De roca en roca.

Y es que la vida de todo ser está en la sangre. Yo les he dado a ustedes la sangre para que sobre el altar se haga expiación por ustedes. Por medio de la sangre misma se hace expiación por ustedes.

Levítico 17:11

The fool was stripped to his foolish hide
   (Even as you or I!)
Which she might have seen when she threw him aside–
   (But it isn't on record the lady tried)
So some of him lived but the most of him died–
   (Even as you or I!)
And it isn't the shame and it isn't the blame
   That stings like a white-hot brand.
It's coming to know that she never knew why
(Seeing, at last, she could never know why)
   And never could understand!

RUDYARD KIPLING,
The Vampire

I

El cielo sangraba torrentes de agua aquella tarde infausta cuando un amigo de mi madre llamado Héctor Sanabria vino a verla para ofrecerle la posibilidad de una concesión petrolera. Corría el año 1921. Seis meses antes, en agosto, me había bajado la primera regla, instalando en mi mentalidad aún infantil la consciencia de mi cuerpo. Para el día de la visita, ya estaba acostumbrada al desasosiego que acompaña el avance hacia la madurez de una mujer, en mi caso agudizado por las ideas artificiosas impuestas por la crianza conservadora de mi familia. La humedad lluviosa de esa tarde impregnaba mi espíritu con un nuevo temor, opresivo aunque difuso y sin causa aparente. Era como si intuyera, sin saberlo, que algo grave estaba a punto de ocurrir. Y la causa sería ese señor, quien además de amigo de mi madre era un hombre que traía noticias del mundo exterior al hogar recogido donde estábamos ella, la criada y yo. Al final de su visita, lo familiar se habría convertido de forma irremediable en algo siniestro.

En el país vivíamos al borde del hallazgo definitivo de una enorme mina de oro negro escondida en las entrañas de la tierra, esperando la irrupción de la modernidad, pero detenidos en los tiempos de la Colonia por la mano enguantada del general Juan Vicente Gómez. Todos querían hacer negocios con los permisos para la explotación de aquella fortuna. A diferencia de Estados Unidos, donde la gente era dueña de todas las capas de la tierra que compraba –quienes podían adquirir parcelas, por supuesto, que tampoco eran muchos–, nosotros lo éramos solo del suelo, el Estado lo era de su parte más subterránea.

¡Y cómo capitalizaba sus dominios el Gobierno! Habitábamos un país paupérrimo, incapacitado para asumir los gastos de la industria, que necesitaba multimillonarias inversiones iniciales, las cuales ni siquiera podían costear nuestros más ricos prohombres o grandes empresarios. Pero eso no prevenía a unos ni a otros de enriquecerse a costa de la nueva economía. El general Gómez y su gente repartían esos permisos entre sus leales, quienes, después de cobrar ingentes sumas de dinero, los traspasaban a las compañías extranjeras, mejor capacitadas para sacarles provecho. A costa de los yanquis se llenaba los bolsillos la burguesía emergente, que, leal al amo que le ponía la comida, se solidificaba alrededor del aparato de poder nacional, sin importar cuánta arbitrariedad o violencia se necesitara para mantener esa estructura. Mientras, el hambre, la enfermedad y el sufrimiento andaban campantes por nuestras calles, la mayoría aún de tierra.

El petróleo siempre me pareció una fuente sospechosa de energía. Dos años antes, en el Mercado de San Jacinto, un fascinador me mostró una botella gruesa de vidrio rellena con un líquido viscoso y negro. La movía de un lado para otro y, en su interior, una burbuja gruesa y lustrosa se arrastraba con trabajo. Quitó la tapa de corcho y me la acercó. Un tufo fósil me picó en los ojos. Era petróleo. El estiércol del diablo. El tema en la boca de todos. Con una arcada me aparté y por largo rato tuve ese menjurje maloliente metido dentro de la nariz. ¿Cómo podía esa pócima nauseabunda servir de energía al mundo? Los yanquis lo usaban para echar a andar sus automóviles, mover cada engranaje de sus máquinas y engrasar los pistones de sus guerras. En las fotos grises, movidas y borrosas que me mostraban los amigos de papá, yo veía las torres de metal penetrar la tierra, como enormes colmillos hincados en el suelo del país, sorbiendo su sangre negra y viscosa. Al lado de esas estructuras monumentales, el ganado, los árboles y las personas que las hacían funcionar se veían diminutos.

Como una tempestad en Caracas durante el mes de febrero, nada podía ser más extraño que la visita de un amigo de mi madre, y la curiosidad me llevó a colarme entre ellos tratando de no llamar la atención. Mi cometido no era difícil de lograr: a los catorce años, fuera del pelo rojo cortado a lo *garçon,* nada en mi aspecto resultaba llamativo. Ellos estaban sentados en la sala, el único cuarto donde podían resguardarse del ímpetu de la lluvia, por no tener acceso al patio alrededor del cual se extendía la casa chata y colonial de mi niñez. Era una habitación pequeña, conectada a la cocina y al comedor por dos puertas laterales. Estaba decorada con exceso de mobiliario para dar la impresión de que teníamos mucho dinero, así mi madre compensaba que viviéramos en el centro de Caracas y no en una de esas urbanizaciones en las afueras de la ciudad conquistadas por la gente rica. Le hubiera gustado una pequeña hacienda en la periferia bucólica para volver al escenario provinciano de su niñez perdida. Pero a papá no le parecía conveniente para su trabajo en las finanzas, o por lo menos esa era su excusa; en el fondo, él era una de esas personas para quienes la civilización se materializaba en hablar por teléfono y poseer un automóvil más grande que su casa. Cuando digo «exceso», la palabra debe tomarse de manera literal: en los escasos quince metros cuadrados de la sala se apretaban alrededor de una pequeña mesa para el té un sofá lleno de cojines, tres poltronas de amplios reposabrazos y, un poco más atrás de estas, cerca de la puerta de la cocina, una mecedora. Fue detrás de esta silla con respaldar de mimbre donde me escondí para escuchar la conversación entre Héctor y mi madre. No me cubría tan bien como una poltrona, pero si pasaba cualquier cosa podría esconderme rápido en la cocina, el dominio de la criada Teresa y único lugar, además de mi cuarto, donde me sentía protegida del humor intermitente de mi madre y de su afán de controlar a todas horas mi comportamiento. «Diana, no andes descalza; Diana, no señales con la boca; Diana, no llames a otros con sonidos guturales», me corregía; usaba mi nombre con tanta frecuencia que estaba segura de que un día iba a gastarlo.

«Diana, la visita trae basura de la calle y yo no quiero que te ensucies.»

Fuera del padre Ramiro, su confesor, a ella no le gustaba que yo recibiera a la gente, por no exponerme a posibles influencias perniciosas. De ordinario, yo prefería obedecerla; pues si no lo hacía y era descubierta, las consecuencias eran atroces. Sus castigos tendían a la exageración, como la vez que me dejó sin cenar porque me equivoqué con un recado o cuando me dio una bofetada por confundir el azúcar del café por la sal. Pero Héctor me llamaba la atención y merecía la pena la posibilidad del escarmiento. Desde que recibió la llamada telefónica anunciando esa visita, mi madre no hizo más que afanarse con el arreglo de la casa y de su persona. Se estrenó una blusa nueva para recibirlo, sacó su mejor vajilla para la merienda y le pidió a Teresa que trajera los limones más voluptuosos de su huerto para la limonada. Sin duda, aquello era un acontecimiento y llegué

14

a preguntarme si mi madre no estuvo alguna vez enamoriscada de su «viejo amigo». La duda se convirtió en certeza cuando supe lo apuesto que era Héctor. Su tipo indiano de constitución robusta, piel cobriza y cabello lacio no tenía nada de particular, pero el contraste de su apariencia con el temperamento sanguíneo revelado en la conversación fervorosa y la facilidad para recorrer una amplia gama de emociones lo convertían en un sujeto interesantísimo. Como la humedad lluviosa de esa tarde opaca, cada palabra de la vívida conversación de ese hombre impregnaba mi cuerpo poroso.

Las historias que contó sobre los suyos mostraron sus tragedias, y mi interés por él aumentó cuando noté que donde debía existir un talante dramático reinaban el ánimo y la naturalidad. Pensándolo bien, esta conclusión podía ser el resultado de la confianza de su trato con mi madre, a quien nunca le conocí una amiga, y menos un amigo. Ella correspondía a la desenvoltura de Héctor con sonrisas, buscando cualquier excusa para ponerle una mano sobre el brazo o el hombro. No me quedaba claro si la visita era para ofrecer un negocio a mis padres o si el negocio era una excusa para contar a mi madre sus problemas. Porque Héctor necesitaba hablar: se le notaba por la urgencia con que cada palabra salía de su boca, desesperada por aprehender el mundo exterior. Interrumpido por los truenos y con el semblante brillándole entre relámpago y relámpago, él insistía sobre las cualidades de sus tierras con el objeto de hacerse pronto con dinero para sacar a su hermano del país. Sobreviviente de la cárcel La Rotunda, Adalberto era el único otro miembro de los Sanabria que quedaba vivo. Tres años antes, la peste se había llevado a sus padres, apenas meses después de que su hermana muriera, junto con su único sobrino, durante el parto. Héctor quería mudarse con su hermano a

15

París, ciudad donde había vivido de forma intermitente en los últimos diez años. Desde 1919, Adalberto había estado preso en la prisión más temible del gomecismo bajo la acusación de conspirar contra el Gobierno para tumbarlo. Cuando volvió a casa, era un aparecido en el umbral de la puerta: estaba en los huesos e iba casi desnudo. Llevaba el cabello y la barba enmarañados, el pecho descubierto y los inmundos calzoncillos colgándole sobre las dos estacas pálidas que eran sus piernas. Cuando Héctor quiso abrazarlo, fue como intentar agarrar el aire. El reaparecido caminó hacia la sala con un balanceo torpe, llevando unos grilletes imaginarios entre los tobillos. Era un borracho tímido: mudo y quieto. Se movía por inercia, más muerto que vivo. Nuestra sociedad estaba llena de beodos semejantes: intoxicados por el odio del gomecismo.

Le costó tres meses recuperar el habla. Cuando lo hizo, Héctor deseó que se hubiera quedado callado. La descripción del olor a orines rancios y a desinfectante barato era su único recuerdo agradable. Como le ocurrió al hermano que lo reproducía, el relato de Adalberto clavó en mi mente la imagen inquietante de hombres solitarios y sin carnes moviéndose parcos como almas en pena dentro de un claustro de cal entre el chirriar ensordecedor de los grillos que no podían quitarse jamás. La amenaza incesante del suplicio. El temor de que alguien dijera algo comprometedor por no quedarse callado o que algún carcelero la agarrara con él: de que lo golpeara con la culata de su máuser. De que lo obligaran a comer arroz crudo con agua caliente. De que lo colgaran de las bolas. Mientras Héctor hablaba, a mí me costaba conciliar la fachada de La Rotunda con lo que ocurría en su interior. La había visto mil veces; caminando una media hora hacia el sur de la ciudad desde casa, uno se encontraba con ese edificio cilíndrico, con ventanas abiertas como minúsculas hendiduras de garra sobre sus muros pintados de amarillo: una mezcla de cuartel militar y prisión en el ombligo de la ciudad, más parecido a una ermita demasiado grande que a un centro de torturas.

–Hay algo de ópera bufa en tanta inquina: la crueldad estúpida y la brutalidad no son más que infelices maneras de conservar un puesto –dijo, de repente, Héctor.

Su frase sorprendió a mi imaginación perdida en la opacidad del ambiente lluvioso, oscurecido aún más por la descripción del cautiverio de su hermano. Se refería a los policías y otros ejecutores de las torturas, y yo los evocaba como demonios de apariencia animalesca, agazapados en las esquinas sombrías a la espera de una víctima. Le temía a esa gente como a la parca; si alguien me hubiera pedido hacer un recado por la noche, aunque me premiara con oro, no lo habría hecho por miedo a encontrarme con ellos. Eran muchos como Héctor quienes contaban las tragedias de sus allegados cuando se atrevían a obrar en contra del gomecismo. Y cada historia era peor que la anterior. Yo suspiraba cada vez que escuchaba el comienzo de una, ponía cara seria y esperaba el día en que me hubiera hecho insensible a fuerza de conocer barbaridades. Pero si rara vez mi semblante acusaba alguna reacción, mi espíritu temblaba de miedo solo de imaginarme en una situación semejante a la de Adalberto. Una de las particularidades de aquellos tiempos era la naturalidad con que hablábamos de los horrores de las torturas y la violencia policial, a pesar del reino de la censura impuesto por el Gobierno. Incluso los allegados al general se referían sin comedirse a las monstruosidades, y siempre pensé que tanta permisividad con el relato de la tragedia iba en beneficio del sistema porque demostraba la fuerza brutal y omnipresente del general Gómez, permitiendo que su trato personal fuera benevolente. Por esa razón yo no le tenía tanto miedo a Gómez como a quienes lo rodeaban.

—Son gente pésima —sentenció mi madre, con cara de circunstancia. Un relámpago iluminó sus ojos de cristal negro. Miraba hacia el techo y había extendido los brazos un poco a los lados de su cuerpo. Como vestía de manera conservadora, con una falda larga y la blusa nueva cerrada en el cuello, me recordó a las figuras del nacimiento que traían desde España para decorar la iglesia en Navidad.

En ese momento, su interlocutor se levantó para servirse un poco de limonada. Me pregunté si mi madre evitaba adrede ofrecerle un licor, por no estar presente papá y dudar sobre la etiqueta de una mujer casada cuando recibe a un hombre en su hogar. Este era el tipo de cosas que ella me había enseñado a tomar en cuenta. La preciosa jarra de vidrio biselado venía entonces a igualar el efecto social de un fino vino de Burdeos. Al lado de la limonada, mi madre había dejado un plato con galletas y otro con torta moka para la merienda. Era el tercer vaso que Héctor se servía, como si quisiera apagar un ardor en sus entrañas. Preguntó dónde estaba papá. Los negocios no eran tema para tratar con mi madre. Algo extraño afectaba a su tono, como un dejo de inquina. No era nuevo: debido a su oficio de prestamista, a papá le tenían aversión muchas personas. O quizá solo se trataba de impaciencia; la primera vez que preguntó por él, mi madre lo ignoró, como si se refiriera a una tontería.

Noté en ella un talante sombrío. Me pregunté si también sentía mi misma sensación de sofoco debido a la combinación entre el relato de su amigo y el clima húmedo de la tarde. Deseché la idea cuando observé las arrugas alrededor de su boca marcando un entre paréntesis. Sonreía por compromiso y explicaba a Héctor las molestas costumbres de su marido. Papá se ausentaba durante períodos de tiempo que podían llegar hasta los seis meses, para ocuparse de dos haciendas; era su forma de sustento junto a la compañía financiera bautizada con su apellido, Gutiérrez. Mi madre detestaba aquellos fundos, aunque uno hubiera sido parte de su dote y el otro una distinción a los servicios militares de su marido.

–¿No será que tiene una mujer por allá? –dijo Héctor, sosteniendo aún la jarra entre sus manos e interrumpiendo las explicaciones algo excesivas que ofrecía mi madre. El rubor de sus mejillas marcaba la atmósfera de confidencia que su pregunta inauguraba.

Algo oprimió mi abdomen por dentro. El sofoco sufrido hasta ese instante no fue nada frente al dolor de lo que aquella frase implicaba. La nitidez con la que me había hecho imágenes mentales durante el relato de Héctor me abandonó y actuó entonces mi tendencia cerebral: para atreverse a hacer un comentario semejante, ese hombre debía de ser de la más absoluta confianza de mi madre. «¿Por qué, entonces, aún no ha conocido a papá?», me pregunté, quizá si lo hubiera conocido su opinión sobre él sería diferente. Quizá. Mi madre levantó los hombros y suspiró antes de contestar:

–Mujeres, me parece.

El vidrio haciéndose añicos sobre el suelo fue un ruido de los mil demonios. Me asusté y no tuve tiempo de preguntarme si mis padres eran felices en su matrimonio porque un violento barrido dejó una sola imagen en mi cabeza. A Héctor se le había resbalado la jarra de las manos y ahora era un montón de bordes filosos brillando en medio de la sala. Una gruesa raya sobre su brazo pronto se hinchó de rojo donde tenía el corte de un cristal. Algo enrareció el ambiente más que la tormenta. Más que los relatos de La Rotunda. Más que la angustia. El tiempo dio un corcoveo, como si alguien hubiera apagado lo que quedaba de la luz solar por equivocación e inmediatamente la hubiera vuelto a encender. Pero el brevísimo intervalo de oscuridad estaba lleno de horror. Fue un salto del alma. El sonido de un plato y la mecedora cayéndose. Frente a mí, mucho más cerca que un momento antes, Héctor. La estupefacción y un grito detenido en su boca. Luego, la herida en su brazo, ennegrecida y deforme, supurando algo más que sangre. En ese momento, Teresa se materializó desde ninguna parte y se llevó al visitante. Entonces sentí las uñas de mi madre clavarse en mi brazo y la brusquedad de su enojo. Me zarandeó, creo que incluso me dijo algo. Luego me arrastró hasta mi cuarto. Cerró la puerta con el golpe seco que le hubiera gustado darme. Las acciones se sucedieron con tanta celeridad que solo tuve tiempo para respirar cuando ya estaba postrada sobre mi cama. De forma instintiva me pasé la mano por los labios. Sobre la palma me quedó una mancha de sangre.

La lluvia cesó a la medianoche, dejando en el ambiente una humedad pastosa. Yo daba vueltas de un lado para otro, entre las sábanas de mi cama, sin poder sacarme de la cabeza la herida de Héctor, ni de la boca el regusto de su sangre. Traté de compararla con otro alimento, pero su sabor orgánico no era de vacuno o ave que hubiera probado nunca, ni su dejillo a sal el de ningún fiambre o embutido. Conforme pasaron las horas, el gusto fue desvaneciéndose y solo quedó un estimulante resabio a metal. Cuando me di cuenta de lo mucho que me gustaba ese sabor, no tuve más fuerzas para contener mis lágrimas.

No podía decir que nunca me hubiera creído capaz de una acción como morder a un hombre y la idea me pesaba como una tonelada de recriminaciones. En las fantasías de mi mente, yo era con frecuencia la protagonista de crímenes horrendos; el ataque a Héctor satisfizo un viejo impulso. Como aún no sabía la condición que me aquejaba, esa noche mis conclusiones eran vagas. Reconocía en la raíz del problema mi interés por ciertos hombres, quienes, sin otra causa aparente más que su masculinidad, me inspiraban a abalanzarme sobre ellos. A veces necesitaba morderlos, otras, la pasión me atravesaba, rauda, y solo tenía tiempo para imaginar al hombre tendido en el suelo, con mi cuerpo encima del suyo. Nunca antes mis impulsos se convirtieron en realidad, ¿por qué esa vez había llegado a la violencia? Si a pesar de las frecuentes agresiones de mi madre nunca la ataqué, ¿por qué arremetí contra su amigo?

Quizá el deseo animal se originaba en mis órganos femeninos, pero estaba segura de que no era solo sexual. Había algo emotivo allí. Antes de fijarme en los hombres, tuve impulsos similares frente a los actos de violencia. Sentí este, lo llamaré «deseo», la primera vez que vi a Teresa preparar pastel de gallina. Comenzó la faena con la selección de un ave del corral. Luego le habló; yo reí, pero ella dijo que de esa manera la apaciguaba. Como le hablaba en su lengua aborigen, igual hubiera podido recitarle un ensalmo. En el momento menos esperado, se lanzó sobre el cuello del animal y con un movimiento rápido se lo partió. El sonido de una vértebra sonó como un arañazo en el ambiente. Teresa dejó a la gallina inerte sobre la mesa. Con el golpe seco de un cuchillo de cocina separó la cabeza del cuerpo. La acción me llegó directa al pecho, donde se quedó, oprimiéndome. Estupefacta, la vi desangrar al animal con parsimonia (había aprendido de su gente que ese era un buen modo de conservar la suavidad de la carne). Debajo del ave, una mancha roja. En mi cabeza, esa imagen barrió cualquier otro pensamiento. Desde ese instante, cada vez que tenía un momento a solas, me encontraba con el recuerdo del líquido. ¡Cuántas veces me desperté durante la misa ante la vivida ensoñación de un chorro de sangre! ¡Cuántas veces me perdí en el deseo de saborearlo!

Pecamos de pensamiento, palabra y omisión, es cierto. Pero no me atrevía a contarle mis fantasías al padre Ramiro por miedo a su penitencia. Aquellas imágenes me contaminaban y la obsesión por la sangre seguro era el síntoma de un malestar diabólico; por mi bien, no debía verbalizarlo. Por qué me pasaba eso a mí o por qué ocurría justo cuando tan cerca estaba de convertirme en mujer no podía dilucidarlo. Solo tenía algo claro sobre cualquier otra cosa: este impulso era un secreto, debía mantenerlo oculto de papá, aunque me pesara, y, en especial, de mi madre. Si quería conservar el amor de mis padres y convertirme en una buena mujer, como ellos querían, debía controlar aquella sensación de gula bestial. Nada deseaba yo con tanto ahínco como sentirme parte de la familia. Esos apetitos mostraban la senda del pecado.

Tampoco era cierto que mi monomanía sanguinaria se desarrollara solo dentro de mi mente. Una vez se hizo realidad. Estaba con Teresa en el jardín y un perro rabioso se acercó. El animal miraba fijamente dentro de mis ojos, como si me hubiera estado buscando durante una eternidad. Sus pupilas eran las del demonio y la baba caía entre sus colmillos. El corazón me daba golpes dentro del pecho con fuerza sobrehumana. Corrí a buscar un palo y golpeé al animal una, dos, tres veces... Mi fuerza era la de un poseso. Y lo maté.

Compungida por mi arrebato, Teresa entró a la cocina para buscar una bolsa donde echar los restos. Me quedé mirando al perro. Había salpicaduras de sangre por todas partes y una calma ansiosa me atrajo hacia la enorme mancha de debajo del cadáver. Del hocico salía un líquido lechoso que se mezclaba con la sangre. Me hundí en su color rojo. Cuando ella volvió, me encontré con que había mojado mis dedos en el líquido repugnante y estaba a punto de metérmelo en la boca. Hasta ese momento estuve suspendida para el mundo, con el corazón palpitándome dentro de los oídos. Asustada, corrí hacia mi cuarto haciendo caso omiso de las preguntas de la criada. Algo en mi interior decía que hundiéndome en la sangre hubiera llegado al fondo de mi pasión. Tuve miedo de mí misma, de las acciones que pudiera cometer. Desde ese día traté de ejercitar el estoicismo y evitar cualquier emoción. Eso mismo me habría recomendado mi madre y, como la vida se me iba en tratar de agradarla, me conformé con ser una mera observadora del mundo, como si ninguna acción externa pudiera moldearme. Así, pensaba, no me dejaría nunca más llevar por mis instintos endemoniados. Y cuando ya creía que había logrado controlar mis impulsos, el ataque a Héctor probaba lo contrario. Lo peor: mostraba que hundirse en las pasiones era una ruta en línea recta hacia algo similar a la saciedad. Porque había disfrutado su sangre, ¿no?

¡Dios mío, qué cosas tan extrañas pensaba! ¿Estaba loca o era víctima de un retroceso físico hacia el animalismo? Papá y yo habíamos leído *El origen de las especies* y *El origen del hombre*, a pesar de las críticas de mi madre, quien veía en esos libros «ideas del demonio» para convertir a la gente en «autómatas del materialismo yanqui». Muchas veces hablé con papá sobre la posibilidad de que la raza humana estuviera vinculada a seres inferiores. Una preocupación acuciosa suya era que los ascendientes animales más o menos remotos se manifestaran de una u otra manera en las personas. El razonamiento lo llevaba a concluir, como mucha gente de la época, que la civilización estaba en constante asedio por el barbarismo. Mi madre, a pesar de que creía en Adán y Eva como si los hubiera conocido en persona, le daba la razón a medias. Para ella, los efectos de las razas inferiores en nuestro mestizaje nos inclinaban a la barbarie. Culpaba a la Guerra Civil de 1848 por haber profundizado nuestra «degeneración», mezclando aún más las razas que los españoles habían tratado, sin éxito, de mantener separadas. En su cabeza, el peor legado de la realidad colonial fueron los pardos. Esa gente llevaba en la carne prieta la marca del contubernio entre europeos, indios y negros. Como yo adoraba a Teresa, esta manera de expresarse sobre la gente de su raza me parecía deleznable. Pero no se me escapaba que mi madre repetía las palabras leídas en los periódicos, donde algunos escritotes, haciéndose los científicos, se referían a los rasgos indígenas usando pomposos eufemismos como «contenidos humanos de las capas más inferiores». «¿Qué dios ha establecido esa clasificación entre las gentes?», me preguntaba. Casi nunca mi madre encontraba problemas en relacionar esa reflexión con la preocupación de papá sobre el animalismo; como todo en su vida, ella la vinculaba con la religión: el progreso físico y espiritual eran virtudes cristianas y el retroceso mental o de cualquier otra esfera del cuerpo humano resultaba del incumplimiento de los designios de Dios. Sin embargo, su definición del color blanco era elástica y poco científica. Por ejemplo, a pesar de que la piel de Héctor era más oscura que la de papá, nunca lo hubiera tratado de mestizo. En el fondo, la arbitrariedad regía sus convicciones, porque cuando se molestaba con papá, lo comparaba con los cerdos salvajes. Esa era una idea común entre los centranos, quienes llamaban bárbaro a cualquiera que no fuera de Caracas, en especial si trabajaban para el Gobierno o hablaban bien del presidente.

Su favoritismo por el general Gómez era lo único que mi madre no le perdonaba a papá, cuyas faltas, me temo, eran muchas. Detestaba a los andinos en general y a los gomecistas en particular y no se inhibía de decirlo. Si el general Cipriano Castro, el primer presidente andino del siglo, había traído la perversión a la política, su coterráneo, amigo y sucesor el general Juan Vicente Gómez la convirtió en sintomática del ejercicio del poder. Blanquísimo, como todos los hombres de montaña, papá comprendía el insulto de su esposa como la manifestación de su resentimiento de clase venida a menos, aunque no pudiera evitar montar en cólera cuando la escuchaba señalar a la «barbarocracia gomecista» como la prueba irrefutable de nuestro retroceso mental como nación.

A las reflexiones políticas de mi madre yo habría añadido la consideración moral sobre la polución de nuestra carne a consecuencia de nuestra condición de seres humanos. Nadie que hubiera visto los efectos de la gripe española podía creer que éramos una especie superior entre los animales. Apenas tres años antes, Caracas estuvo meses en cuarentena por la peste. El Gobierno prohibió la reunión de personas, canceló el colegio y hasta las misas dejaron de oficiarse porque no se sabía qué causaba el contagio. Mi madre y yo ayudamos en un hospital establecido por una vecina en su casa. Salir a la calle era deprimente. Impresionaban las visiones de máscaras flotando sobre las polvorientas calles casi vacías, por donde solo caminaban quienes tenían que atender a un desgraciado o enterrar a otro. A mi madre y a mí también nos obligaban a usar las máscaras recubiertas con telas metálicas aromatizadas por algodones con desinfectante. Por todas partes desfilaban carrozas fúnebres de ida o de vuelta del cementerio, y se instauró la costumbre de pasar de casa en casa la cuenta de quiénes habían amanecido enfermos o muertos. Aquellos días me revelaron los aspectos más aterradores de la vida: sus fiebres delirantes, sus escalofríos sudorosos y su angustiosa tos de esputos sanguinolentos. Este epílogo a la Gran Guerra que mató a millones de personas en el mundo, veinte mil de ellas nacidas en el país, mostró la tragedia de los cuerpos en brutal batalla contra la parca. La languidez de una madre enferma. El llanto sin fuerza de un niño huérfano. El hedor de las mucosidades humanas. No, la acción de morder a Héctor no revelaba mi deseo por una secreción suya, había allí un impulso que repelía con la misma fuerza que deseaba su carne, pero a este lo superaba la consciencia absoluta aunque abstracta de su masculinidad.

Con las primeras luces de la madrugada, sentí pasos afuera de mi habitación. Me enjugué las lágrimas con la cobija y esperé a que mi madre abriera la puerta. La observé entrar escondiendo algo entre los pliegues de su falda. Estaba ya vestida para salir porque era beata de misa todas las mañanas. Se sentó junto a mí. Su mirada inquisidora me obligó a incorporarme. Intenté abrazarla, pero ella me rechazó poniendo una mano sobre mi pecho. Con la mirada fija en la pared, me informó de que había tomado dos determinaciones. La primera era prohibirme continuar con los estudios de Magisterio. Sentí que el techo caía sobre mi cabeza. Tenía todas mis esperanzas puestas en fraguarme un futuro como maestra y me había costado mucho conseguir el permiso de papá para que continuara por esa senda mis estudios. En realidad, no me interesaba dar clases y ni siquiera me gustaban los niños, pero ese trabajo me permitiría encubrir mi avidez literaria. La gente sospechaba de las lectoras, mortificándolas con el fantasma del bovarismo. Mi madre, las monjas y las maestras que me criaron afirmaban que, como la heroína de Gustave Flaubert, la afición excesiva por los libros podía llevarme a la insatisfacción afectiva. Quizá tenían razón y la fuente de todos mis problemas era mi voracidad, incluso, de conocimiento. En cada confesión, el padre Ramiro contaba cómo la realidad frustraba las ilusiones formadas por las fantasías impresas. Que una era la voluntad de Dios y las otras estaban fraguadas por el demonio. Gustosa hubiera hecho un pacto con Satanás solo por no escuchar más nunca algún comentario sobre la nocividad de las lecturas en la mente de las mujeres. Nadie se atrevía a decirles tonterías semejantes a los hombres.

Y ahora había frustrado mis planes. No tenía sentido, pero me quejé: apenas faltaban cuatro meses para terminar la secundaria y esa era una decisión tomada por papá, casi como una orden. Mi madre rió con ironía. Ningún padre permitiría que su hija estudiara con una *hematófaga*, dijo. Como el adjetivo me cayó fatal e iba a seguir con mis reproches, ella me detuvo con una de sus frases contundentes:

–Para el futuro que te espera, ya has estudiado bastante.

Entonces me mostró su segunda determinación: una lámina de metal sujeta a varias correas. La puso entre mis labios. Intenté forcejear, pero ella tenía de repente una presencia de ánimo imposible de romper. Me obligó a morder la lámina de metal y reconocí el bocado de las bridas para caballos usado en las haciendas. Su sabor ferroso era repugnante. Di un manotazo en el aire y no pude alcanzar a mi torturadora. ¿Por qué, de pronto, la fuerza me faltaba? Ella amarró detrás de mi cabeza una correa y la afianzó sobre mi nuca. Para evitar que moviera la mandíbula me puso un tapaboca de cuero que me llegaba al mentón, raspándolo un poco. Yo tiritaba con la fuerza de la rabia, pero no le daría el gusto de perder por segunda vez la compostura y exponerme a una retaliación peor. Ella sujetó el artefacto con un candado. Luego salió de mi cuarto dando un portazo. En ningún momento me miró a la cara. Cerré los ojos para hundirme dentro de mis divagaciones mientras terminaba de amanecer. El nuevo día ya había comenzado cuando algo sonó dentro de mi estómago: con el trajín de la noche anterior, no había podido cenar. Mi hambre era atroz.

En la cocina, Teresa preparaba arepas. Me miró como si no diera crédito a sus ojos, con todas las arrugas de su cara cenicienta convertidas en una pregunta muda. Si podía evitarlo, no hablaba: su lengua era un dialecto guajiro y su acento en español hacía incomprensibles sus palabras. Lanzó una maldición en su idioma y fue a buscar las herramientas de jardinería para quitarme el bozal. Quise oponerme, pero no sabía muy bien con qué argumentos. El castigo de mi madre me había dejado más estupefacta que iracunda, pero no podía decir que no esperara una retaliación, y de las violentas, después de morder a Héctor. Parte de mi pasmo ante su reacción se debía al cambio en la forma de corregirme y a la relación que esto podía tener con la naturaleza de mi mal. Sus amonestaciones hasta entonces se limitaban a golpes y penitencias, a veces con más fuerza de la necesaria, pero siempre breves, se extinguían en menos de un día. El bozal proponía un tipo de sanción enteramente nueva, diseñada para la perdurabilidad. ¿Cuánto tiempo pretendía ella que yo pasara con ese artefacto cerrándome la boca?, y, exactamente, ¿qué castigaba el bozal? La noche anterior me había llamado «hematófaga». Yo no conocía esa palabra, pero por el prefijo era fácil intuir su significado. Me definía como una bebedora de sangre. Como lectora del género gótico, no se me escapó el uso del término científico en lugar del coloquial, «vampira». La descripción me parecía exagerada. Hasta ese momento lo único extraño en mí era mi entusiasmo por la sangre y un recién encontrado impulso por dañar a ciertos hombres. Lo primero era horrible, por supuesto, y fue un miedo que se instaló en mi espíritu desde la gallina degollada, pero, sobre lo segundo, ¿qué mujer no ha sentido nunca la necesidad de maltratar, y con saña, a un hombre?

En el bozal se unían el escarmiento ante el pecado de morder a Héctor y la necesidad de mi madre de controlarme. No se trataba de la pedagogía de una progenitora, sino de algo más visceral: me tenía miedo. ¿Y si no era un castigo sino una previsión?, ¿y si el artefacto pretendía adelantarse a los acontecimientos porque ella sabía que vendrían situaciones peores? Me hubiera gustado explicarle todo esto a Teresa, pero ni yo misma había articulado dentro de mi cabeza con tanta claridad estas reflexiones; nadaban en un mar de inseguridades que solo pude organizar, sin llegar a resolver, durante los siguientes días. Tampoco podía hacerlo: el bozal me impedía hablar. Cuando Teresa volvió con las herramientas para liberarme, la dejé hacer. Era mi actitud de siempre: ante la duda, dejarme llevar. Si bien temía que mi madre me encontrara sin el bozal, Teresa era buena con las manos y no tendría problemas para reconstruir el aparato después del desayuno. Además, habría sido un pecado mortal dejarme morir por inanición y mi madre se preciaba de ser una católica digna. En ese momento, por fortuna, mi hambre era terrenal.

Un rato después, cuando salí de la cocina a guardar unos cubiertos en el desván del comedor, me encontré con ella. Regresó antes de su hora habitual porque el padre Ramiro estaba resfriado y ofreció una versión corta de la misa. No dijo nada sobre la falta del bozal. Contó que se había encontrado con Adalberto en la iglesia; iba a encargarle unas misas al sacerdote por el próximo aniversario de la muerte de su hermana. Lo encontró bastante recuperado de los efectos de la cárcel y le preguntó cómo se sentía su hermano.

–Héctor está bien –dijo mi madre, clavando sus ojos brillantes en los míos–. Lo único que nadie se explica es qué animal lo mordió. Recuerda poco: a Teresa y su chofer llevándolo en brazos, con la mano sobre el cuello, y al médico. Yo misma me aseguré de que en su casa le esperara el doctor Mijares –añadió antes de tomar aire–, eso me dio la oportunidad de ofrecer una explicación lógica a lo ocurrido cuando lo llamé por teléfono: asustado por el estrépito de la jarra al quebrarse contra el suelo, un animal camuflado en la tormenta atacó a Héctor.

Sonrió mirándome, como si esperara una felicitación por cómo corrigió el entuerto. Su excusa no era exactamente una mentira. Sin darme tiempo a alegrarme de lo fácil que fue encubrir mi impertinencia con una explicación plausible, mi madre me preguntó por qué me había quitado el bozal. Era una fórmula retórica, pues de inmediato cargó contra Teresa, a quien detestaba, no solo por su raza, sino porque entró al servicio de papá años antes de su boda. Como era una anciana, no podía acusarla de acostarse con él, y la condenaba por hechicera, llamándola «vieja bruja». La india perdió la paciencia con tantas recriminaciones y la amenazó con contarle a papá lo del bozal. Mi madre respondió entre risas diciendo que a él le importaba poquísimo lo que ocurriera conmigo. No era extraño que dijera algo así, para separarme de él era capaz de cualquier cosa. Aludir a su supuesto desapego por la familia era su manera predilecta de herirme. Pero ese día dudé, ya conocía la posibilidad de que algo diferente al trabajo lo obligara a pasar tanto tiempo separado de ella... y de mí.

Mi madre no hablaba por hablar. Un día después recibió un telegrama de papá diciendo que aún no llegaría: los «asuntos de las haciendas» tardarían un poco. La misiva respondía a una mandada por Teresa urgiéndolo a volver a casa. No le contó lo del bozal por desconfiar del telegrafista: ¡las cosas que la gente habría dicho si ese hombre hubiera salido con el chisme! Ya detestaban a papá por prestamista y a su esposa por huraña, quién sabe qué habrían dicho de mí si se enteraban de que mi propia madre me había tapado la boca con un artefacto semejante. La única beneficiada del recelo de Teresa fue mi madre. La actitud de papá confirmaba sus predicciones y ella se lo tomó como un triunfo. Se regodeó allí un rato: por medio de un extenso soliloquio le prohibió a la criada quitarme el bozal o contactar a su esposo por «cualquier otra tontería».

El bozal inauguró una temporada de intensos sufrimientos. Los empeoraba la frecuencia de las lluvias, a pesar de estar en plena estación de sequía. Durante los dos meses que siguieron a la visita de Héctor, las precipitaciones no amainaron, probando la ineficacia de los servicios meteorológicos que un día sí y otro también anunciaban buen tiempo. Para evitar los inconvenientes que causaban las lluvias, mi madre dejó de salir excepto para su misa matutina. Pasaba el día bordando, cosiendo o cuidando sus macetas. A veces desafinaba en el piano y otras se perdía pasando las páginas de las mismas revistas de moda, dibujando figurines para hacerse vestidos o ensayando nuevos tocados. En momentos de máxima inquietud probaba la paciencia de Teresa metiéndose en la cocina o afanándose en dirigir la casa. Durante todo ese tiempo perdido, no me quitó nunca la mirada de encima. Me prohibió de forma terminante salir de casa. Y casi nadie notó mi ausencia del mundo. Era tan común en aquella época que las niñas abandonaran la escuela antes de completar su educación que ni monjas ni maestras preguntaron por mí. Como era anodina entre mis compañeras de clase, no me sorprendió que no me buscara nadie. Solo tenía una amiga llamada Sara Iribarren. Cuando telefoneó, mi madre le dio una excusa. Sara no frecuentaba la casa y tenía otras amigas; habría sido raro que viniera sin ser invitada. Aunque a mí me habría hecho mucha ilusión su visita.

Los efectos del bozal constantemente vigilado por mi madre fueron devastadores. En escasas semanas, mi cuerpo y mi espíritu cambiaron por completo. Como no me dejaba hablar bien, me volví más taciturna que antes. Lo peor era la eficiencia criminal del artefacto, cuya presión, aun en los breves períodos cuando no lo llevaba puesto, me causaba dolores tan agudos que me prevenían de morder para no perder un diente. Por eso comía muy poco o casi nada. Y el hambre ahora nunca saciada se convirtió en una enfermedad: la melancolía. Teresa aprovechó esta dolencia para incluir en mi dieta un bebedizo repugnante hecho con la sangre de bueyes recién sacrificados, como el recetado por los médicos a las mujeres aquejadas de anemia u otras enfermedades del ánimo a finales del siglo anterior. No dudo de sus propiedades nutritivas, pero no dejaba el regusto energizante de la sangre de Héctor. Con el paso de las semanas, hasta el dolor en los dientes se me quitó o, más bien, me acostumbré a sentirlo. La buena disposición de mi juventud se apagó: el prolongado ayuno me anestesiaba, quitándome fuerzas hasta para emocionarme. En el fondo, era una bendición; si nada me alegraba, tampoco nada podía entristecerme. Por eso, la mayoría de las veces vagaba dentro de un limbo sin saber qué pasaba a mi alrededor, solo esforzándome para salir de allí cuando me quitaban el bozal porque me tocaba comer. Y, a veces, ni siquiera eso.

Una noche, la cena con mi madre se me hizo más pesada que de costumbre. Ella hablaba animada de algo poco interesante y un aturdimiento pronunciado zumbaba dentro de mi cabeza. Habían pasado más de tres meses desde la visita de Héctor. Para ese momento, la melancolía se había apoderado completamente de mi espíritu y el descuido de mi cuerpo. No tenía fuerzas ni ganas para atender su conversación. Después de forzarme a beber unas cucharadas de sopa de auyama, un plato cocinado con frecuencia por Teresa, pedí a mi madre permiso para retirarme. Ella me miró con desprecio, pero lo permitió.

El espejo a juego con la jofaina y la palangana de mi cuarto era pequeño y ovalado. Solo reflejaba mi cara. Allí apareció una chica demacrada y desagradable, apenas un recuerdo horroroso de quien había sido. No solo estaba demasiado delgada: en mi pálida piel sensible el bozal había dejado marcas de rozaduras y abrasiones. Tenía una úlcera repugnante debajo de la boca. Extendí los labios en una mueca de sonrisa y brotó sangre violácea. La froté con saliva, pero no pude borrarla, más bien se hinchó como una burbuja de aceite. Cuando quise frotarla de nuevo probé mi sangre. Su sabor tuvo un efecto rotundo y quise volverlo a intentar. Con la punta del cepillo de dientes, que era lo único que tenía a mano, rasgué el surco abriéndolo un poco. La gota se hizo más gruesa. Metí la uña por la hendidura de la carne sanguinolenta y, al punto, un oleoso hilillo rojo resbaló hacia mi cuello. El color violáceo de la herida oscureció. Me prendí de esa imagen. Por fin veía algo bello reflejado en el espejo. Seguían allí mi estampa cadavérica y todas mis heridas, pero también el brillo de aquel rojo en contraste con el color cetrino de mi piel. No me consideraba atractiva, pero algo brillante había dentro de mí. En ese momento fui consciente de la energía producida por el latido de mi corazón.

II

Papá volvió una tarde a finales de abril, cuando ya el mal tiempo había amainado. Yo ayudaba a Teresa a preparar la cena, cuando él entró en la cocina. Vestía con una camisa de algodón blanco que contrastaba con su cabello negro un poco largo. Llevaba tirantes y el sombrero canotier para protegerse del sol inclemente en las haciendas –era un esclavo de la moda y tenía una enorme colección de sombreros, el canotier era mi favorito–. En las manos traía su chaqueta y una bolsa con el queso fresco hecho por las sirvientas de la finca en Cojedes. Corrí hacia él, pero cuando lo tuve al alcance de mis brazos, su mirada me detuvo: sus ojos reflejaban el bozal.

Lo dejó todo sobre la mesa, se sentó y me examinó con cuidado. Teresa tomó el queso y lo guardó. La palanca de la nevera emitió un quejido con un sonoro rechinar cuando la empujó. El sonido llamó la atención de papá.

–La señora Cecilia –se limitó a decir la india, sin mirarlo. Pocas veces pronunció una frase tan nítida.

Él se levantó de golpe; vi cómo el rubor se le subía del cuello a la frente. Y, como me temía lo peor, corrí a abrazarlo. Cuando puse la cabeza sobre su pecho, sentí que se hundían en mi cuello los alambres del bozal, pero continué, acaso con más fuerza, asida a él. Comencé a llorar sin pensar en que mis lágrimas podían manchar su preciosa camisa.

—¿Estos son los cueros y hierros de las bridas del ganado? —preguntó.

Asentí. Estaba hincado frente a mí para estudiar con cuidado el bozal. Sus manos moviendo los alambres me hacían daño. Se acercó a Teresa y le dijo algo en secreto. Ella respondió con un monosílabo: no supe si negaba o afirmaba. Luego, papá fue a la parte de atrás y volvió de inmediato con un cuchillo para quitarme el bozal. Cuando terminó, como acto reflejo, me puse una mano sobre la boca. Él la retiró, me tomó por la barbilla y evaluó cada raspadura, abrasión y arañazo. La úlcera debajo de la boca era un pequeño cráter violáceo. Le mostré los dientes y pasó su dedo sobre cada uno. Sentí como si fueran a caerse, pero afortunadamente fue solo el susto. Con gesto teatral, Teresa soltó un suspiro y dijo que había tratado de contárselo, pero que nunca estaba disponible. Papá la mandó a callar levantando la mano y se acercó a la puerta. Desde allí llamó, dando alaridos, a mi madre:

—¡Cecilia! —gritó—. ¡Maldita sea! —añadió un poco más bajo, dirigiéndose a Teresa y a mí—. ¡Cecilia! —volvió a gritar.

Luego se puso a un lado de la puerta, expectante.

Mi madre irrumpió en escena a toda velocidad y lo abrazó. Tomó su cara entre las manos, besándola decenas de veces. Así lo saludaba luego de sus prolongadas ausencias. Podía decir cosas horribles mientras no estaba, pero cuando él volvía, se le olvidaban. El recibimiento lo obligó a contener su enojo, cargando aún más el ambiente. Tomó las manos de mi madre entre las suyas y la encaró con expresión severa, señalando con la mano a la mesa, donde estaban los restos del bozal.

–Evaristo, eso fue una medida necesaria –dijo ella volviendo a su habitual expresión rígida.

Papá preguntó si se había vuelto loca. Ella sonrió. Tenía tanto tiempo como yo esperando por esta conversación. Contó el episodio con Héctor. Repitió varias veces que debieron cogerle puntos. Papá la escuchaba de brazos cruzados, recostado sobre la pared. Se había quitado los tirantes de los hombros y le colgaban de la pretina de los pantalones. Cuando oyó el nombre masculino, preguntó con un rugido quién era él.

–Héctor Sanabria. El hijo de los amigos de mamá. Casi nos criamos juntos en la hacienda de Cojedes. ¿No te acuerdas de él en nuestra boda?

–¡Eso fue hace más de quince años!

Mi madre le explicó cómo transcurrió la jornada con datos escuetos: su amigo vino a hacerle la visita, contó las desgracias de su hermano y yo lo ataqué. Fin de la historia. Eran ciertas sus palabras, por supuesto, pero, dichas así, yo parecía una bestia, ¡no era sino necesario ponerme un bozal! Papá la miraba sin cambiar su cara de desaprobación:

–¿Vino a hacerle «la visita»?, ¿cuándo se ha visto que un hombre venga a hacerle «la visita» a una mujer mientras su marido está de viaje? –El acento andino de papá, quien trataba a todo el mundo de «usted», siempre me parecía más distante después de una de sus prolongadas ausencias. La formalidad de su lenguaje iba pareja con sus ideas conservadoras. Aunque despreciaba sus posturas, su formalidad me parecía un signo de distinción y me afanaba por imitarlo, sin abusar del «usted», claro. La costumbre terminó por construirme una coraza de aparente frialdad que repelía a los demás. Quizá por eso no tenía amigas.

Mi madre sonrió. Le gustaba que su marido la celara. Explicó la situación de Héctor: sus padres estaban muertos, su hermana y sobrino también, y su único hermano era un alma en pena olvidada de abandonar su cuerpo cuando murió en La Rotunda. No dijo que Héctor fue para ofrecer una concesión petrolera.

—¿Cuántos puntos le cogieron? —Papá no tenía interés en la familia de Héctor.

Mi madre volvió a mirarme y sonrió:

—Dos.

—¿Dos puntos?, ¿dos puntos, dice? ¡Y por dos puntos la castiga de esta manera... atroz!

—No es un castigo. Fue una disposición urgente para controlar la boca de Diana. ¡Va a terminar condenándonos a todos!

—Usted ve el pecado en todas partes —dijo papá tomando los restos del bozal y botándolos en la basura.

Él se quejaba de las creencias de mi madre, pero las suyas no eran menos conservadoras. Aunque no fuera un beato como ella, conocía a Dios desde pequeño. Lo crió el párroco de Capacho Viejo, un pueblo de la zona más occidental de la cordillera andina, más de ochocientos kilómetros al sur de Caracas. Su madre lo abandonó en esa parroquia cuando aún no había cumplido el año. Hubo una vez cuando él pensó en cambiar la túnica de monaguillo por la de sacerdote, pero se le atravesaron los generales Cipriano Castro y Juan Vicente Gómez, que iban de camino a Caracas para arrebatarle la presidencia al que mandaba. Desistió de la Iglesia y se decidió por el oficio más lucrativo de la guerra, uniéndose al grupo de montoneros que por casualidad más que por destreza militar dieron un golpe de Estado. El éxito imprevisible de aquella empresa a la cual papá se había vinculado por tedio más que por convicción le hizo cambiar el fanatismo religioso por el político. Pero eso no quería decir que sus nociones sobre el bien y el mal fueran menos radicales que las de mi madre. En otras palabras, cuando la acusaba de «ver el pecado en todas partes» no quería decir que me creyera incapaz de pecar, sino que podía ofrecer una interpretación diferente para mi comportamiento. No muy convencida, ella se le acercó y, como si tratara de contemporizar con él, le preguntó si mi «hambre desaforada» no sería el síntoma fundamental de mi «enfermedad». Los ojos de papá la escrutaron, luego se refirió a la ineficiencia de los «métodos medievales».

–Pues tus adorados británicos tienen siglos imponiéndoles bozales a las mujeres. Hoy están fuera de uso, pero ninguna ley los prohíbe –dijo mi madre.

Me habría reído por la contestación incoherente si no hubieran hablado de mi «enfermedad». Lo más extraño es que este comentario irrelevante para la conversación era cierto, lo comprobé días después cuando encontré la revista, pero a los métodos británicos de tortura contra las mujeres me referiré más adelante. En ese momento mi preocupación se limitaba a descubrir cualquier detalle sobre mi enfermedad. Sabía que si preguntaba algo me responderían con evasivas y lo mejor era ver qué podían revelar al calor de sus emociones encendidas. Ella preguntó a papá si se le ocurrían otros métodos para «aplacarme». Él la miró furioso y ella reaccionó cargando contra mí:

–¿Te ha dicho tu padre que, gracias a un descuido suyo, tú tienes una enfermedad *horrible?* –Una sonrisa luchaba por extenderse sobre sus labios–. Su lujuria los contagió a él y a ti.

Sentí un volcán ácido en el estómago y un reflujo agrio me subió por la garganta. No sé cómo evité vomitar. Papá saltó sobre ella:

–No diga tonterías. No es una enfermedad, *est un état.*

–¡Mi marido el políglota!, ¡no se trata de una enfermedad, dice él, es apenas *un état,* una condición! ¿Y una condición de qué, si se puede saber?

Ella gesticulaba con las manos alzadas. Le costaba un poco porque él la tenía agarrada por los hombros. Papá alzó la mano, como si estuviera a punto de abofetearla, pero en cambio señaló con el dedo hacia fuera de la cocina y los observé caminar en dirección al despacho.

La palabra «horrible» dejó el aire contaminado como un eructo de azufre. Teresa me acarició la cabeza, pero yo la evité con suavidad. No comprendí la conversación, pero la enfermedad, no tenía duda, era grave. Se referían a una peste inimaginable. La carne de papá y la mía unidas en la degeneración. Compartía con él una enfermedad horrible, quizá venérea. Estábamos condenados. Y en mi caso era peor, porque él había hecho algo para contagiarse, pero, sin tener responsabilidad alguna, yo era así antes de nacer.

Papá y mi madre se encerraron el resto de la tarde en el despacho y cada uno tomó la cena en un lugar distinto. Durante los siguientes tres días me evitaron. Tres días son mucho tiempo suspendida en estado de agitación. Setenta y dos horas, nueve comidas sin compañía, dos madrugadas eternas de noches sin dormir, preguntándome si valía la pena enfrentar a alguno para descubrir qué pasaba conmigo. Me imaginé mil maneras de abordar a uno u otro y luego desechaba las ideas. ¿Para qué? Mi madre habría recitado algo de la Biblia, acusándome de algún pecado, en lugar de ofrecerme una explicación. Papá habría apelado a los eufemismos para confundirme. Ninguno se habría atrevido a decir nada concreto, mi crianza se sustentaba en una estructura de silencios y medias verdades diseñadas para constreñirme en una idea de mujer. Solo Teresa de vez en cuando revelaba detalles del pasado de alguno de ellos; una anécdota que explicara por qué eran tan fríos conmigo, arrojando un poco de luz en ese caos de inseguridades llamado «niñez». Si ellos hubieran querido informarme sobre la enfermedad ya lo habrían hecho; lo habrían hecho incluso antes de la manifestación de sus síntomas. De esa manera habríamos podido llegar a una solución todos juntos, como una familia. Pero no lo hicieron.

Por fin, la mañana del sábado encontré oportunidad de hablar con papá. Quiza si ponía atención a sus eufemismos y lo obligaba a desarticularlos, podría llegar a comprender qué me pasaba. Teresa pasaría el fin de semana con un pariente y mi madre estaba en casa de una de sus beatas organizando la romería de la Virgen del Rosario. Me puse a hacer café y me robé uno de los *marrons glacés* celosamente guardados por mi madre para ofrecer a las visitas.

Lo encontré en su despacho, sentado en el escritorio. Su cara descansaba sobre un puño; leía una vieja revista de cultura y variedades. Sus pocos conocimientos, según decía, los había adquirido en publicaciones como esa, «pequeñas enciclopedias por entregas con todo el saber del mundo». Exageraba: leía más que revistas; su mujer lo llamaba «devorador de libros», y yo tomé la misma costumbre por imitarlo. Su entusiasmo literario lo convirtió en un hombre culto, a pesar de que nunca recibió una educación formal. Porque ¿qué instrucción podían darle a un niño en ese lugar metido en el culo del diablo que era Capacho Viejo? El cura que lo adoptó se ocupó de enseñarle a leer y escribir, así como a realizar las operaciones matemáticas básicas. Con esas herramientas forjó un futuro para él y para su familia: lo único necesario para prosperar es una avidez incesante de conocimiento.

Coloqué la taza de café sobre su escritorio. Lo tomaba

guarapo: solo café con un chorrito de agua caliente. Le añadí una cucharada de azúcar y lo revolví. Sin decir nada, papá tomó del platico de la taza el *marron glacé* y le pegó un mordisco. Por eso casi se atraganta cuando le pregunté a qué enfermedad se refería mi madre.

–Cecilia no sabe lo que dice –contestó después de un rato, relamiéndose los restos de dulce de los dedos.

Quiso hacerme creer que ella se equivocaba. Inquirió si tenía síntomas o si me sentía mal. Buscaba hacer tiempo, yo lo sabía, esa era su estrategia para evitar conflictos. Por lo menos aún no se había escondido detrás de una verdad a medias. Dejé la bandeja en una de las sillas frente a él y me senté en la otra. ¿Podían ser síntomas la tendencia a morder, mi frecuente encierro en violentos pensamientos peregrinos o la impresión de la sangre sobre mi ánimo?

–Y, sin embargo, nunca negaste la enfermedad –dije, aún sin decidirme a formularle todas las preguntas que me agobiaban.

Papá me lanzó una o dos frases vacías. Luego apuró lo que quedaba de café en la taza y volvió a su revista. Chasqué la lengua y puse mi mano sobre la suya. Así conseguí llamar su atención. Suspiró y me dijo:

–No es una enfermedad.

Sus ojos parecían cansados. Al escucharme decir que los síntomas me interesaban menos que los remedios, él sonrió como si me estuviera refiriendo a un tema demasiado arcano para comprenderlo. Intentó salirse de nuevo de la conversación respondiéndome que eran cosas de mi madre. Empleando el mismo tono condescendiente que él usaba cuando quería disminuirme explicando algo obvio, le recordé la vez cuando me curó y desinfectó una herida en una rodilla que me impedía caminar. Yo era una niña, no tendría más de seis años, y me caí jugando en el jardín. Me hice una herida y me puse a llorar. Solo papá estaba en casa. Fumaba un habano. Se acercó a mí con recelo, perturbado: yo lloraba a gritos, con esa urgencia de los primeros años, cuando cualquier hecho es una tragedia. Él se demoró un rato viendo mi herida, con el habano humeante en una mano, el labio inferior contraído como si escondiera algo en su boca. Pero mi llanto fuerte no permitía contemplaciones. Me calmó con palabras bonitas, limpió la herida y la vendó. En ese momento fue un padre. Al día siguiente, yo podía moverme como de costumbre.

Él reconoció mi táctica con una sonrisa de medio lado. Le recordaba aquello no solo para ilustrar que todo mal tiene una cura, sino para notar su responsabilidad en mi crianza. Mirándome a los ojos contestó:

—Pero el que tiene una deformidad en el pie cojea toda la vida.

Por eso la llamó «condición» durante el altercado en la cocina, pero el cambio de nombre no le quitaba gravedad y se lo dije. No tenía síntomas, pero la enfermedad se manifestó de una manera «criminal», y en cuanto dije esa palabra reconocí a mi madre hablando por mi boca.

—Dígame: ¿qué le parece la sangre? —dijo él, cerrando la revista.

—¿La sangre?

—Sí, ¿qué opinión le merece? —Papá jugaba con su taza, como si esa fuera una conversación banal, a la cual no valía la pena prestar atención.

Pensé un poco y respondí que nos daba energía. Eso interesa a todos, dijo. No me quedó claro si ese genérico se refería a las personas con nuestra condición o a la humanidad entera. Lo único que me interesaba de la senda que había tomado de los síntomas era la forma de contagio y mi madre había hecho una acusación seria.

–Diana, ni usted ni su mamá pueden juzgarme por las cosas que ocurrieron antes del matrimonio. Soy un hombre y, antes de saber que Cecilia existía, yo tenía una vida. No le extrañará que conocí y estuve con otras mujeres.

Vaya, cuántos rodeos para no explicarme que la hematofagia heredada por mí era el resultado de relaciones carnales. ¡Yo no era una niña, por favor! Me quejé dando un golpe sobre el escritorio. Papá dijo que si quería saberlo me lo contaría. Y, para mi sorpresa, fue lo que hizo. No apeló a eufemismos ni medias verdades y utilizó los términos más gráficos para sus descripciones. Sin duda, también se le habían hecho largos a él los tres días transcurridos desde su llegada. La historia era larga y enrevesada y la contaré más adelante para no distraerme de la conversación con papá. Con el paso de los años quité y añadí detalles, en especial los más escabrosos, y pronto tuve la experiencia suficiente para conectar ciertas lagunas que, por pudor, él me ahorró. En muchas oportunidades el relato sobre mi hundimiento en la perversidad me obligará a echar mano de la invención para llenar los huecos de mi memoria. Pero incluso esas fantasías son verdad, pues la vida es la versión que cada quien hace de su historia.

Sobre la narración de papá debo señalar aún dos cosas. Una, que reveló el vínculo consanguíneo con una mujer perversa, la madre de mis vicios. Otra, que mostró a un hombre subyugado por sus impulsos. Fue esa mañana cuando su figura comenzó a ensombrecerse para mí. Más pronto que tarde, esa sombra me perfilaría.

–¿Por qué mamá no está contagiada? –pregunté cuando terminó su relato.

–Es difícil saberlo –contestó con desgana.

La enfermedad se transmitía por la sangre, me explicó: lo más seguro era que ella no se hubiera contagiado porque no era «sangre de su sangre», como yo. Un suspiro suyo llenó el despacho. No era gran cosa lo que sabía sobre el asunto. Lo miré con asombro: ¿cómo era posible eso?, ¿no sufría acaso?, ¿no le había cambiado completamente la vida? Y, sin embargo, mi situación era más incierta que la suya. Al reparar en la diferencia entre él y yo, le pregunté si la condición se reflejaba de manera diferente en hombres y en mujeres. Respondió con una negativa, pero hizo una salvedad: era más fácil encubrir las «indiscreciones» si eras hombre.

–Por eso mamá prefería un hijo varón.

Papá no contestó. La respuesta me habría herido, pero siempre lo sospeché. En ese momento, un bozal imaginario oprimió mi pecho. Ninguna de las dos necesidades que combina la maternidad, procrear y perdurar, le interesaban a mi madre. Sin embargo, el imperativo de su condición femenina y de su época fueron rotundos y, dos años después de casarse, ella y papá me concibieron. La Iglesia a través de la boca del padre Ramiro advertía que la descendencia era la excusa del matrimonio y que el diablo entra en el vientre de quien interrumpe la gravidez, pero estoy segura de que, muerta de miedo por mi condición, mi madre ponderó ambas posibilidades. Era beata, no idiota, aunque al final se decidiera por seguir su fe. Puedo imaginarme sin problemas aquellos meses. Durante las noches insomnes del embarazo se encomendó a Dios, le pidió que *por lo menos* le diera un hijo varón. Yo fui la afrenta enviada por su Dios adorado. Por eso intentó dejarme en un orfanato, si no crecí allí fue porque papá descubrió a tiempo qué se proponía y lo evitó.

Él se levantó de su escritorio y se fue hacia la ventana. Llevaba un habano que encendió cuando la luz de la mañana iluminó su cara. Siempre tenía algo en la boca: con frecuencia, una pipa o un puro, pero cuando no tenía, con una estilográfica bastaba.

–Habría sido más fácil si usted hubiera sido hombre, eso es cierto –dijo mirando a través de la ventana. El humo lo envolvía. El bozal dentro de mi pecho me abrió una herida, un chorro de sangre imaginaria me drenaba y sentí el tiempo ralentizarse–. Pero eso no quiere decir que una mujer no pueda sobreponerse a esto.

El humo me aguaba los ojos. O, por lo menos, eso prefería pensar. Hacía tiempo que había dejado de llorar por el desamor de mi madre, pero me venció la angustia de esos días y de la enfermedad que nadie quería definir. Clavé la mirada en mis rodillas: una lágrima se hundió en la tela de mi falda. Papá explicó que el problema no era tanto controlar la enfermedad como evitar que los demás la descubrieran. Dijo que la decisión más importante de su vida fue casarse con una «buena mujer» –así llamó a mi madre y, si no hubiera estado llorando, me habría reído–. Eso le permitía entregarse a sus «manías» sin levantar sospechas. Me recomendó prudencia. En realidad, eran pocos los momentos en los que la sed resultaba insoportable, y debía aprender a reconocerlos. Por un momento pensé que estaba hablando del deseo sexual y no de la avidez sanguinaria que compartíamos. Si controlaba el impulso, «las tentaciones» podrían pasar desapercibidas, me dijo. De lo contrario, quedaría a merced de la enfermedad y, entonces, ya no tendría salvación.

–¿Por eso te pierdes durante meses en tus haciendas, para evitar las tentaciones? –inquirí, sin ánimo de retarlo, de verdad quería saber.

Lo oí toser detrás de mí. No dignificaría mi pregunta con su respuesta. En ese momento, yo no tenía suficiente información para comprender que él proponía el control de

45

los impulsos como tratamiento porque la hematofagia era una precondición para el vampirismo. Nací con una inclinación biológica hacia la inconformidad y ciertos comportamientos anormales, pero eso aún no me hacía perversa. Esa era la palabra que encubría el eufemismo «malasangre» que mi madre dejó suspendido sobre mi cabeza como una espada de Damocles. Desde ese momento, mis padres intentarían controlar mis impulsos por medio de la doctrina cristiana y la enseñanza de las labores de mi sexo. Pero no sería suficiente. Cuando los ataques a los hombres se hicieran frecuentes aprendería que mi estado congénito, más allá de la monomanía sanguinaria, significaba la violenta necesidad de conectarme con otro para sentirme completa y la incapacidad de manejar fuera del animalismo las situaciones de peligro. Sí, también había un impulso orgánico relacionado con mi sexo, pero no se trataba de eso. Por lo menos no todavía. En el futuro, la lujuria sería el catalizador de mi vampirismo. Pero ese día la lujuria todavía no era un problema. Papá no aclaró nada de esto, ni siquiera dijo la palabra «vampirismo». Se limitó a prescribir el control de los impulsos, por eso su conversación avivó mis aprehensiones. Mientras él evitaba definir la condición, yo concluí que era mejor descubrir por mí misma su alcance. Como hombre, ¿qué receta podía ofrecerme quien tan poco había sufrido en esa tragedia?

Yo miraba el mapa colgado en la pared de enfrente. En el mar Caribe, una enorme serpiente sacaba la cabeza y varios anillos de su cuerpo. Me miraba a los ojos y se reía de mí. La receta mundana del matrimonio para evitar o, mejor dicho, *esconder* el pecado me resultaba inverosímil. Estábamos hablando de una condición que nos impelía a morder la carne y beber sangre humana. ¿A qué se debía tanta frialdad?, ¿cuándo papá se había convertido en un cínico seme-

46

jante?, ¿o siempre había sido así y yo recién lo notaba ahora, cuando me afectaba su actitud?

Esa noche, durante la cena, papá daba rodeos para comunicarle a mi madre que habíamos decidido buscarme un marido. La conversación en el despacho terminó cuando él prometió no regresar a sus haciendas hasta encontrarme un pretendiente. Él necesitaba un buen matrimonio tanto como yo: era la única forma de sacar a Gutiérrez & Compañía, su empresa financiera, del camino hacia la bancarrota. Incluso había considerado algunos nombres de «buenos» chicos. La manifestación de mi condición servía para acelerar sus planes. Ni siquiera me permití pensar en lo estúpido de un matrimonio por conveniencia, me agarré a la solución de papá como si en ello me fuera la vida. Además, su estadía en casa alegraría a mi madre, pues la pasaba mal cuando él no estaba. En todo caso, su presencia aseguraba el fin de la era del bozal. Mientras lo oía ir de un lado a otro, con sus circunloquios acostumbrados, me limitaba a remover la sopa de auyama con la cuchara. Levantaba la mirada cada tanto tiempo y me encontraba con las mismas expresiones impávidas de ambos, cada uno encerrado en su forma particular de ver el problema. Cuando me había perdido dentro de mis cavilaciones, un golpe seco sobre la mesa me arrancó de cuajo.

–¿Casarse?, ¿cómo va a casarse con la enfermedad que tiene? –dijo mi madre.

Papá puso su mano sobre la mía. Estaba risueño. Intenté devolverle la sonrisa, sin éxito. Sobre la voz de mi madre, él comenzó a explicar que ya tenía edad para buscar un matrimonio. Ella respondió que no tenía ningún problema con el matrimonio, siempre y cuando fuera con Dios.

No tuve tiempo para reaccionar porque papá explotó en una carcajada:

—¡Eso sí que sería novedad! —dijo, secándose la humedad de los ojos—, una hematófaga en un convento.

Evidentemente, no había leído *La muerta enamorada*. Y eso que era lo mejor de Théophile Gautier.

Mi madre lo miró con resentimiento. Tomó el vaso de agua y se demoró bebiendo más tiempo del necesario. Él quería que yo fuera el problema de un hombre, y ella, que lo fuera de unas pobres monjas. Ninguno parecía considerar que mi suerte era problema de ellos; al fin y al cabo, era su hija. Ni siquiera tenía caso una intervención mía en esa conversación. No podía sino limitarme a ver cómo decidían por mí. Nunca me había puesto a pensar en la posibilidad de un matrimonio porque los hombres me parecían pobladores de una esfera diferente a la mía. De hecho, no aspiraba a casarme, por eso me había propuesto terminar Magisterio. Y ahora que esta opción estaba cerrada, ¿cómo iba a negarme al matrimonio si además era la medicina prescrita por papá para mi mal? Todavía no importaba que supusiera una transacción comercial: yo hubiera hecho cualquier cosa por ser una hija modelo para alegrar a mis padres. En ese momento aún era inocente.

—En el convento podrías entregarte a la contemplación —dijo mi madre, mirándome. Papá seguía riéndose, pero ella hizo caso omiso—: ¡Serás una mística, hija mía! ¿No te gustaría eso? ¡Con todo lo que te gusta leer!

Mi madre confundía la contemplación con el placer y mi respuesta habría podido tomar muchas direcciones, por eso me la callé. Se me escapaba cómo el convento era una solución, era igual que el orfanato; solo resolvía el problema para ella, pues no tendría que lidiar más conmigo. Es cierto que tampoco un pretendiente ayudaba. ¿Cómo podía condenarlo a mi lado salvaje? Nada servía: ni un matrimonio con Dios ni uno con un hombre. En el fondo, le temía al matrimonio, con Dios o con un hombre. La autoridad masculina en cualquiera de esas manifestaciones me causaba recelo. Sabía que era mi opinión contra el mundo, pero aun así. El poder de los hombres estaba protegido por la tradición, la ley y la religión. No era razonable que una mujer uniera su vida a la de un hombre, dándole sobre ella el poder absoluto. Si Dios me tenía reservado un esposo vil, el cotidiano control de mis impulsos sería una carga más pesada que un bozal. Los hombres que conocía, comenzando por papá, eran seres ambiciosos y competitivos que inspiraban mi desconfianza. ¡Nada más removido de la realidad de una mujer que un hombre! Y sin embargo la sociedad necesita de la unión de esos seres tan diferentes para perpetuar la especie. Como mi madre, tampoco yo sentía las necesidades de procrear y perdurar que combina la maternidad. No solo no me gustaban los niños; la misma idea de la maternidad me generaba rechazo. Con el descubrimiento de mi hematofagia, las circunstancias ya habían tomado la decisión por mí. ¿Para qué iba a entrar en un matrimonio?

Papá acababa de terminarse la sopa y le entregaba el plato a Teresa, que se lo cambiaba por uno donde estaba servido un trozo de carne con papa y vegetales al vapor. Mi madre no hacía más que redundar en las bondades del convento. Chascando con la lengua, papá se sacó del bolsillo un recorte de papel periódico de donde leyó una esquela breve. Anunciaba la visita a Caracas de «Su Alteza Real el infante don Fernando María de Baviera y Borbón, hijo del príncipe Luis Fernando de Baviera y de la infanta María de la Paz de España», estaba pautada para dentro de un mes. Era parte de una gira diplomática que Su Alteza hacía por las Américas. Durante sus cinco días en Caracas no le faltarían las atenciones. Por eso papá estaba gestionándonos una visita a casa de Eloy Anzola, donde lo recibirían, pero la opción más factible era conseguir una invitación a la fiesta que en nombre del general Gómez y del doctor Victorino Márquez Bustillos organizaba la familia Boulton.

La expresión de mi madre pasó de la suspicacia a la alegría; pero, antes de entregarse a esa emoción, preguntó qué tenía eso que ver conmigo. Lo importante eran los invitados a esos eventos, explicó papá: los mejores socios de empresa y posibles suegros para mí que el momento podía ofrecernos. Pobre papá: soñaba con asociarse con Antonio Pimentel o con Antonio Aranguren. Estos santos tocayos obraban sus milagros por métodos diferentes pero afines: uno con celebérrimas influencias entre los Gómez y el otro por el peso histórico de su sangre de mantuano millonario. Pimentel era hacendado, industrial, compadre del general Gómez e ingrediente fundamental en todos los guisos del Gobierno. Aranguren era el intermediario con más éxito de los principales negocios petroleros. Gestionaba los permisos de explotación de la Venezuelan Oil Concessions, una subsidiaria del grupo Royal-Dutch Sell, y era director de la Venezuelan Eastern Oilfields y de un rosario entero de compañías de hidrocarburos con nombres en inglés. Mi madre suspiró, anticipaba otro de los planes fantásticos de riqueza de su esposo. Por esos días, papá aún no estaba interesado en los negocios del petróleo: su problema inmediato era resolver unas pérdidas cuantiosas de Gutiérrez & Compañía.

–No entiendo cómo la presencia de Diana puede ayudarte a meter tu cuchara en sus negocios –recalcó ella, antes de meterse un trozo de carne en la boca.

–¡Los jóvenes Pimentel y los jóvenes Aranguren de la vida pueden entregarme en la mano esa cuchara!

–¿Hay un Aranguren casadero? –respondió ella después de tragar.

–No lo sé. Pero si lo hubiera, ¡sería perfecto para nosotros!

¡Qué bárbaro! Papá planificaba chuparles la sangre a los Aranguren (o a los Pimentel) por partida doble: primero buscaría que le diera una participación en algún negocio lucrativo y, luego, me ofrecería a su vástago como paliativo del hambre que me consume. Y ninguna de esas transacciones sería sucia o deshonesta. Un contrato estaría avalado por el Benemérito y el otro por Dios. ¿No parezco digna heredera de mi familia? Porque puede decirse lo que sea de la voracidad criminal de ciertas mujeres, pero nunca será tan profunda ni tan excesiva como la de un hombre avaro.

–¿Y si te sale todo al revés? –preguntó mi madre después de una pausa–. ¿Y si resulta que Diana muerde al hijo de Aranguren, al viejo Pimentel o al mismísimo general Gómez?

–No, mamá, nunca –reaccioné.

Me ignoró. Para ella no había ninguna prueba de mi probidad en público, sino más bien de lo contrario. Papá se estrujó los ojos con las manos, la conversación lo cansaba. Apartó su plato, sobre el que quedaba la salsa del *roast beef* y algunos trozos de papa. Repitió lo importante que era conseguir un pretendiente para mí. Mi madre hizo un mohín con la boca, también ella se estaba cansando de la conversación.

–Bueno, Cecilia: si Diana nos causa cualquier problema, siempre podemos meterla en un convento –dijo papá. Sus palabras entraron con eco en mi cabeza: ¿había cambiado de bando tan rápido?, ¿escondía algo? Pero antes de que pudiera formarme alguna conclusión él añadió–: Acordé con Diana, y ahora me gustaría hacerlo con usted, que no me moveré de esta casa hasta conseguir un pretendiente para ella y que podamos resolver, de una buena vez, su condición.

51

Mi madre sonrió. Su marido sabía cerrar las discusiones. Él era su punto débil: esa pasión abrasante que los mantenía unidos y la llevaba a hacerse de la vista gorda frente a sus muchas imprudencias. Se habían casado por conveniencia, como tantas parejas de la época, pero ella lo quería más que a Dios mismo, aunque le pesara. Y ese amor, unido de forma inexorable a la lujuria que él le inspiraba, no me cabe duda, la condenó a una eternidad de sufrimientos. En ese momento era conveniente para papá y para mí esa pasión. Acercaba a mi madre a nuestras intenciones. Y la noche terminó cuando la ilusión prendió sus ojos y se oyó su carcajada de niña adulta.

Después de la cena, mi madre entró en mi habitación para convencerme de cambiar de parecer sobre el convento. Se sentó a mi lado, en la cabecera de la cama. Traía un ejemplar de la *Poesía competa* de santa Teresa de Ávila, que dejó sobre mi mesa de noche. Sus ojos se detuvieron en la revista que estaba allí: era la misma en donde ella leyó el artículo sobre el bozal. En días anteriores, mientras papá evitaba hablarme, tuve tiempo suficiente para localizar y leer el escrito. Con el nombre de *scold's bridle,* cuya traducción sería «la mordaza de la chismosa», el bozal se usaba en Escocia desde el siglo XVI. A diferencia del mío, aquel era un instrumento más de humillación que de tortura. El artículo estaba firmado por una sufragista inglesa, quien se quejaba de que el castigo continuara vigente en el Código Penal del Reino Unido (¡y pensar que los británicos querían convencer al mundo de que eran un ejemplo de civilización! ¿No se pusieron del lado de estos bárbaros todas las cabezas biempensantes del país durante la Gran Guerra?). El texto apareció primero en la prensa anglosajona. Causó tal revuelo que se tradujo a varios idiomas, incluido el español, y esa fue la versión publicada en una de las revistas de papá. Mi madre no estaba de acuerdo con la participación política de las mujeres, pero leía con atención los textos de sufragistas y socialistas; decía hacerlo para conocer «los argumentos del enemigo». El sufragismo tenía poca difusión entre nosotros, pero se le veía como una arista más de lo llamado por ciertos intelectuales «la colonización capitalista de los yanquis», lo mismo bautizado décadas más tarde por los historiadores como «la irrupción de la modernidad».

Mi madre abrió la revista en el artículo y la puso sobre la cama, entre ella y yo. Pasó los dedos sobre las ilustraciones con los modelos del bozal, como si estuvieran en alto relieve y pudiera tocarlos. Describían jaulas de hierro que cubrían una parte o la totalidad del rostro de la mujer, algunos exageraban rasgos o añadían cachos, hocicos u orejas de perro. Los más lamentables tenían campanas, cuyo ruido atraía la atención hacia quien los llevaba. El crimen castigado por el bozal se tipificaba en la ley británica desde tiempos del monarca Enrique VIII como *scold,* la palabra en inglés para «gruñona». La pequeña jaula incluía una correa que usaban los maridos cuando sacaban a pasear a sus mujeres por el pueblo. La razón más insólita para que se impusiera el castigo a la esposa –aunque a veces se aplicaba a hermanas o a hijas– era su supuesta «falta de modestia» que la llevaba a hablar de sí misma sin parar. Porque a la gente le gusta que las mujeres cuiden de su apariencia y estén siempre arregladas, pero ellas no pueden disfrutarlo.

Señalando los bozales más humillantes, mi madre dijo que el matrimonio podía ser el comienzo de mis problemas. Me llevé la mano a la herida debajo de la boca, aún me dolía: el bozal impuesto por ella había sido un buen entrenamiento para los malos tratos. La diferencia entre el *scold's bridle* y el mío fue la duración del escarmiento. Las esposas lo usaban por unas horas, mientras las hacían desfilar por el pueblo. A mí ella me obligó a llevarlo durante semanas, el mismo tiempo que pasé encerrada en casa, como algo oprobioso. La barra de metal que me veía obligada a morder debilitó mis dientes y rompió la piel de mi boca. Con el tiempo, mis labios se curaron, pero mis encías han estado resentidas toda mi vida. No. Su objetivo no era solo callarme; era cerrarme la boca. Por ser público, el objeto del *scold's bridle* era amedrentar. Mi castigo era privado y se ejercía tanto sobre el cuerpo como sobre el alma: pretendía evitar que mi boca comiera y que mi espíritu se alimentara. No solo me reprendía por morder a Héctor, condenaba el conjunto de mis pasiones. Lo peor era que no se trataba del castigo impuesto por un hombre sino por una mujer a otra; una madre contra una hija. Más que castigarme, el bozal quería controlar mi relación con la vida. Faltaba saber si lo había conseguido.

—Evaristo subestima tu condición —dijo ella cerrando con cuidado la revista.

Yo estaba a su lado, cubierta por la cobija, ya recogida para dormir. No quería decir nada. La escuché explicarme sus razones para considerar el matrimonio más difícil para una mujer con mi condición. No estaba interesada en sus palabras: la última vez que estuvo en mi cuarto fue para ponerme el bozal. Lo bueno era que se estaba acostumbrando a usar la palabra «condición» en lugar de «enfermedad». Explicó que si nadie me había hablado antes de eso fue por expresa prohibición de papá. Entre ellos, yo lo prefería a él con creces, y como ella siempre buscaba la manera de herirme, se afanaba por demostrarme lo desapegado que en verdad era. Yo habría sufrido menos si le hubiera creído. Mientras no manifestara síntomas, ellos podían concentrarse sin presiones en conseguir una solución.

—¿Casarme? —dije.

Mi madre me dio la razón. El remedio ofrecido por papá no tenía ningún mérito: apenas servía para ganarle el dinero necesario para salvar sus negocios de la bancarrota.

—¿Qué pasará cuando tu esposo sepa que eres *malasangre*? —me dijo, poniendo énfasis en cada sílaba de la palabra.

Como yo no conocía el adjetivo, mi madre lo definió con palabras alarmantes: «mala», «torcida», «aviesa». También «mal inclinada» y «fuera de regla». Cada palabra se montaba sobre la otra formando un enorme cono invertido donde imágenes siniestras avanzaban en tirabuzón, atravesándome en su trayecto hacia el centro del infierno. Después de una pausa teatral y una frase incomprensible, ella respingó la nariz y me atacó con su palabra favorita: «concupiscencia». La beata aprovechaba la oportunidad para inmiscuir a san Agustín en nuestra conversación. Pocas cosas hay tan insufribles en el catolicismo como la obra de este teólogo, aunque su lenguaje remite a la tragedia y (debo aceptarlo) inspira morbo. Llama «gangrena» al pecado original, transmitido a través del sexo de los padres. «¿Es mi hematofagia una especie de pecado original?», me habría gustado preguntarle.

Tenía razón en un punto: sería difícil encontrar un hombre que me aceptara como esposa, no por mi condición sino por la dificultad para contener mis «indiscreciones». Sabía de qué hablaba. Los apetitos de papá no podía satisfacerlos ella sola: por eso se ausentaba durante tanto tiempo. Un hombre no estaría dispuesto a la sumisión, a callar y a mirar para el otro lado, como una mujer. Y, si por casualidad conseguía a uno cortado para esa vida, ¿tendría los guáramos para protegerme de las consecuencias de la vida licenciosa? Porque no solo se trataba de conseguir alguien que se hiciera de la vista gorda con mis pecados, también era necesario que los afrontara cuando me metieran en problemas. Había, sin embargo, una alternativa que mi madre no revelaría ni yo me hubiera atrevido a señalar, pero era evidente: buscar para mí un hombre *malasangre*. Condenarnos los dos, como un matrimonio; esponsales de sangre.

La conversación no explicaba el alcance de mi condición. El único hecho contundente fue el ataque a Héctor, del cual solo podían lamentarse los dos puntos y el alboroto. Lo demás fue la reacción desproporcionada de mi madre y una conversación con papá, más críptica que cualquiera de mis miedos. En ese momento y sin decirle nada a ella, tomé la decisión de no tener hijos, aun si me casaba. No solo no podía condenar al mundo a otro hematófago, tampoco me parecía justo someter a un hijo a las mismas penurias que mi madre me había impuesto a mí.

Mi madre y papá no se ponían de acuerdo sobre los efectos de la hematofagia: él los disminuía, describiéndolos como impulsos manejables; para ella eran todo lo contrario. Yo me inclinaba por uno u otro discurso conforme juzgaba plausibles sus argumentos. Por eso tenía pocas cosas claras. Y mi madre, sin decirme lo que necesitaba saber, hablaba desde su beatitud, culpándome por adelantado de los apetitos que, según ella, no tardaría en manifestar mientras me convertía en una mujer, temiendo a través de mí una condena para toda la familia. En un raro alarde contestatario hecho sin verdadera intención, le recordé su matrimonio con un hematófago. Como un castigo divino, me acacheteó con la fuerza de todo el resentimiento almacenado durante quince años de matrimonio. El golpe hirió mi amor propio más que mi cara y se lo hubiera respondido, pero recordé el drama que la llevó al matrimonio. Ella me lo había ido contando por partes, como un relato ejemplarizante, cuando me reprendía. De esa manera se presentaba como un ejemplo moral de estoicismo para mí.

La historia de ese matrimonio no era bonita. Mi madre conoció a papá a los diecisiete años, cuando él se presentó en su casa con la excusa de llevarle unos papeles de crédito al coronel Eustaquio Martínez, mi abuelo. Mal iluminado bajo la farola de la calle, vio a un hombre quince años mayor que ella, con la cara achinada, los ojos oblicuos y la pelusa de un bigote. Hablaba con ceremonia y el sonsonete ronco de los andinos. Detrás de sus excusas, ella reconoció el cobro de una deuda de juego. Perdido en el humillante vicio de las apuestas, el coronel se había dedicado a dilapidar su fortuna. Desde las peleas de gallos hasta las bolas criollas, pasando por el bacará, cualquier cosa era excusa para su inexorable avance hacia la bancarrota. El bienestar de los Martínez se desangró centavo a centavo: desaparecieron las joyas de la familia, los adornos y casi todos los muebles. Empeñaron las tallas de santa Rita y san Gabriel; vendieron las de san Isidoro y san Judas Tadeo, el gestor de los imposibles. Con tantos sacrificios, habían perdido la esperanza de la redención.

Mi madre buscó al abuelo en cada recoveco de la casa. Comenzó por su despacho, donde solo encontró tufo a bebida barata. No lo vio. Tampoco estaba en la cocina. Salió al patio porque él tenía disposición para la jardinería y era común encontrárselo quitando hojas secas o susurrando alguna picardía a una semilla resistente a la vida. Nada. A pesar de que no eran horas para una siesta, entró en su habitación. La cama estaba perfectamente hecha. Seguro que la deuda con ese señor era enorme, de lo contrario su padre no se hubiera escondido con tanta insistencia. Ya no quedaba más nada por vender. Ella volvió sobre sus pasos y revisó en todos los lugares donde ya había buscado. Sacaba cuentas mentales. Su madre trabajaba en la cocina más de diez horas diarias para preparar los dulces y ganarse la subsistencia de todos. Ella hacía jornadas similares entre la venta, el reparto de los pedidos y los remiendos de ropa usada. Cuando atravesó el pasillo que desembocaba en las habitaciones, vio por el rabo del ojo un espejo. ¡Eso faltaba por vender! Pero recordó que a la mañana siguiente lo buscarían de la casa de empeño. Suspiró. En ese momento una certeza se extendió en su mente como una gota de tinta en un cuenco con agua. Mirando su reflejo lo supo: no todo estaba vendido. No podía sentirse sorprendida. Su padre era capaz de cosas peores. Lo bueno de una certeza es que ofrece tranquilidad. Ni siquiera sintió ganas de llorar.

III

Con la llegada de papá, volvían también los oficios de Gutiérrez & Compañía. Eso significaba el desfile de un singular grupo de administradores, políticos, militares y banqueros a quienes nos referíamos con el nombre genérico de «socios». Uno de ellos era el señor rubicundo sentado en la sala. Le acompañaba un hombre de formas y ropas toscas, con apariencia de campesino. El «socio» tenía más de sesenta años y se apellidaba Harvey o algo así. Nació en Curazao, hijo de un inglés con una francesa. Hizo dinero vendiendo materiales de guerra tanto para montoneros alzados, como para las fuerzas del orden. Una casualidad lo convirtió en lumbrera del progreso, en un prócer de la Restauradora sin involucrarse en una sola campaña militar: cuando en 1899 los generales Castro y Gómez llegaron a la Casa Amarilla en el lomo de la Revolución, ellos y sus tropas iban armados con fusiles suministrados por el tal Harvey. Por esa razón este extranjero se dedicaba, con absoluta impunidad, al contrabando a través de los puertos de Coro y Maracaibo, un negocio tan lucrativo como el bélico.

Veinte años después de la Revolución, Harvey había cumplido la proeza de mantenerse cerca del poder durante el castrismo y también el gomecismo. En los ocho años que duró el primer gobierno, no desaprovechó prebendas políticas ni jugosos contratos, convirtiéndose en uno de los más visibles financistas del círculo del general Castro. Para cuando el general Gómez dio el golpe de Estado a su compadre, el futuro socio de papá ya estaba en la junta directiva de tantas compañías que su remoción hubiera resultado en la bancarrota de no pocas distinguidas familias. El gomecismo no significó para él más que la sustitución de los nombres del castrismo por los afines a los Gómez y la ampliación de algunos negocios, incluso con capitalistas yanquis, quienes siempre ofrecían más ganancias.

–¡Caramba, Diana, pero si ya eres una mujer! Y una preciosa, por cierto –dijo Harvey con malicia. Su inglés caribeño marcaba con exceso todas las letras «r».

Desde que me quitaron el bozal, mi apariencia había mejorado mucho: recuperé mis formas curvas gracias a la maicena que me daba Teresa, y mis heridas ya casi no se veían debido al empleo de los ungüentos y polvos de arroz de mi madre. Me parecía exagerado que me llamara «preciosa», pero ya no había nada monstruoso, por lo menos en mi apariencia. Él posó su mano sobre la mía, puesta en ese momento sobre el respaldar de una poltrona, y su sonrisa abrió un hueco negro en la cara más blanca que había visto nunca, quimérica como la de un fantasma. A su lado, el campesino daba vueltas entre sus manos al sombrero de paja sin quitarme los ojos de encima. Exhibía una sonrisa boba. Le calculé unos treinta y cinco años. Su expresión no venía bañada de lascivia como la del tal Harvey. La caricia de aquel viejo y la pasmosa ingenuidad del otro me decidieron a hablar esa noche con mi madre: por muy ocupada que estuviera, a ella le correspondía la responsabilidad de abrir la puerta y atender a los socios de su marido. Si ya era imposible con Harvey, por lo menos me evitaría otro mal rato en el futuro. No había ninguna razón para exponerme a viejos crápulas como ese. Desde que papá había conseguido la invitación para el *thé dansant* que la familia Boulton ofrecía en honor al infante Borbón en su célebre quinta Las Acacias, ella se encerró en el cuarto de costura para confeccionar los vestidos que ella y yo usaríamos. Era como si más nada en el mundo importara. No puedo culparla: los Boulton eran dueños de la casa comercial que llevaba su nombre, fundada casi un siglo atrás por prósperos inmigrantes ingleses. Tenían el monopolio del comercio y del transporte en el país. Ante el acontecimiento de conocer a gente de esa índole, ¿cómo no iba a emocionarse la esposa de un prestamista mediocre?

—¡Señor Harvey! —la escuché exclamar a mis espaldas, más como reclamo que como saludo—, ¿qué lo trae por aquí?

Con disimulo, el socio retiró su mano de la mía y respondió. Venía a tramitar un crédito con papá para el campesino, a quien identificó con el apellido «González». Una familia rica venida a menos, cuyo nombre no podíamos obligarle a revelar, hipotecó en la compañía financiera de Harvey una hacienda en un momento de apuro y ahora estaban a punto de perderla. González, el capataz de la finca, para mantener la producción había hecho enormes sacrificios, probándose un buen administrador. Como tenía un poco de dinero ahorrado, Harvey lo convenció de comprarla. Para completar el precio de la hacienda debía pedir un crédito y para eso estaban en casa. Durante la explicación, el campesino lo miraba con su sonrisa tontona y, de tanto en tanto, escrutaba la expresión de mi madre. La aprehensión le dibujó una mueca en la cara cuando el extranjero dijo que los antiguos dueños querían evitar a toda costa esta venta y apelarían a cualquier artimaña con el objeto de retrasarla.

–Tomaron mi dinero cuando lo necesitaron y al vencerse el plazo yo haré lo mismo con su finca, ¿no es así como funciona el negocio? –apuntó Harvey tratando de matizar su acento.

–Claro. Pero ¿en qué puede ayudarlo Evaristo? –respondió mi madre.

Papá le procuraría un crédito al campesino para comprarla. No se veía bien que la compañía de Harvey se lo extendiera. Y si él se ofrecía como aval para el préstamo, papá podía resolver rápido las gestiones. Así todo quedaba entre los dos amigos.

Como si hubiera escuchado su nombre, papá apareció por una de las entradas a la sala. Saludó a Harvey dándole palmadas sobre el hombro y extendió una mano al señor González. Entre las humanidades monumentales del extranjero y de papá, el pobre campesino parecía un ternero listo para el sacrificio. Aún sin soltar su sombrero de paja ni dejar de sonreír, fijó sus ojos en papá. Cuando escuchó su voz titánica, el pobre hombre casi se echó a llorar.

–Lo mejor para el señor González, ya usted lo sabe, mi estimado John, es que continúe como administrador –apuntó papá. La expresión del campesino se relajó, como si le hubieran quitado un peso de encima–, y con su trabajo, a la vuelta de muy pocos años, la finca pasará a ser de su propiedad. ¿Cómo se llama?

–Es La Tolvanera, Evaristo –dijo Harvey.

Mi madre estaba atenta a la conversación y, al escuchar el nombre de la hacienda, increpó a su marido con la vista: había reconocido a los antiguos dueños, la familia venida a menos.

–Pero esa no es una finca cualquiera, ¿verdad? –acotó papá. Ahora sonreía el extranjero–. Se trata de un valor de unos ciento veintiocho bolívares oro, ¿no es así?

El campesino arqueó las cejas; la aprehensión le barrió la sonrisa. Era mucho más dinero junto de todo el que yo había visto en mi vida y creo que al pobre hombre se le ocurrió la misma idea que a mí. Según Harvey era un poco más. A papá no pareció importarle, los instó a revisar más tarde «esos detalles». Suspiré. Era evidente: ese negocio estaba cerrado mucho antes de que Harvey apareciera con el campesino en casa. El sombrero de paja crujió un poco. Papá notó los escrúpulos del hombre y le explicó que la transacción, en realidad, no requeriría grandes sacrificios suyos: «nada distinto a lo que hace ahora». Solo debía encargarse de la finca y cada año amortizar la deuda con su sueldo de administrador. La palabra «amortizar» cayó entre las cejas del pobre hombre como una puntada.

—Es más, los intereses se los cobraré a precio de amigos, porque somos amigos, ¿verdad? —El campesino asintió con la cabeza, pero no se veía muy convencido—. Cualquier amigo de Harvey es amigo mío. Serán poca cosa, incluso en lugar de cobrarlos podemos acumularlos para que se capitalicen.

Los ojos de mi madre me amenazaron cuando quise intervenir. El campesino estaba a punto de vender su vida en una deuda que, como una herida, lo desangraría lentamente. Intentó decir algo, pero Harvey lo interrumpió:

—Esas son las bondades del crédito, Jacobo. Ayer mismo te lo explicaba. ¡Es el progreso!

Su acento se arrastró sobre cada «r» de la frase, haciendo irreconocible la palabra «progreso». Tenía razón. Si algo nos estaba convirtiendo, como al resto de las Américas, en copia al carbón de Estados Unidos —un poco defectuosa, lo acepto— era el crédito. Como los yanquis, nuestros bancos prestaban dinero que no tenían, cinco o diez veces la suma de sus recursos, y decían que así generaban riquezas. Estábamos apenas aprendiendo, pero los financistas y otros bichos marrulleros como Harvey –y, para mi pesar, papá– proclamaban las capacidad del crédito para traer el futuro al presente: endeudarse ahora y pagar después. Un pacto fáustico a la medida de los tiempos modernos.

Mi madre me haló por el brazo. Salimos de la sala para dejar a los hombres con sus negocios. ¿Le había molestado, como a mí, la conversación? A ella le había heredado yo el sentido ahorrativo: ambas pensábamos que era mejor guardar hoy para mañana. Pero ninguna podía expresar su opinión: el crédito era el negocio de papá, lo que nos daba de comer. Ojalá el señor González pensara como nosotras y honrara el proverbial sentido ahorrativo adjudicado a los hombres del campo. Era preferible quedarse sin trabajo a obligarse a hermosear para otros, por siempre, una propiedad que nunca sería suya. Pensar que uno de los beneficiarios de aquella injusticia era papá me afligía, no solo por nuestro vínculo, sino por la tragedia de un hombre cuyo resentimiento es tan grande que esconde sus orígenes causando la desdicha de otros mucho menos favorecidos por la vida que él.

Existen dos tipos de resentidos: los pobres y los ricos. Papá era de los segundos, aunque empezó su andadura por el mundo como representante del primer grupo. En 1899, cuando se unió a los montoneros del movimiento insurreccional más tarde conocido como la «Revolución Liberal Restauradora», acababa de cumplir treinta años. Hasta ese momento no había vivido ningún suceso destacado, fuera de ganarse la antipatía de su padre adoptivo y director de la parroquia de Capacho Viejo al rechazar la orden sacerdotal. Era un nadie sin aspiraciones cuyo tiempo se ocupaba en hacer recados para la gente del pueblo, trámites por los cuales cobraba cualquier cosa. No necesitaba mucho para vivir. Además de la bebida, a la cual no era demasiado aficionado, su único pasatiempo era sentarse en la Plaza Bolívar para admirar a las muchachas cuando iban a misa. Al verlas con sus mantones sobre la cabeza, dentro de sus vestidos bordados de pureza o luto, el corazón se le aceleraba. Con cuidado dibujaba en su memoria los detalles de sus fisonomías, para recordarlas durante la noche. En ese momento, entre las sábanas inmundas de su camastro de pensión, solo o con una cualquiera, recordaba a aquellas muchachas y cumplía la fantasía de quitarles los atavíos de la contrición para llenarlas de su gracia divina.

La lujuria fue la perdición de papá. Mas no caería en desgracia por ninguna mujer de Capacho. Su destino estaba lejos de allí, a donde lo llevó la Revolución Restauradora. La sublevación que llegó en mayo a su pueblo se fraguó al otro lado de la frontera con Colombia, en Cúcuta, con sesenta hombres, y conforme avanzó hacia Caracas las tropas fueron multiplicándose en seguidores y en demandas. Su objetivo era sacar de la presidencia a Ignacio Andrade, un abanderado del partido Liberal con linaje de próceres que aún no cumplía un año en el poder. Junto con papá se unieron a la Revolución ciento veinte hombres. Antes del final de ese mes llegaron a ser cuatrocientos. Durante más de noventa días ganaron casi todas las batallas que libraron y, con más o menos trabajo, ocuparon las plazas principales de la cordillera andina. Para el primero de septiembre habían descendido de las montañas y entraban triunfantes en Barquisimeto, una ciudad ubicada a más de trescientos cincuenta kilómetros de Caracas. Veintidós días después, en la batalla de Tocuyito llegaban ya a los dos mil guerreros; la fama de los revolucionarios se había extendido por todo el país.

65

En la vega del río Tocuyo sellaron la victoria definitiva. Ya se sentían hombres nuevos; nuestra sociedad comenzaba a «restaurarse».

La tropa de papá celebró el triunfo en una casa de lenocinio. Las mujeres no se daban abasto ante la lúbrica voracidad de los montañeses, y sus proxenetas tuvieron que mandar a buscar más en caseríos vecinos. Seleccionaron para el general Castro una niña rubia, como le gustaban. Al general Gómez, su segundo al mando, le ofrecieron una mulata de grandes pechos. Pero él era abstemio y poco afecto a «las vagabunderías» con putas, así que se la cedió a su hermano, Juan Crisóstomo. Como los dos tenían rango de general, el mismo apellido y el mismo primer nombre, los subalternos llamaban al más cercano a Castro «general Gómez» y al otro «general Juancho» o, a veces, simplemente «don Juancho». El general Gómez era el oficial de intendencia y su responsabilidad era abastecer a las tropas. Había tenido que multiplicar los panes para alimentar a los cientos de hombres donde al principio eran sesenta. El milagro le ganó el respeto de los soldados. Si el general Castro era el Mesías de una nueva sociedad, el general Gómez tenía ya materia de Padre: era desde tiempos inmemoriales, incluso antes de llegar a Caracas, el dios que todo lo proveía. Por eso nadie le criticaba por detestar los excesos, y él no se atrevía aún a prohibirlos, si bien sabía que nunca quedaban del todo resueltos.

Una mujer malasangre como yo, una que conozca la lujuria brutal de una manada de hombres, puede imaginar sin problemas cómo sucedió la orgía de la victoria. Los animales no cabrían en las habitaciones. Quién sabe cuántos rebeldes y mujeres, pero principalmente hombres, estarían apiñados en los cuartos, a lo largo de cada pasillo, en la sala, en los baños y, por qué no, en la cocina. Cada uno empalmándose frente a la verga del compañero; viéndose copular entre ellos, con decenas de cuerpos femeninos como excusas. Militares de pelo en pecho ofreciendo sus hazañas amatorias a los compañeros como formas de heroísmo en la batalla, felicitándose entre ellos cada vez que sus cuerpos disparaban un chorro de semen caliente. Hombres de armas, el sexo *fuerte*. Mirándose hacer su voluntad en ese mundo minúsculo hecho a la medida de sus fantasías eran todopoderosos y estaban en todas partes. El prostíbulo era una miniatura a escala de la sociedad que acababan de fundar.

La mulata de grandes pechos que le tocaba al general Juancho estaba un poco flaca, pero era preciosa. A papá le dieron la orden de cuidarla, mientras su superior completaba la faena iniciada con unos jóvenes militares en el cuarto contiguo. Unas niñas habían entrado allí minutos antes. Papá imaginó que por su apariencia un poco hombruna no tardarían mucho con ellas. Pero las horas pasaban y la mulata se aburría. Cada cierto tiempo, los proxenetas acercaban la oreja al cuarto y le hacían señas a ella para que esperara. Estaba con papá en una mínima estancia donde no cabía nadie más. Del cuarto salió un sonido gutural de una de las mujeres-hombre y papá se persignó. Mirándolo, la mulata soltó una carcajada. ¡Vaya risa melodiosa! «Hace años perdí la fe», dijo ella. Allí se selló la suerte de papá: el hijo del párroco de Capacho no podía abandonar a una oveja descarriada. Entonces tuvo la mala idea de llenarla de su gracia divina.

La primera vez la besó en un cachete. La segunda, en la boca. Luego llegó directo al escote. Si lo huniera pensado mejor, ese nadie que era papá nunca se habría atrevido a tocar un paquete cuyo destinatario era un hombre tan poderoso, el hermano del dios-proveedor. ¡Corría peligro de muerte! Cada vez que sentía los labios carnosos de la mulata y mordisqueaba su lengua, iba llenándose de deseo. Sus tetas enormes se derramaban sobre el corsé y la mano de papá encontró rápido el territorio húmedo de su entrepierna. ¿Cuánto le llevaría? ¿Quince, veinte años? Putas conocía muchas, pero nunca se había sentido así con ninguna. El ritmo de las caricias comenzó a acelerarse y ella le susurró en el oído que se quedara muy quieto. Sintió su lengua y sus labios debajo de la oreja derecha. Las manos de la mujer, con el arte que da la práctica, le abrieron la braqueta y acariciaron su miembro. Papá suspiraba de placer cuando sintió una hilera de dientes hincarse en su cuello. No tuvo miedo: el gozo cancelaba cualquier otra emoción. Unos minutos después comenzó a sentirse débil. Tomó a la puta por el cabello y, a duras penas, la encaró. Sus labios estaban llenos de sangre. No comprendía qué pasaba: estaba mareado y confuso. Ella también. Respiraba entrecortadamente y le pedía disculpas una y otra vez. Se le fue la mano en el ímpetu de la mordida y ahora que él estaba a punto de morirse no sabía qué hacer. Él sintió el vacío ahogándolo y comenzó a llorar. Era un niño indefenso. La mujer besó sus labios casi quitándole la última exhalación. El sabor de su propia sangre le resultó agrio. Al borde de la pérdida de consciencia, supo que ella también lloraba. Nadie sabe cuándo ni por qué una mujer se enamora de un hombre: la puta se limpió los labios y mordió su propia muñeca para darle de beber su sangre.

Papá nunca me contó con tanto detalle cómo comenzó su hematofagia. Apenas se limitó a decirme que enfermó con la mordida de una prostituta negra destinada al general Juancho durante su incursión en las armas. El resto lo imaginé, aunque no me lo he imaginado todo: a la mujer que cobraba sus oficios porque aparentaba lo que no era la conozco muy bien. Soy yo; soy una pálida pelirroja igualitica a la prostituta mulata que enfermó a papá. Con una sola excepción: ella se inclinaba hacia la maternidad, incluso de los hombres adultos. Nadie nunca ha bebido la sangre de mi cuerpo como tampoco la leche de mis pechos. Jamás he sentido la necesidad de ofrecerme como alimento de nadie, ni siquiera para salvarlo, aunque lo condene. No me considero capaz de una muestra tal de humanidad. Lo único que papá me dijo de esa mujer fue esto: su último recuerdo de esa noche fue la sangre de la puta deslavándose dentro de su garganta, como una gangrena que, matándolo, lo revivía.

Después de la batalla de Tocuyito, altos dirigentes del partido Liberal y otros bichos con poder dentro del Gobierno comenzaron a voltearse. Desde Caracas llegaban telegramas dirigidos al general Castro para concertar reuniones con el objeto de decidir el desenlace de la Revolución. El final sobrevino cuando el presidente Andrade tomó un buque hacia la isla de Saint Thomas y más nunca volvió. El único heroísmo patriota de su renuncia estuvo en el nombre de su embarcación hacia el exilio, «Bolívar». Tres días después, la Revolución entraba triunfante en la capital.

Mientras tanto, en un pueblo situado a cuatrocientos kilómetros al suroeste de los acontecimientos, papá despertaba a una nueva vida en la casa del tamaño de una habitación donde vivía la puta. La reconoció agazapada en la sombra de una esquina. Vestía con recato; estaba a punto de salir a buscar una ropa que le encargaron para lavar. Ese era su oficio diurno. Ella le contó que escaparon del prostíbulo juntos, con ella llevándolo sobre los hombros. Papá no preguntó de dónde sacó la fuerza para eso, porque él debía pesar, al menos, setenta kilos y ella no pasaría de los cincuenta y cinco. Mientras ella terminaba de prepararse para salir, papá se quedó metido en los recuerdos de la noche anterior. Asumió que habían salido de allí a hurtadillas y que ella se las había arreglado para limpiar el charco que su sangre había dejado en el burdel. Cuando ella por fin salió para ocuparse de sus quehaceres, él se quedó postrado en la cama sin un deseo siquiera, más muerto de miedo que con la mordida: temía la ira del general Juancho o de su hermano. Cuando ella volvió, más de ocho horas después, papá seguía llorando. No lo tranquilizaba la idea de haber sobrevivido a su muerte.

En las siguientes semanas, intentó construirse una vida de poquita cosa con la puta lavandera. Fue más fácil aprender a llevar su condición de hematófago. El pueblo miserable en donde terminó no necesitaba un recadero, y su única salida fue hacer algunos trabajos como albañil. Ella siguió con el trabajo de noche, una o dos veces a la semana, para procurarse el alimento y saciar la condición que los atormentaba. Porque un hematófago no se alimenta solo de sangre, aunque siempre la anhela; come tres veces al día, lo mismo que los demás, aunque sienta predilección por la fuente de energía humana. Pronto se convirtieron en una pareja de cónyuges pobres. Peleaban todo el tiempo: ella estaba siempre agotada, él nunca encontraba trabajo.

Para ese momento, el general Castro se había convertido en el presidente de facto. Todos los días, papá leía en los periódicos los cambios en el Gobierno. Conocía a los funcionarios de la Restauración: eran sus antiguos compañeros de armas. Su amigo Pacheco trabajaba en la dirección de programas del Ministerio de Fomento. Una división de la policía estaba ahora bajo la jurisdicción de Morales, a quien antes de la emboscada de Toconó papá había enseñado a usar un fusil, sin que este le hubiera nunca tomado muy bien el tranquillo. ¡Y un menos-que-nadie como Prieto trabajaba directamente con el secretario de Obras Públicas! Papá se tomaba cada nombramiento como una afrenta personal, como si su incapacidad para conseguir trabajo en el pueblo miserable en donde vivía hubiera sido consecuencia directa de la suerte de aquellos montañeses con quienes una vez soñó un mejor futuro. Por primera vez la vergüenza de ser pobre se apoderó de su alma. ¿Qué era recuperar la vida si la pasaría llena de carencias? El humor de la envidia le corría por las venas, sin mezclarse con su nueva sangre: sus antiguos compañeros tenían más dinero del que habían soñado y él era el consorte de la puta del pueblo. Ella profundizaba su sensación de impotencia y no podía revelarle sus pensamientos. Una vez le sorprendió lanzando maldiciones en voz alta contra uno de aquellos hombres y se puso a llorar. «Mis sacrificios no son nada para ti», le dijo, y algo presionó el corazón de papá. La esposa abnegada. La madre nutricia. Sin embargo, era culpa de esa mujer que él no estuviera en Caracas. La situación no podía durar mucho más tiempo: papá era un hombre de armas y habían llegado los tiempos de paz.

Una noche, cuando ella fue a buscar sangre, él la abandonó. Primero se sintió mal, pero si algo le había enseñado la voracidad criminal de esa mujer era que la lujuria no es sino un placer excesivo. Y la vida con ella, aun después de la muerte, estaba vacía. No podía explicar por qué la abandonaba: ¿cómo definir la lujuria de dinero? Tampoco se permitió pensar mucho en el asunto, para cuando vio los primeros techos rojos de la ciudad ya la había olvidado. Entró a Caracas exactamente año y medio después que sus compañeros de armas. Iba a reclamar su lugar en la montonera.

Como era natural, aunque trágico si se mira con justicia, el general Castro se entendió con los mismos vagabundos que todos odiaban desde hacía décadas y siguió arando en el mar picado de siempre. No hubo restauración en los procedimientos ni en los ideales, aunque se introdujeron nuevos personajes. Los montoneros de su cortejo entraron en todas las instituciones del poder; se convirtieron en *el poder* mismo. Pero, aunque cambiaron las ruanas de la campaña por finas levitas en cuyos ojales brillaban insignias de oro, los lugareños nunca los vieron como algo distinto a unos invasores.

A los bárbaros venidos desde más allá de la frontera con Colombia los bautizaron «chácharos», como a los cerdos silvestres de la sabana, pues recordaban a los centranos que la humanidad estuvo una vez vinculada con seres inferiores. Esos hombres, o más bien *protohombres,* amenazaban la civilización, cuyo signo era el incipiente urbanismo de Caracas, con su arquitectura afrancesada surcada por modernos tranvías. No eran los primeros montoneros que tomaban la capital enguerrillada desde la Independencia, pero sí los más pintorescos. Tenían los ojos sesgados. Pálidas las pieles trigueñas. Iban armados con machetes envainados en cáscaras de cuero seco. Hablaban distinto, con un sonsonete ronco de extranjeros. Trataban a todos de «usted», a la vez indefensos y dominadores. Provocaba convertirlos en víctimas o burlarse de ellos. Pero, a pesar de las burlas, los bárbaros hicieron eso que hacen tan bien los bárbaros: montaron una barbarocracia. Con sus colmillos de cerdos salvajes royeron las viejas estructuras de poder. Llegaron para quedarse. Y, con el tiempo, cambiaron el país.

Lo hicieron todo frente a las expresiones atónitas de los centranos. «¿Quién es ese tal Castro?», se preguntaban ellos con su arrogancia de urbanitas, burlándose. Un individuo minúsculo, risible, incapaz de gobernar por faltarle el talante intelectual para hacerlo. Para más remate: lúbrico y propenso al bochinche. «¿Y ese Juan Vicente Gómez, a quien hizo su vicepresidente?» Era peor: una sombra suya sin carácter ni habilidad para nada. Un par de timoratos más en el desfile eterno de generales en el poder que era nuestra historia. Los centranos no reconocieron el contubernio de los compadres. La vieja amistad entre hombres articulando una nueva sociedad. En tiempos de guerra, la piara fue la estructura cerrada de su poder. La primera medida de la barbarocracia fue convertir al general Castro, el cerdo principal, en cabeza de Estado: padre de la manada, patriarca del pueblo. Y, como no hay primero sin segundo, Castro hizo del general Gómez, su mano derecha durante la guerra, el vicepresidente. Le otorgó una extensión de la intendencia en el ejército, cuya descripción de cargo era la misma que antes: limpiar el rastro de mierda que dejaban sus vagabunderías. En tiempos de paz, el dios-proveedor aprendió a lavar los pecados.

Papá llegó a reclamar su lugar en la piara buscando a quienes habían sido sus amigos más queridos. Era un punto de partida: colocarse con un antiguo compañero de armas, aprender cualquier oficio y estudiar la manera de conseguir por allí alguna prebenda. Si les había funcionado a tantos, ¿por qué no le iba a funcionar a él? Sin embargo, las cosas no eran tan fáciles. Prieto le mandó a decir con la secretaria del departamento de Contabilidad de Obras Públicas que no había plazas disponibles. Si quería, podía volver en unos meses. Morales lo recibió mientras despachaba a un policía de poca monta y se disculpó por no poder ayudarle. Ni siquiera cuando lo despidió, se dignó a mirarlo. A la semana de llegar a Caracas parecía claro que iba a ser tan difícil conseguir trabajo allí como en el pueblo de la puta. Lo peor era que no tenía dinero y se veía obligado a dormir en un banco de la Plaza Bolívar. En sus pesadillas se veía allí, para siempre convertido en un pordiosero, hirviendo sus rencores en los candentes mediodías caraqueños, hecho menos que un nadie por la indiferencia de sus amigos. Solo Pacheco, Pachequito, el hombre que le ofrecía su casaca cuando el frío de la montaña le pegaba en los huesos, le reveló lo que por otro lado ya debía imaginar: el general Juancho aún le guardaba rencor por haberse llevado a su puta. Ningún hombre que alguna vez hubiera estado bajo su mando o bajo el mando de uno de los muchos Gómez que habían llegado a la capital con la Restauradora iba a hacer nada por él.

—Pues entonces yo mismo iré a hablar con mi general —apuntó papá; el subalterno hacía cualquier cosa por acoplarse.

Pacheco le sonrió sin estar muy convencido y le dio dinero para que esa noche durmiera en una pensión.

Si el general Gómez era la mano derecha del presidente, el general Juancho lo era de su hermano. Era la punta visible de una estructura piramidal construida por el vicepresidente a partir de afinidades consanguíneas. Esa estructura era una medida para la perdurabilidad: el general Gómez la armaba con cuidado, operando desde la sombra, con el objeto de rodearse de gente leal y protegerse de los humores cambiantes del presidente Castro. Convocó a miembros de la familia y amigos. Muchos habían atravesado las montañas con ellos en 1899 y a otros hubo que mandar a buscarlos. A todos ofreció lugares clave: respondían no al general Castro sino al vicepresidente, pero lo hacían a través de la jefatura del general Juancho. Y así se gestaba en la sombra un Gobierno paralelo que, con el tiempo, sustituiría a la Revolución. Sería la restauración dentro de la Restauración.

74

«Quizá la buena vida y el poder ablandaron ya el corazón del general Juancho», pensaba papá esa mañana cuando se dirigía al despacho de su antiguo superior, ubicado en la Esquina de Pelota. La indiferencia de la secretaria y las más de dos horas que su superior lo obligó a esperar le hicieron cambiar de idea. El despacho era una madriguera oscura donde el general Juancho lo recibió, de pie al lado de su escritorio, iluminado por una cálida luz cenital. Sin darle tiempo para que dijera nada, este dejó caer sobre su cabeza una descarga verbal en el tono llano y distante de los andinos: qué cachaza tenía de presentarse frente a él después de huir llevándose lo que era suyo.

–General Juancho... –quiso intervenir papá.

Su superior interrumpió la disculpa. Eran tiempos de paz y no permitía que le dieran más títulos de guerra: debía llamarlo don Juancho. No podía mandarlo a fusilar por irse de esa manera aquella noche, pero no permitiría nunca que nadie le viera la cara de pendejo. Le aconsejó irse por donde había venido. El labio inferior le temblaba. Descorazonado, papá iba a responder algo, pero una silueta humana se revolvió en la parte más oscura del despacho.

–Juanchito: deje que este demuestre cuánto vale, aquí nos sobra el trabajo.

Hablaba el general Gómez. Caminaba hacia la luz. Debajo de sus bigotes se extendía una mueca perruna. Sin ceremonia ni saludo, informó que una quebrada se había desbordado y necesitaban obreros para reconstruir sus diques. La sonrisa que había comenzado a dibujarse en la cara de papá se congeló: ¿le ofrecían un trabajo de albañil, como el que tenía en el pueblo de la puta?, ¿para eso se expuso a la ira de don Juancho? Si lo pensaba bien, no era tan mala la inquina de su antiguo superior; lo peor sería adularlo por una limosna del hermano. Sin embargo, ¿cómo podía rechazar un trabajo si era un muerto de hambre? Aceptó. No podía darse el lujo de tomar otra decisión: ya tendría tiempo para voltear las cosas a su favor.

La buena estrella de papá hizo que meses después de estrenarse en Caracas como albañil estallara una nueva revolución. La dirigía Manuel Antonio Matos, más civil que militar, más hombre de negocios que político. A falta de un gremio financiero organizado, él encarnaba la estructura misma de la economía: poseía entidades bancarias, casas comerciales, haciendas kilométricas y acciones en compañías dentro y fuera del país. El general Castro se había enemistado con él cuando su banco se negó a otorgarle un préstamo al Gobierno. Herido en su orgullo, el presidente mandó a poner preso a Matos y a otros banqueros que lo habían imitado. Aprovechó la oportunidad para humillar a los centranos en las personas de sus prohombres, haciéndolos desfilar esposados por la ciudad, camino de La Rotunda. A los tres días los soltaron. Pero el daño ya estaba hecho: un hombre decente, en especial si era rico, no podía dejar impune la afrenta de un vil cháchara. En menos de un año, Matos ya había alineado los intereses de la aristocracia y de las compañías extranjeras –sus socios naturales– con el polo más inestable de la sociedad: los caudillos rurales ninguneados en la Restauración. Con un ejército de cincuenta mil hombres bien armados, lo de Matos casi llegó a ser una guerra civil. Los centranos y los capitalistas extranjeros lo celebraron: ya contaban con la caída de Castro y el ascenso al poder de Matos. ¡Por fin un civil al mando!, ¡se venía el Gobierno de un *verdadero* administrador!

Mientras tanto, papá coqueteaba con la idea de alistarse en la nueva revolución. Admiraba a Matos. Le hubiera gustado tanto ser un hombre como él: llenito de dinero y de influencia, sin tener que arrastrase detrás de nadie para conseguir respeto. ¡Pobre cerdito soñador! Aquel hombre era un gente, hecho con dinero viejo, y papá un nadie, aun ni siquiera un chácharo. En ese momento, su complejo de inferioridad tomó la forma definitiva de un resentimiento contra los ricos de cuna. Porque la bonanza y el poder de los animales podría imitarla algún día, pero tendría que volver a nacer y tener una vida radicalmente distinta para remedar la hidalguía de un Matos.

Muy a su pesar, papá comprendió que su lugar estaba con su manada. Lo bueno es que los tiempos eran propicios. Se alistó bajo el mando del general Gómez, a quien el presidente Castro había comisionado la contraofensiva. Frente a la superioridad numérica y de insumos de las tropas financiadas por Matos, la estrategia del vicepresidente fue actuar en silencio: desarmando tropas, cazando caudillos y bloqueando cargamentos de armas. Desmantelando de forma progresiva todas las fuerzas de la Revolución. Su guerra era dilatada, pero sin cuartel. Una cacería sin tregua para el enemigo. Sus fuerzas asaltaban campamentos por la noche y, en las madrugadas, llegaban en tren a ciudades sitiadas. En noviembre de 1902, Matos tuvo que exiliarse en Curazao.

La Revolución que empobreció al país y terminó de enemistarlo con las potencias extranjeras le ganó a papá el grado de coronel y, como botín de guerra, una hacienda arrebatada a la viuda de un seguidor de Matos, adjudicada con todo y peones. En apenas dos años pudo ponerla a producir sin complicarse mucho. Pero su corazón no estaba en la tierra: ni su éxito con las armas ni su nueva faceta de hacendado le quitó de la cabeza que el dinero infundía respeto. Sabía que un nadie como él, tantas veces menospreciado, necesitaba comprarse el respeto. Quería ser un Matos. Durante las eternas noches del campo, después de que todo el mundo se recogiera temprano para comenzar al día siguiente la faena antes de que saliera el sol, él se desvelaba pensando en el negocio descubierto gracias a su fascinación por Matos: el crédito. Era un montonero hecho militar convertido en campesino que soñaba con ser burgués. Así fue como concibió el negocio de una compañía financiera propia. Ganaría la confianza de la gente financiando sus estudios, comprando sus propiedades, pagando por sus emergencias. Si le iba bien, luego tocaría el turno de los clientes comerciales: las tiendas de minoristas, los negocios pequeños, una que otra empresa grande en apuros o que quisiera ampliar sus horizontes. Pero para cumplir su sueño y convertir a Gutiérrez & Compañía en una realidad le faltaba un permiso del Gobierno.

No podía volver a buscar a Prieto. Ni a Morales. Mucho menos a Pacheco, quien tanto había hecho por él. La inquina de don Juancho continuaba intacta, acaso empeorada al enterarse de sus éxitos individuales como soldado. Comprobó esto cuando intentó hacer los trámites de la compañía por su cuenta: lo chupó el laberinto burocrático. La presentación de cada documento firmado venía sucedida de nuevos requerimientos y ninguna diligencia salía sin antes pasar por interminables trámites engorrosos. Detrás de cada prórroga y cada negativa, papá reconocía la voluntad de su antiguo superior. No valía la pena buscar un socio y no había testaferro que enmascarara su nombre. El vicepresidente estaba determinado a obstaculizar su conversión en hombre de negocios. Nadie quería enemistarse con el segundo hombre del segundo hombre de la Restauración. Y papá no podía culparlos.

Puesto que la política no ayudó a su movilidad social, apeló al otro método de ascenso disponible para alguien como él en aquellos tiempos: el matrimonio. Cuando tomó esta decisión, su buena estrella se hizo útil de nuevo. Un amigo lo invitó una noche a un club donde le presentaron a una gloria castrense del siglo anterior: el coronel Eustaquio Martínez. El militar venido a menos había caído en el humillante vicio de las apuestas y era fácil timarlo. Esa noche papá ganó una esposa, y mi abuelo perdió a su única hija en un juego de bacará.

No fue solo el matrimonio con una mujer de buena familia lo que convirtió a papá en alguien respetable. Resultó que su nueva familia tenía numerosos contactos entre los viejos políticos reciclados por el castrismo. Un par de llamadas del coronel Martínez le consiguieron el permiso para montar la ansiada compañía financiera. Los amigos de su suegro lo ayudaban con gusto: era útil un negocio así para el yerno de tan célebre apostador. Mientras no tuvieran ellos que hacerse cargo de las deudas del coronel, a cualquier cosa estaban dispuestos. En agosto de 1905, la misma semana en que abrieron la primera sala de cine en Caracas, papá se casó con mi madre. Seis meses después, Gutiérrez & Compañía comenzó operaciones. Lo que los lamebotas de don Juancho le habían negado los aduladores del castrismo allegados al coronel Martínez se lo proporcionaron. Aquello hubiera sido suficiente para hacer de papá un castrista convencido. Sin embargo, tres años después las reglas del juego cambiaron. Cuando el presidente viajó a Europa para tratarse una infección en la uretra empeorada por la sífilis, el general Gómez le dio el golpe de Estado que todos esperaban desde hacía tiempo. La restauración dentro de la Restauración comenzó con el quiebre de la amistad entre los compadres. Y emergió de la sombra la estructura de poder construida durante ocho años por la gente del vicepresidente. La era de los Gómez había llegado.

IV

Quince años después del golpe de Estado, el animalismo de los chácharos ya se había disuelto en la sinvergüenzura generalizada de los pelafustanes exquisitos de nuestra clase pudiente. Cuando todas nuestras fuerzas terminaron de centrarse en el general Gómez, sus parientes de sangre comenzaron a estructurar un régimen nepotista de pretensiones dinásticas protegidos por el círculo de apegos por parentesco y los enchufados, este último grupo surgido gracias al comercio con los hidrocarburos. Disfrutaban de las prerrogativas del apellido o de la legitimidad del amiguismo comprándose mujeres deseables u hombres decentes para decorar las salas de sus casas. El general Gómez mismo había privilegiado este sistema para neutralizar a los amigos del general Castro ofreciéndoles cargos públicos o licitaciones de jugosos contratos. Se inventó cuerpos consultivos, consejos de gobierno y cámaras de asesoría con el objeto de mantenerlos contentos. Los títulos de los nuevos despachos, a cual más pomposo, cuyos miembros con frecuencia tenían rango y sueldo de ministros, escondían organismos huecos con todos los atributos del poder sin el poder. La estructura del Gobierno se hizo increíblemente compleja y los burócratas competían entre ellos. El resultado eran instituciones débiles, apenas sustentadas por la constante producción de leyes y decretos con el objeto de fortalecer tal o cual organismo y favorecer a los más leales. Con tanto enredo, la capacidad de gestionar se diluía y, al final, mandaba sobre todas las cosas el único hombre que estaba por encima de las instituciones, el dios-proveedor, el mismo que limpiaba los pecados, ahora convertido en todopoderoso: el general Gómez. Los privilegios de la sangre, la avaricia envuelta en adulación y la costumbre del gran taita de comprarse lealtades contribuyeron a crear una plutocracia: gobernaban los muy ricos sobre los demasiado pobres.

Una estampa de la grosera opulencia de los tiempos y del ostentoso aparato público construido por el gomecismo para defenderla nos recibió a papá, a mi madre y a mí en la quinta Las Acacias el 5 de mayo de 1921, cuando llegamos un poco pasadas las cuatro de la tarde al *thé dansant* ofrecido por los Boulton para conmemorar el cumpleaños y la visita de don Fernando María de Baviera y Borbón, duque de Cádiz. En el centro del vestíbulo de la mansión de los Boulton en el exclusivo barrio El Paraíso se encontraba el agasajado con sus anfitriones, John Boulton Rojas y Catalina Pietri, además de los agentes del poder ejecutivo, encarnado en las personas del general Gómez y el doctor Victorino Márquez Bustillos. En ese momento, Gómez no era el presidente; sino el hombre que mandaba, ejerciendo un poder ubicuo desde la figura del ilustre pendejo de peludos bigotes hacia arriba parado a su lado. En 1914, cuando fue «reelecto», Gómez prefirió quedarse con el «más humilde» –y ventajoso– título de Jefe del Ejército. Total, podía gobernar desde su hacienda en Maracay, ubicada más de ciento veinte kilómetros al oeste de Caracas, si se extendía un poco la que hasta entonces había sido la presidencia provisional de Márquez Bustillos. Como resultado de esa medida, el doctor se encontró en la humillante situación de correr entre Maracay y Caracas, durante un septenio, cada vez que debía tomar una decisión.

La larga fila de invitados se extendía desde la entrada hasta donde estaba el grupo. Como en un gabinete de maravillas, allí se reunía una representación a escala del variopinto gentilicio capitalino, desde los representantes de su más absoluta cursilería urbana hasta su intrascendente provincialismo. También, por supuesto, cómo olvidarlos, los inversionistas extranjeros. Todos vestían de las más variadas formas, pero compartían la cara de expectación por tener la oportunidad de presentar su respetos a un miembro de la realeza española, así como a los especímenes más empingorotados de nuestra burguesía. Durante la casi media hora que esperamos para llegar hasta donde estaba el infante, el temor a que esa noche volviera a manifestarse mi condición malasangre me atormentaba. Cualquier acción instintiva podía mandarme al convento, donde estaría a merced de quién sabe qué métodos para constreñir mis apetitos. Era peor si me obsesionaba con esa idea y me propuse fijar en mi cabeza todo lo que veía, tratando de olvidar mis miedos. Como si hubiera sabido entonces que luego escribiría al respecto, quería interpretarlo todo, ya desde entonces tenía la vaga consciencia de que la situación de mi enfermedad se veía empeorada por aquel ambiente tiránico del gomecismo. En la importancia de sus vínculos sanguíneos, ese patriarcado tenía una estructura similar a la monarquía que representaba el infante demasiado pálido con bigotes en forma de gancho al final de la cola. El general sustituyó el caciquismo colonial de antes por el imperio de sus parientes de sangre o de braguera. Los Gómez estaban desperdigados por toda nuestra geografía para hacer cumplir la voluntad del taita mayor. A falta de sangre azul y títulos nobiliarios, los chácharos entregaron concesiones petroleras y otras prebendas con el objeto de solidificar una cáscara de lealtades alrededor del general, infranqueable para sus enemigos. De eso se trataba el poder: de la perpetuación y la protección del puesto. Un mundo de hombres hecho para hombres.

Cuando quedaban apenas pasos para llegar, noté el visible nerviosismo de papá. Disimulé: por nada del mundo me hubiera perdido la oportunidad de estrechar las manos de un noble. De cerca, el infante era menos impresionante que en los periódicos. Vestía un traje militar sencillo y lucía un gran número de condecoraciones en el lado izquierdo del pecho, entre las que destacaba, en rojo, la cruz de la Orden de Santiago. A su lado, John Boulton Rojas era la estampa del dinero viejo. Ningún exceso dañaba su porte señorial: conservaba el tipo europeo de sus antepasados ingleses y se limitaba a saludar con la cabeza, así se mantenía ajeno a la situación, mientras dejaba los brazos cruzados sobre su paltó levita negro de corte impecable. Su esposa llevaba un vestido de *charmeuse* de seda color lila con aplicaciones de flores a un lado de la cadera. Le extendió la mano a papá para que se la besara y él respondió con recelo, sentimiento que se hizo notorio cuando estrechó la mano del anfitrión, quien no se dio cuenta, encerrado en su frialdad de ricachón. Al doctor Márquez Bustillos papá ni lo saludó, porque cuando estuvo cerca del general Gómez perdió los papeles: se abalanzó sobre él, agarrando sus manos enguantadas y balbuceando algo sobre los tiempos de la Revolución Libertadora. Desde su arrogancia de hombre poderoso, los ojos del general lo escrutaban, sin atinar a responderle, hasta que mi madre sacó a papá de su campo visual. Así ella perdió la oportunidad de estrechar la mano del infante. Yo iba detrás, avergonzada por el espectáculo. Fui incapaz de hacer los honores adecuados, limitándome a saludar con la cabeza. Por primera vez veía en persona al general Gómez y me pareció más pequeño que en las fotografías de la prensa. Mientras me alejaba para buscar a mis padres en el jardín, me pareció que el general y el doctor me dedicaban miradas luctuosas.

Una multitud de lámparas eléctricas daban al exterior de Las Acacias la apariencia de un elegante árbol de Navidad. Tres enormes mesas de *buffet* marcaban los lejanos confines de la propiedad de los Boulton. Al fondo estaba una mesa con bandejas de tres y cuatro pisos repletas de frutas, tortas, galletas, bizcochos, bombones y toda suerte de *petit fours.* A cada lado de la fiesta se extendían mesas donde se apretujaban enormes patas de jamón de bellota, otros embutidos cocidos con especias y toda suerte de entremeses, como los sándwiches en miniatura propios de los *thés dansants,* las ensaladas y los pasteles de carne, cazón o pollo. No había mostrador de bar, pero en una esquina estaba uno donde se servían café, chocolate e infusiones de los más exóticos lugares del mundo, así como jugos de fruta y algunas colas. Las bandejas con *champagne* y cocteles de vinos de Burdeos flotaban por todas partes. El ambiente era una sola algarabía de risas, insinuaciones hechas con discreción y conversaciones entre personas sonrientes que se verían por primera vez y luego seguro se olvidarían. Resultaba increíble aquel ambiente de abundancia en una sociedad tiranizada, empobrecida y enferma como era la nuestra.

En la esquina más próxima del jardín, mi madre reprendía a papá por haberse ofuscado de esa manera frente al general. Él no le hacía caso: contemplaba la orquesta, sus pupilas parecían temblar al ritmo del vals criollo. Los músicos no conformaban el modesto cuarteto al que estábamos acostumbrados a escuchar los domingos en la Plaza Bolívar. Eran una orquesta, diría que sinfónica, digna del Teatro Municipal: con violines, violas flautines y hasta un oboe. Al vals criollo le siguió uno vienés y más tarde escuché algo de Chopin. Saliendo de la nube de asombro causada por la fiesta, papá nos propuso buscar una mesa donde instalarnos. Los verdaderos objetivos del rodeo quedaron implícitos y eran las razones para estar allí: él buscaría un socio y yo un pretendiente. Mi madre, mientras tanto, cuidaría de que ninguno de nosotros hiciera el ridículo o algo *criminal* esa noche.

Con frecuencia teníamos que pararnos a saludar, en especial a los clientes de papá. En muchos casos nos saludaban con frialdad, cuando no se hacían los desentendidos. Al fondo, en un grupo de viejos departiendo con animosidad estaba Antonio Pimentel. Papá le preguntó a mi madre si conocía a alguno de sus acompañantes. Ella negó con la cabeza y él reaccionó estrujando las manos con nerviosismo. Luego caminó en dirección al grupo y estuvo un rato intentando inmiscuirse en la conversación, pero lo ignoraban. Mi madre chascó la lengua con gesto desaprobatorio, no comprendí si debido a la actitud de quienes no lo tomaban en cuenta o de papá, capaz de hacer cualquier cosa por lograr el favor de san Antonio. Ella dejó de ponerle atención cuando se encontró con un grupo de amigas, todas vestidas muy elegantes, incluso las beatas —o las solteronas, siempre confundía esas ocupaciones—, la mayoría mostraba un poco más de carne de la necesaria sobre los escotes y bajo las mangas de las blusas. Algunas compañeras de mi escuela también estaban allí, con sus familias. Cuando no me ignoraron, se limitaron a saludarme de lejos. Traté de no darles importancia y concentrarme en las novedades de la fiesta. Era mi primera vez en un acontecimiento social semejante. Era sorprendente la cantidad de extranjeros repartidos entre el jardín y los lujosos salones. No me refiero a los miembros del cuerpo diplomático de España y sus numerosas familias que acompañaban al infante Borbón, sino a una multitud de catires blanquísimos con pinta de estar perdidos en una selva de finos objetos decorativos, todos vestidos de gala, a excepción de algún yanqui con sombrero Cavanaugh que acercaba el Lejano Oeste a nuestra provinciana capital. Al lado de ellos, un grupo de negociantes antillanos departía con obesos ancianos embutidos en viejos uniformes militares. Entre ellos resaltaba la blanquísima y desagradable fisonomía del tal Harvey. Me hice la que no lo había visto, aferrándome al brazo de mi madre. Ella también siguió de largo.

Una fanfarria anunció que el «Benemérito Presidente Constitucional Electo y Comandante en Jefe de las Fuerzas Armadas» entregaría al infante Borbón su regalo de cumpleaños. Se trataba de un enorme libraco, metido en un estuche de cuero, con fotografías reveladas en el Estudio Manrique. Allí estaban cientos de imágenes de los cinco días que Su Alteza había estado entre nosotros. El general Gómez parecía incómodo por tener que hablar en público y puso el paquete en manos del agasajado, ahorrándose las ceremonias. El otro, más acostumbrado y con un gusto más evidente por la pompa, agradeció con grandilocuencia la amabilidad de sus anfitriones y recordó cada momento agradable entre nosotros, describiéndolos todos como «inolvidables». Y no eran pocos, por lo cual estuvo hablando un buen rato. Al final, estalló el aplauso del público. En ese momento papá se reunió con mi madre y conmigo. Una segunda orquesta aprovechó para comenzar un repertorio de música moderna. Resultaba tan impresionante como la primera, pero ahora sonaron canciones de jazz, algunas interpretadas por una vocalista cubana. Incluso la iluminación natural me parecía legendaria: solo gente como los Boulton lograba un cambio en el acostumbrado rojo del atardecer por los colores cobrizos más acordes con la decoración de Las Acacias.

–Ay, por Dios, Evaristo, ¿ese no es Alberto Rodríguez? –preguntó mi madre señalando a un hombre gordo y trigueño que daba palmadas a un lado de la pista de baile–. ¡Pero si era un conocidísimo castrista! Todo el mundo sabe que hizo una fortuna procurándole novias al general. La primera, su hija, me parece.

Sentí un escalofrío y no supe si se debía al contenido de la acotación de mi madre o a la forma casual como la hizo. Sin inmutarse, papá replicó que los tiempos cambiaban. Luego la empujó con suavidad hacia un grupo de gente. El impulso hizo que su brazo se zafara de mi mano. Los observé perderse dentro de una marabunta. Aproveché el momento para agarrar uno de los cocteles de vino que me ofrecía un mesonero. Un calor glutinoso me subió desde el centro del estómago; comenzaba a relajarme. Me quedé un rato parada al borde de la pista de baile para observar no a las parejas sino a los mirones repartidos alrededor.

Mi madre me hizo señas desde la otra esquina del salón. Estaba sentada con una pareja de señores mayores y un hombre joven. Eran la familia Aparicio, según me dijo papá cuando vino a buscarme. «Ese viejo me detesta de manera cordial desde hace como veinte años», murmuró en mi oído. Su voz sonaba como si estuviera advirtiéndome algo. «Maldito enano gordo y dicharachero», añadió. Quizá no se dirigía a mí: tenía la costumbre de hablar consigo mismo. Dando grandes zancadas nos acercamos hasta el grupo y, como la señora Aparicio le ofreció su mano, papá la saludó primero.

87

–Este que ve usted aquí, querida Diana, es uno de los hombres más ingeniosos del país –dijo papá, dándole una palmada en la espalda al señor Aparicio. Me pregunté si era capaz de hacer negocios con alguien a quien detestara.

Le gustaba tener a sus enemigos más cerca que a sus amigos. A mí, la verdad, no me parecieron desagradables. Eran amigos de la familia Malavé, nuestros vecinos. Para mí esas eran las mejores referencias. Los Malavé siempre fueron cordiales y frecuentaban con regularidad la casa; no desconfiaban de papá ni parecían rechazar su oficio de prestamista, y nunca pidieron sus favores. Necesitábamos gente así esa noche, pues papá había vuelto a probar el desprecio centrano: ni sus socios ni las amigas de mi madre, mucho menos los padres de mis amigas del colegio, nos ofrecieron asiento cuando los saludamos. Incluso una de las beatas había ignorado a papá, parado al lado de mi madre, mientras conversaba con ella, solo para no tener que saludarlo. Gutiérrez & Compañía había hecho poco por lograr la honorabilidad de mi familia. Quizá por eso papá se portaba cordialmente con los Aparicio, aunque detestara a su patriarca. Si el santo Pimentel lo ignoraba y el Aranguren aún no aparecía, don Antonio Aparicio tendría que hacer el milagro.

–Favores que te adornan –contestó el interpelado. Papá exageraba: ni era enano ni estaba tan gordo. Faltaba por saber si la conversación era animada y ocurrente. Y eso estaba a punto de averiguarlo.

Sentí el bigote húmedo de don Antonio Aparicio sobre la mano, y me la habría limpiado con discreción si no me hubiera presentado a su hijo. No podían ser más distintos el uno del otro. Si el viejo era oscuro, redondo y de facciones toscas, las carnes del hijo eran tan blancas como fibrosas, y el perfil de su nariz, adecuado. Lucía como un cuadro del Renacimiento; incluso sus ojos brillaban un poco como la pintura al óleo. Su mejor característica: era diez años mayor que yo, un buen candidato para marido. Lo saludé esmerándome con la simpatía, pero él fue displicente. Desesperanzada, me dejé caer sobre la silla vacía entre él y su madre. Papá preguntó si el joven había estudiado en la Universidad de París. El muchacho lo miró con los ojos entrecerrados, asintiendo con la cabeza erguida y la mandíbula un poco de medio lado, en un gesto algo femenino. Mientras tanto, su madre me había hecho señas para que me acercara a ella.

–¡Qué cabello tan hermoso tienes! –dijo, sin tomar en cuenta los lamentos de su marido cuando explicaba la ansiedad de su hijo por volver a Francia–. Mira, Antonio, esta muchachita tiene el pelo rojo como las europeas.

–¡Serán las nórdicas, querida! –contestó el interpelado, entre risas–. Porque las mediterráneas tienen esas cabezas oscuras como la noche.

–Me encanta el color de tu pelo –dijo la señora Aparicio dirigiéndose a mí. Sus ojos azules brillaban con la transparencia del Mar Caribe–. Hay algo feroz en las pelirrojas, ¿no les parece? –añadió, ahora dirigiéndose a todos.

El cuchillo de mi madre resbaló sobre el plato con un sonido brusco que arañó el ya delirante compás de la música. No pude evitar reírme. En ese momento, papá reconoció a un señor al otro lado de la fiesta. Levantó la mano para saludarlo, pero el otro no le correspondió, aunque era evidente que lo había visto. Se trataba de Antonio Aranguren. Para disimular, mi madre comenzó un monólogo sobre la concurrencia de la fiesta. Le parecía haber visto a célebres opositores al Gobierno y no comprendía qué querían probar los Boulton con eso. Sin decir sus nombres, para no comprometerse, la señora Aparicio le aclaró que esas personas habían cambiado de bando. Las concesiones petroleras que el general Gómez daba a discreción compraron sus lealtades:

como buen militar, sabía que las mejores batallas eran las que no se libraban.

—El único hombre célebre aquí no es el Borbón, sino es ese Vito Modesto Franklin —intervino el señor Aparicio. Su tono tenía la cadencia de una incipiente borrachera.

—¿Aquí?, ¿cómo aquí? —reaccionó su hijo—. ¡Si el infante lo retó a un duelo!

—No debe de ser así, porque lo encontré muy animado conversando con un grupo al otro lado del jardín —contestó el padre.

Mi madre y papá intercambiaron miradas. Una semana antes, el señor Franklin mandó un recado pidiendo reunirse con papá. Le preguntaba si estaba interesado en «una sociedad», un eufemismo para pedir prestado. Los abogados y otras gentes decentes nunca necesitan dinero: buscan socios o invierten. A los pobres corresponde la precariedad del préstamo. Debido a la fama de embaucador y de persona de mala vida de ese señor, mi madre se negó a recibirlo en casa. Papá decidió no responder el mensaje, con la esperanza de que eso dejara abierta la posibilidad de escribirle más adelante si lo necesitaba.

—Dicen que la otra noche tuvo un ruidoso encuentro con el infante en La Francia —explicó el Aparicio más joven, su disposición reveló que tenía facilidad para contar historias—. Ambos se habían enamoriscado de la misma tonadillera, no me acuerdo ahora de si era la Carmen Flores. El Borbón le arrojó un guante a la cara y lo retó a duelo porque creyó que en una de sus fiestas de bohemios —en este punto el hablante exhibió una sonrisa burlona— el señor Franklin bebió *champagne* del cuenco del ombligo de la corista.

—No es una corista —lo corrigió el señor Aparicio—. Carmen Flores es una de las voces más destacadas del cuplé del mundo.

—Eso debe de ser mentira —intervino papá—: en este país no se organiza un duelo desde el siglo pasado.

—¿Su nombre no será Víctor? «Vito» parece un apodo —reflexionó mi madre.

—Imagino que tienes razón, Cecilia. Pero los payasos de la revista *Fantoches* acuñaron el término «vitoquismo» para referirse a sus enredos y faramallerías —dijo el joven Aparicio. Añadió que en la revista publicaban artículos ridiculizando su pose de elegante cosmopolita. Leoncio «Leo» Martínez estaba en su contra y lo más seguro es que fuera un pobre hombre, además, por supuesto, de un ilustre gomecista.

La señora Aparicio negó con la cabeza.

—Yo no estaría tan segura. Alguien contaba hace un rato... —todos nos acercamos a ella y bajó el tono de voz, como si fuera a revelar un secreto— que mató a un hombre.

Mi madre se persignó y papá soltó una carcajada, rompiendo la actitud confidencial que habíamos adquirido.

—¡Lo que dicen es que iba a ser sacerdote! —comentó el joven Aparicio.

Una expresión de alarma recorrió la cara de mi madre. Mientras limpiaba polvo imaginario de su chaqueta, el señor Aparicio contó que ambas cosas eran ciertas. En su versión, el señor Franklin nació en un pueblo cerca del Puerto de La Guaira. Perpetró el asesinato a los quince años durante una trifulca de bar y por eso le cayeron varios años en la cárcel. Cuando quedó en libertad, se mudó a Barlovento, donde hizo algo de dinero cultivando cacao. Cuando reunió suficiente, se mudó a Caracas con el objeto de sacar la carrera de Derecho en paralelo con la de Teología. Estuvo a punto de ordenarse.

—Pero los curas descubrieron su pasado criminal y lo impidieron —concluyó papá. Siempre el hijo del párroco de Capacho: un delincuente con votos era impensable.

—Exacto —dijo el señor Aparicio.

—¿Pero ese hombre es un gato? ¿Cuántas vidas tiene? —preguntó su esposa—. Algo debe de ser mentira.

—En el caso de Franklin, todo debe de serlo —acotó su hijo—. Se la pasa con el corrillo intelectual de La Francia y no hay persona ajena a su fascinante personalidad. Cualquier cosa que diga se la creen.

—Pero algo debe de haber hecho bien para pasar del Puerto de La Guaira a una fiesta en El Paraíso dedicada a un noble, ¿no? —dije, levantándome para estirar un poco las piernas. Todos me miraron, la única que me dio la razón, asintiendo con la cabeza, fue la señora Aparicio. Se lo agradecí, aunque quizá me apoyaba por considerarme demasiado jovencita para tener una opinión. Mi madre me puso la mano sobre el brazo para hacerme callar. Yo tampoco tenía intención de continuar mi razonamiento. Las anécdotas del señor Franklin se hundieron en intercambios banales de información, hasta que el joven Aparicio saludó de lejos y atrajo a nuestra mesa a un hombre mayor y a su hijo.

—¡La hija de Evaristo Gutiérrez, caramba!

No. No fue repelús lo que me causó la mirada acuosa de pupilas dilatadas lanzada por el viejo recién llegado. Fue algo más desagradable. El sobresalto que me causó verlo emerger entre la señora Aparicio y yo no pasó desapercibido. Ella lo notó y le ofreció su mano antes de que ese hombre se me echara encima. Se llamaba Carlos Eduardo Carraz y estaba con su hijo Miguel. Su esposa y su dos hijas se quedaron en casa, indispuestas con un catarro. Papá lo miraba con una sonrisa infantil, como si hubiera visto a una antigua gloria del teatro. Seguro que estaba en presencia de un posible socio. Mientras el viejo saludaba al resto, yo tomé mi puesto entre el joven Aparicio y su madre. Del otro lado se sentó Miguel. Su porte era distinguido, si bien algo turbio se movía en el fondo de sus ojos. Me prendí un poco de esa oscuridad y pensé en los dos muchachos sentados en mi mesa. Las cosas iban bien, solo faltaba saber si yo había cautivado a alguno. Ellos se habían conocido en la Universidad de París. Sentí el codo de mi madre en una costilla y, atónita, la escuché preguntarle a Miguel si quería sacarme a bailar. Sin esperar su respuesta, tomó de mi cartera el carné de baile y se lo ofreció. Él titubeó un poco y, al final, lo agarró.

—¡Pero si no hay nadie anotado aquí!

Hubiera deseado que no hablara tan fuerte: de inmediato sentí todas las miradas sobre mí. Él se anotó en la libreta y la devolvió a mi madre, sonriendo como si fuera más distinguido que el infante y ella le hubiera pedido hacer algo trivial. Cuando abrí el carné, casi me desmayo: se había anotado para cinco piezas. ¿Cómo iba a impresionarlo si no sabía bailar? Por suerte, las orquestas se tomaban un descanso. Eso me daba tiempo de formar una estrategia.

Detrás de Miguel apareció Sara Iribarren, mi única amiga del colegio. Me daba gusto que estuviera allí, tenía meses sin verla. Llevaba un vestido entallado debajo de su busto monumental y el cabello recogido en un peinado de piñata, ribeteado por una cinta azul pálido que le daba un poco favorecedor aire pueril. Me saludó con un abrazo y nos apartamos del grupo para conversar. Cuando nadie nos oía, Sara señaló con la boca a Miguel y el joven Aparicio. Seguro que estaba en una misión similar a la mía, la diferencia es que a ella no le urgía ninguna condición clínica: si no conseguía un pretendiente esa noche, o nunca, no corría peligro de convertirse en un animal de avidez caníbal. Cambié el tema comentando la suntuosidad de la fiesta. Ella miró a su alrededor y comenzó a hablar sin detenerse. Le gustaba mostrar que sabía más cosas que los demás. Había asistido a otros *thés dansants,* pero esa era su primera vez en Las Acacias. Cuando vio el carné en mi mano me advirtió que los chicos se anotaban para poder sacar a la pareja del círculo de influencia de los padres y algunos aprovechaban para propasarse. Solté una carcajada para mis adentros. Si Miguel echaba a perder la mercancía, se vería obligado a casarse conmigo. ¿No resolvía eso el problema?

Acompañé a Sara a su mesa para saludar a su mamá; ella siempre había sido simpática conmigo. Allí estaba solo su padre, conversando con un señor que de lejos parecía el general Gómez, pero cuando lo tuve más cerca lo reconocí por sus fotos en los periódicos: era su hermano Juan Crisóstomo, don Juancho. El hombre que había hecho imposible la vida de papá. Vestía con un levita rematado con una medalla castrense bajo la corbata blanca que le caía a la altura del corazón. Inclinó la cabeza para saludarme y continuó su conversación con el padre de Sara. Ofrecí una excusa y me ausenté. Quedarme allí, en compañía de ese señor, me parecía una traición a papá.

Me dediqué a vagar por la fiesta. Despertó mi curiosidad un animado grupo y, conforme avanzaba hacia ellos, me percaté de que se arremolinaban alrededor de un hombre poseído en un soliloquio frenético, reforzado por gestos ampulosos. La luz mortecina del crepúsculo resaltaba las finas telas de su ropa, la forma cúbica de su cuerpo y las ojeras casi hasta la mitad de su mejilla. Le calculé unos sesenta años. Cuando notó mi presencia, paró en seco su verborrea delirante y me miró a través del monóculo prendido a su chaqueta con una cinta de seda violeta, de la misma tela que su corbata y chaleco. Su mirada no tenía la lujuria de otros hombres; más bien me enaltecía. Quienes lo escuchaban me miraron también, entre ellos escuché la voz de una beata (o solterona) amiga de mi madre:

—Es Diana, la hija de Evaristo y Cecilia Gutiérrez.

—Vito Modesto Franklin —dije, asintiendo. Me parecía conocerlo sin haberlo visto jamás.

—Por favor, Diana, llámame Modesto: Vito es nombre de pobre.

A mi lado sonaron risas. Yo también reí. No podía ser menos «modesto» ese hombre, solo con detallar su indumentaria se le notaba. Usaba el levita verde Nilo con bocamangas bordadas de dorado y pantalones a lo Chamberlain. En la gruesa corbata llevaba prendida una madreperla. Una leontina brillaba entre un botón y un bolsillo del chaleco. Lo más «modesto» de su apariencia eran la elaborada empuñadura de su bastón y sus manos enguantadas en cuero marfil. Solo la descocada Julieta de Shakespeare puede desmerecer el sentido que a la existencia ofrece un nombre y es una mentirosa: no todas las rosas huelen de la misma manera, aunque las llamemos igual.

El singular personaje me tomó de un brazo y me apartó del grupo. Me preguntó si papá había recibido su mensaje. No se atrevía a telefonear a casa porque le parecía invasivo. Le dije la verdad: lo había recibido pero aún no se decidía a responderle. En cuanto hablé supe que había cometido una indiscreción. Disculpé a papá diciendo que eran semanas de mucho trabajo. Él reaccionó con una sonrisa incrédula. Luego, ensayando una pose casual, miró hacia donde estaba el grupo con el cual departía hacía un momento. La gente se estaba dispersando. Atrás dejaron a un yanqui metido dentro de un frac tres tallas más grandes que él. No cesaba de acomodarse sobre la nariz un par de lentes redondos. El hombre caminó hacia nosotros.

—No le hagas caso —dijo Modesto—, no habla una palabra de español.

Se llamaba Magnus McBeaty. Al escuchar su nombre,

el yanqui bajó la cabeza para saludarme. Sin parar de sonreír, Modesto explicó que estaba en el país para cerrar algunos negocios de una compañía de Estados Unidos donde tenía un alto cargo. Además era miembro del American Petroleum Institute. Sonreí como si supiera con exactitud a qué organización se refería. Modesto intercalaba alguna palabra en inglés para que el yanqui supiera que nos referíamos a él. McBeaty fue un «personaje central» –según Modesto– en la remoción de Gumersindo Torres del Ministerio de Fomento el año anterior. Ese nombre yo lo conocía bien: fue el ministro encargado de redactar nuestra primera ley de hidrocarburos. No era partidario de que se entregaran concesiones de explotación a ninguna empresa, ni nuestra ni ajena, sin una programación definida y la seguridad de que las compañías protegerían los yacimientos. Eran reclamos válidos, pero ante las quejas de las compañías extranjeras el general Gómez tuvo que cambiarlo de cartera. Los ojos lánguidos de McBeaty no me parecían los de un astuto negociante, sino los de un niño cuando suplica ser mimado. ¿Ese hombre venía a enfrentarse a los bárbaros para sacarles dinero? No me parecía creíble y me reí. Modesto supo al instante qué pasaba por mi cabeza:

–He is rich –dijo. Aunque la frase iba dirigida a mí, lo veía a él con algo parecido a la condescendencia. El yanqui se carcajeó y le dijo en secreto algo a Modesto. Ambos me miraron. Me puse nerviosa y crucé los brazos: ya no me reía.

Modesto llamó a un mesonero con una bandeja llena de copas de *champagne*. Como si eso fuera una señal, McBeaty hizo una reverencia, soltó una frase indescifrable y se fue. Modesto ni lo miró. Me entregó una copa. Ahora, sin la presencia impertinente del yanqui, podía hablar con él sin contener mi curiosidad. Pregunté si se había ido a Europa de polizón en un barco carguero. Pregunté si era cierto que vivió veinte años entre Francia e Italia, haciendo dinero de cualquier cosa. Pregunté si conocía a cupletistas. A todas mis ocurrencias respondía riéndose, una pregunta, una carcajada, explotando a cada momento, como si nada pudiera tomarse en serio, como si todo fuera para morirse de la alegría. No me atreví a indagar si había matado a alguien o si había estado preso. Inquirí, por fin, lo más interesante: si el rey de España lo había nombrado Príncipe de Austrasia.

–Eso no: mi título oficial es «duque de Rocanegras».

Y volvió a despatarrarse de la risa. Su hilaridad me contagió. Él avivaba mi curiosidad y estoy segura de que yo avivaba la suya. Intercambiamos algunas frases sobre la fiesta. Luego me quitó el carné para ver quién se había anotado. Me miró como si estuviese lleno de palabras altisonantes y lo lanzó detrás de una jardinera. Me quejé: allí estaba anotado el nombre del único chico que se había fijado en mí, porque, aparte de eso, no había hecho más que llamar la atención de viejos lúbricos.

–No los subestimes –dijo, mientras yo dejaba la copa vacía en una mesa–. La vanidad de un hombre es tan valiosa como un yacimiento de petróleo.

Me tomó de las manos y me invitó a dar una vuelta para que pudiera admirar los detalles de mi indumentaria. Celebró mi cabello, su color, su largo y que hubiera sabido arreglármelo tan a la moda. Mi vestido le pareció menos impresionante. Señaló el largo de la falda con la punta del bastón: me llegaba hasta los tobillos. Con los calores del trópico, lo aconsejable para la hora de la invitación era llevarlo a media pierna. El comentario me cayó como si fuera una reprimenda y cambié el tema preguntándole si conocía a chicos en edad «casadera». Él se burló de la palabra. Tenía el rostro de una vieja tía extravagante. Sin hacer caso a lo que había preguntado, me pidió que le presentara a papá.

Corrí a cumplir su petición después de buscar el carné en la jardinera. Era una buena oportunidad para honrar la promesa de bailar con Miguel. Pero, cuando llegué a la mesa, los Carraz ya se habían despedido. Mi madre estaba en otra parte y papá se distraía conversando con los Aparicio. Sonrió como si sintiera alivio cuando informé que lo solicitaban en otra parte. No dije quién lo buscaba hasta que estuvimos frente a Modesto. Sintiéndose embaucado, papá me lanzó una mirada furiosa. Me salvé de una reprimenda cuando la voz meliflua de Modesto propuso una conversación entre «posibles socios». Eran palabras mágicas para papá.

Sentí la mano de Modesto sobre mi brazo. Con disimulo, me arrastró hasta un salón donde la única persona era un chico de mi edad con el pelo un poco revuelto y vestido sin galas. De no haber sido porque mi nuevo amigo lo conocía, lo habría confundido con un sirviente. Luego pensé que podía ser hijo de algún diplomático de otro país: la etiqueta no se respeta en todas partes, bastaba ver cómo la inclinación a la informalidad de los yanquis deslucía cualquier evento social. Noté al chico un poco falto de ánimo. Modesto nos presentó, pero no escuché su nombre y me avergonzaba preguntar. El chico se inclinó para besarme la mano. ¿Sería un posible pretendiente secuestrado para mí por Modesto? Ni siquiera parecía haber entrado en la universidad. En ese momento, Modesto le hizo señas al mesonero para que nos trajera *champagne*. Pensé en rechazarla, era mi cuarta copa, pero podía quedar como una provinciana. Nada me parecía peor delante de ellos. Puso una copa en la mano del chico y otra en la mía. Luego se fue detrás del mesonero.

El salón donde nos encontrábamos tenía la forma de un semicírculo con varias puertas de vidrio. Nos sentamos en unas sillas desde donde podíamos ver hacia la fiesta sin ser vistos. Me sonrojé un poco. Una nube de sopor risueño inspirada por el alcohol me nublaba la mente. Él me veía con atención, mientras yo parloteaba con el objeto de esconder mis nervios. Aparte de la conversación de un rato antes con Modesto, esta era la segunda vez que tenía a alguien del sexo opuesto tan cerca. Modesto parecía una vieja tía solterona, pero este chico era apuesto: los ojos le brillaban y tenía la boca más carnosa que había visto nunca. La puntada del deseo me ardió dentro de la boca. Fui consciente de mis dientes. Lo tomé por un hombro y lo acerqué hacia mí. A través de la puerta de vidrio que estaba detrás de él, me fijé en las siluetas de Modesto y de papá. Su interacción se había vuelto, de pronto, demasiado familiar. El uno gesticulaba con grandilocuencia y el otro tenía la mano sobre su hombro. ¿Se habían hecho amigos tan rápido? ¿Y a mí qué me importaba cuando tenía a un hombre tan cerca? Sonreí con los labios lúbricos del alcohol. Ni siquiera pensé en las consecuencias de mis actos. Abrí un poco la boca y, justo en ese momento, un beso del pusilánime me agarró desprevenida. Lo miré a los ojos y noté su terror: con la lengua había tocado mis colmillos. Cuando quise arremeter en su contra, oí a mi madre llamándome al otro lado de la puerta de vidrio. Era la voz de la razón devolviéndome al mundo. Me asusté de mí misma, del deseo de morder a ese pobre pusilánime. Mis deseos eran claros: me habría gustado morderlo; chuparle la sangre primero y pedirle matrimonio después.

V

Tres días después, Modesto vino a casa para discutir los detalles de la sociedad que había acordado con papá durante la fiesta. No pude verlo porque pasé casi toda la mañana haciendo una diligencia en casa de una beata amiga de mi madre. Tuve noticias suyas cuando llegué a casa y encontré a mis padres discutiendo sobre la posibilidad de aliarse con él para conseguir una concesión petrolera: tenía los contactos en el Gobierno para asegurar su adjudicación, y Gutiérrez & Compañía ofrecía la estabilidad institucional perfecta para atraer las inversiones extranjeras. Mi madre se oponía.

Cuando escuché el nombre de Modesto, me colé en la sala. Si notaron mi presencia, no se dieron por enterados. De pie en medio de la estancia, papá intentaba convencerla de las oportunidades con los negocios del petróleo. Enumeró casos de concesiones vendidas por particulares o familias a compañías extranjeras quién sabe por cuántos miles de dólares, por cantidades que doblaban y triplicaban el precio de las fincas más caras del mercado.

¡Era la industria y el privilegio de los tiempos! Y no era complicado: primero, el Gobierno daba el permiso a empresas o capitalistas nacionales para explorar grandes extensiones de tierra llana, los lechos de los ríos, el fondo de los lagos o el mar a cierta distancia de la orilla. Luego, esas mismas personas naturales o jurídicas revendían las tierras y el permiso para explotarlas a compañías extranjeras, que asumían los costos y los riesgos de las pesquisas. En dos fáciles transacciones se enriquecían el Estado y los ciudadanos. ¡Y todo lo pagaban los yanquis! El negocio era redondo: no se trataba de si sabían sacar hidrocarburos ni de si querían buscarlos o perforar por allí, ni siquiera hacía falta invertir mucho, lo importante era revender a las compañías extranjeras el derecho de hacerlo. Papá se abstenía de explicarle a mi madre que el sistema de concesiones era una manera de fortalecer el Gobierno del general Gómez ganando lealtades y premiando a sus amigos. La verdad, a mí también me indignaba esa manera de hacer dinero. No se trataba de construir una industria, sino de expoliar el subsuelo: pobres y con administradores tan incompetentes como corruptos, no podíamos concebir la fabulosa riqueza petrolera como una industria. Chupábamos la sangre a nuestra tierra; embelesados, entregábamos nuestra energía, construyendo una máscara que llamábamos modernidad para habitarla con las cáscaras de nuestros cuerpos, tan exánimes como los de espectros.

Mi madre suspiró, cansada. Una o dos veces se había entregado a una de sus retahílas verbales. Papá las mantuvo a raya con argumentos. Ofreció varios ejemplos de buenos negocios. Estaba sentada en una de las poltronas de la sala al lado de la cesta donde guardaba sus materiales de costura. Se quitó los lentes que usaba para bordar y se llevó la mano al nacimiento de la nariz. Estuvo un rato estrujándose la frente con los dedos, hasta que reunió la fuerza para contestar:

–Evaristo, es como si dijeras: «Voy a gastarme todos los

ahorros en el Hipódromo de Sabana Grande.» –Hablaba la hija del apostador, por supuesto.

Papá lanzó una sonrisa condescendiente y matizó que los resultados de los negocios con el petróleo eran mixtos porque aún no había pruebas de que nuestra industria petrolera pudiera rivalizar, por ejemplo, con la de Persia, mucho menos después de finalizada la refinería de Abadán. Los ojos le brillaban. Era cierto que las concesiones se vencían rápido y algunos conocidos suyos debieron pedir prórrogas al Gobierno hasta dos veces antes de trasladarlas al exterior, con el costo consiguiente en papel sellado y estampitas. También era verdad que no siempre resultaba un buen negocio. Pero lo importante era la disposición de las compañías norteamericanas, suizas e inglesas cuando vieran los mercados de Nueva York y Londres inundados con los papeles de los permisos otorgados, a diestra y siniestra, por el Gobierno. Lo importante eran «los yanquis», enfatizaba papá, «afanados en hacerse con las concesiones para resolver más tarde cómo aprovecharlas».

Mi madre lo miraba con ojos redondos como platos. Se quejó de que su marido solo hablaba de «negocitos». Llamaba así a una conducta mercantil común de nuestro gentilicio: comprar algo por allá para venderlo por aquí, asociarse al Gobierno en alguna empresa quijotesca o poner a producir un fundo en ninguna parte para que diera algunas monedas. Distinto al trabajo, evitado a toda costa por las familias de bien, los negocitos eran compromisos intermitentes que buscaban la riqueza fácil, y sus predicadores le parecían tan despreciables como quien se pega a un pariente para prosperar. Yo coincidía con ella en su suspicacia frente a las fórmulas de enriquecimiento rápido. Comprendía su aprehensión cuando se quejaba del delirio especulativo que se había apoderado de la gente. Era diferente adquirir una tierrita para sembrar, por ejemplo, café. Si bien la producción del cultivo dependía del capricho de la madre naturaleza y su valor económico de la fluctuación de los precios en los mercados internacionales, el trabajo en la tierra era un oficio digno: convirtió en seres hacendosos a los antiguos humanos salvajes. Lo otro era esperar a que gente extraña con los bolsillos llenos de dinero viniera a tocarnos la puerta.

–¿Y si la concesión se vence antes de que puedan venderla? –dijo ella, de pronto.

Papá sonrió como si hubiera estado esperando esa pregunta. La empresa siempre podía optar por renovarla, según le dijo. De hecho, el vencimiento era deseable para el Estado: permitía cobrar nuevos impuestos. Ella se rió. Como no había forma de hacerlo cambiar de parecer sobre el negocio, intentó desestimar al asociado: era sospechoso que Modesto no revelara a quién podía enchufarse para conseguir la concesión. ¿Y si era don Juancho? Papá le hizo señas con las manos, como si esa fuera la menor de sus preocupaciones. El hermano del general Gómez tenía casi veinte años sin interesarse en su suerte, tanto tiempo había pasado desde la Restauradora. Según reveló a mi madre, el único problema era la situación «delicada» de las finanzas de Gutiérrez & Compañía. Habló de una idea de Modesto para solventarla. En la cara se le notaba que papá pensaba tomarle la palabra. La información la descolocó.

–La gente dice que ese hombre es de mal vivir –le soltó.

–Y dicen también que yo soy una sanguijuela –respondió él. Las venas dentro de sus ojos eran pequeños mapas fluviales de sangre.

Su reacción reveló una afinidad con Modesto mayor a una simple transacción comercial. Quizá una en proceso de convertirse en una amistad. No existe un vínculo más fuerte que la amistad entre los hombres; invoca a la solidaridad inmemorial que sacó a los humanos de las cavernas. No había duda de que el administrador de los vicios ajenos y el hematófago usurero estaban a punto de convertirse en grandes amigos. Y mi madre no podría evitarlo con ningún argumento. A mí, en cambio, la idea me agradaba: Modesto traería oxígeno a nuestra casa.

–Cecilia: estoy al tanto de que Héctor vino a casa para ofrecer una concesión petrolera. No comprendo por qué me lo escondió –dijo papá. La expresión de alarma de mi madre añadió tensión al ambiente–. Si no lo hemos discutido antes es por parecerme sospechosa su situación.

Por primera vez papá se mostraba interesado en el petróleo. Y eso era extraño, ¿por qué un negocio tan lucrativo no le había llamado la atención antes?, ¿sería por miedo a la influencia de don Juancho en el sector de los hidrocarburos? Papá no era hombre para saciarse solo con la usura, como no lo fue para conformarse con las solas ganancias de las haciendas. Sin duda había acariciado antes la idea, pero no la llevó a término por faltarle las herramientas para hacerlo. La llegada oportuna de Modesto (y no de Héctor) se las ofrecía. No aclaró qué veía de malo en el ofrecimiento de Héctor o por qué le parecía mejor el de Modesto. Tampoco tuvo tiempo para hacerlo porque en ese momento apareció Teresa con unas flores y un paquete. Los enviaba Modesto con una nota de agradecimiento dirigida a ambos por haberlo recibido un rato antes. Incluir a mi madre era una cortesía inmerecida: no más supo que era él quien buscaba a papá, se retiró a su habitación. El paquete envuelto en una tela brillante era para mí. Casi no podía disimular mi excitación cuando Teresa me lo entregó. Cuando lo desenvolví me encontré con que era un libro: una preciosa edición bilingüe de *El paraíso perdido,* del poeta inglés John

Milton. Miré a papá sonriendo: hacía años que buscaba ese libro. Me alegré de que él hiciera caso omiso de las opiniones de mi madre contra Modesto; una persona que regala libros no puede ser nunca un inconveniente. Como por instinto, me volteé hacia donde estaba ella y encontré que sonreía.

Era la primera vez que alguien le regalaba flores.

Antes de asociarse en los negocios de hidrocarburos, Modesto y papá debieron superar la crisis de Gutiérrez & Compañía. El asunto les llevó más de seis meses. Lograron hacerla rentable combinando los préstamos personales con el financiamiento a crédito de algunos proyectos clandestinos. Cuando reunieron suficiente dinero, buscaron las mejores tierras para comprar y pedir una concesión petrolera. No eran trámites expeditos. Cada cierto tiempo se reunían con latifundistas o abogados y luego pasaban semanas discutiendo para sacar conclusiones sobre la información recaudada durante esos encuentros. Con frecuencia uno desestimaba la oferta de un fundo o el otro dudaba de un procedimiento legal y deshacían el negocio. Todo debía estar en el más absoluto orden cuando elevaran al Ejecutivo la solicitud de los derechos de exploración, para no darle a nadie motivos para rechazarla. De los tiempos cuando Gutiérrez & Compañía era solo un anhelo, papá aprendió cómo las trampas burocráticas podían sepultar cualquier proyecto.

Los negocios traían a Modesto por casa con frecuencia, y con el tiempo también comenzó a visitarnos por placer. Llegó a ser el amigo más cercano de mis padres y les reveló una Caracas en plena efervescencia moderna. Durante la semana asistían a óperas, zarzuelas y cuanto espectáculo pasaban en el teatro. Para alegría de mi madre, quien siempre fantaseó con rodearse de gente rica, comenzó a vérseles también en las veladas organizadas por los centranos más empingorotados. Mamá antes era huraña y no tenía amigas, solo ocupada en su beatería, ahora tenía intereses que la alejaban de la iglesia y la hacían más mundana. Y los compartía con papá. Una vez al mes recibían en casa a los amigos conocidos en aquellas andanzas. Los sábados salían de compras por las arcadas o a los conciertos en la Plaza Bolívar.

Las mañanas de los domingos, Modesto asistía con papá a las carreras de caballos en el Jockey Club o en el Hipódromo de Sabana Grande. Tranquilizaban a la hija del apostador explicándole que no había ninguna necesidad de gastar dinero en esos lugares: lo importante era ver a quiénes congregaba cada carrera y dejarse ver. No podía olvidar que el eximio John Boulton era una figura destacada del hipismo nacional. ¿No era con personas así con quienes los Gutiérrez querían codearse? A las corridas de toros organizadas en el Nuevo Circo, ocasiones perfectas para lucir lo que compraba en las arcadas, mi madre iba con Modesto. Papá huía de ellas como de la peste y me recomendó hacer lo mismo: no era un buen lugar para la gente con nuestra condición. El año transcurrido desde la fiesta de Las Acacias fue el más feliz de su matrimonio gracias al amigo que obró el milagro de la estima social.

En esa época aprendí quién era el verdadero Modesto fuera de las habladurías de la gente. Él nunca habría sobrevivido a su destino de trotamundos aventurero si hubiera sido el calavera picapleitos descrito por el joven Aparicio. Su lengua era su única arma y la afilaba con regularidad, hablando muchas veces solo para escandalizar a los demás; pero en pocas oportunidades se ensañó contra alguien. Y siempre lo hacía con justicia. Tenía muchos defectos, todos soportables, incluyendo sus cansinas pretensiones europeístas, casi imperceptibles cuando se diluían en el océano de la fanfarronada nacional. La diferencia entre este pintoresco faramallero y los prohombres de las familias distinguidas de nuestra sociedad, tan conocedores de París como de Caracas, era la familiaridad del duque de Rocanegras con sus lugares más oscuros, donde la pobreza y la perversidad se confundían porque allí, como en otras ciudades de Europa —no tenía empacho en decirlo—, «había pasado hambre y desolación». Su vestir barroco, sus opiniones controversiales y su hablar engolado, con uso frecuente de franchutadas, encubrían las inseguridades de quien debió abrirse camino en la vida desde la absoluta pobreza. Por eso no me extrañaba la admiración de papá hacia él. A mi madre también le subyugaba este encantador lenguaraz: era la encarnación en un hombre de la amiga negada para ella por sus circunstancias.

La admiración de mis padres por Modesto estaba solo reservada para un hombre. Si hubieran encontrado su mismo desparpajo en una mujer, la habrían juzgado de la manera más dura. Porque una mujer que conociera los lugares más oscuros de París solo podía ser una suripanta. En una mujer, la sed de vida de Modesto habría sido malasangre. Lo confirmé una tarde cuando Modesto nos invitó a mi madre y a mí a ver una película de Theda Bara. Las dos éramos aficionadas de las funciones de matiné del cine Rialto. Me fascinaba la combinación entre la afectación del teatro y el misterio del ilusionismo propuesta por el cinematógrafo. Con la pantalla encendida y el resto de la sala en penumbras, asistía a un sueño colectivo. Modesto y mi madre se quedaban quietos y silentes; como yo, maravillados ante las imágenes en movimiento. A veces, ella hería la oscuridad con un chasquido de su lengua, sin que viniera a cuento, o él traducía para mí alguna de las palabras de la pantalla. Papá no compartía nuestra afición y prefería no

107

acompañarnos: se quedaba dormido en cuanto apagaban la luz.

Theda Bara era la actriz favorita de Modesto por representar el exotismo oriental tan de moda en la época. Su interpretación más conocida fue de protagonista en la película *Cleopatra*. Él era fanático de los asuntos del antiguo Egipto, una manía bien alimentada por las noticias venidas desde Europa y el Medio Oriente sobre las excavaciones en el Valle de los Reyes, donde cincuenta años atrás habían encontrado las primeras tumbas de numerosos faraones del Imperio nuevo. La egiptología era *l'air du temps* e influía en la moda, la arquitectura y la decoración. Este exotismo oriental permitía a Modesto cultivar su vena más esotérica. Una vez al mes se reunía con algunos amigos para intercambiar historias sobre momias, los hallazgos de fabulosos tesoros o para practicar sesiones de espiritismo. Su interés francamente perverso en cómo los muertos podían influir en el destino de los vivos era un rasgo más de su carácter transgresor. Yo me reía de estas creencias, pues los únicos redivivos de la época eran quienes, como Adalberto, el hermano de Héctor, sobrevivieron a las cárceles de la tiranía. Para conocer a monstruos no necesitaba un médium, con buscar el rastro de cadáveres dejado por los chácharos me bastaba.

Ese sábado nos disponíamos a ver *Había un necio,* una película de Frank Powell basada en una famosa obra de teatro y un libro homónimo. Modesto dijo haber visto el *play* en Nueva York en 1909. Más tarde se desmintió y aceptó que nunca estuvo en Estados Unidos. Disfrazó el entuerto especulando sobre un poema titulado «El vampiro» de Rudyard Kipling, bastante conocido y «segura» inspiración del libro. A pesar de su profundo conocimiento de esa obra, el poeta inglés le importaba menos que la Bara. Durante todo el camino hasta donde íbamos a ver la película, Modesto no hizo más que alabar a esa «musa con la estatura de mito». Ese día no fuimos al cine Rialto, sino a una sala de proyección en la casa de los Aristiguieta, ubicada en la urbanización El Paraíso. «¿Qué clase de gente poseía para su divertimento personal un entretenimiento *público?*», me pregunté, mientras esperábamos en la puerta de la imponente mansión para ser recibidos. A mi lado, Modesto me tomó del brazo y me susurró al oído: «¡Siente cómo me tiemblan las manos!, no puedo creer que esté a punto de ver a la Bara.» Era cierto, el tacto de su mano en mi brazo era frío y trepidante. El infantilismo de Modesto, rara vez mostrado, era el rasgo de su humanidad que más me gustaba.

El anfitrión lo reprendió por llegar más de treinta minutos después de la hora de la invitación. La película estaba a punto de empezar. Con tanta prisa, su mujer casi ni reparó en el Tres Leches que mi madre llevó de obsequio; con indiferencia, se lo entregó a un criado. Mientras tanto, su esposo explicaba que, debido a la tardanza, no tendríamos tertulia al terminar la proyección. Modesto sonrió incómodo y a su disculpa se superpuso la música de los créditos. Nadie le hizo caso. A mí me daba lo mismo, nunca había visto una proyección en casa de particulares y eso era excitación suficiente.

Después de algunos versos del poema de Kipling, en la pantalla apareció un abogado de Wall Street en frac al lado de una mesa con dos rosas blancas, frescas, brillantes y de largos tallos, que aspiró con fruición. Una cita introdujo a la Bara, parada junto a las mismas rosas de la escena anterior. Ella las tomó entre sus manos para mirarlas de lejos y olerlas. Luego, sonriendo, les arrancó los pétalos con gesto cruel. Mirándola levantar la palma con los pétalos estrujados, tuve la sensación de estar ante la caricatura de una mujer. El resto de la película no mejoró: también el hombre y la anécdota eran remedos de la vida. Al abogado lo enviaron a una misión diplomática solo y en el barco conoció a La Vampira –así llamaban al personaje representado por la Bara–, una seductora llegada a su vida para arruinársela como parecía haber hecho con otros hombres. El abogado perdió su trabajo y abandonó a su esposa e hija: su único interés era la Bara, a su vez solo interesada en las fiestas.

En el precioso Buik verde Nilo de Modesto, durante el camino de vuelta a casa mi madre le preguntó su opinión sobre la película. «Esa musa tuya sí que tiene vicios», dijo en broma. Él la ignoró. No apartaba la vista de la carretera, como si conducir fuera lo único importante en ese momento. Ella iba en el asiento del copiloto. Yo estaba atrás, haciendo lo posible por no pisar un samovar que por alguna razón desconocida nos acompañaba en el viaje. Un momento después, Modesto reveló la razón de su silencio: nunca había visto a esa actriz actuar en una película con un argumento tan pobre como la dicotomía entre resistirse a la tentación o entregarse a la ruina. Yo no podía haberlo expresado de mejor manera.

–Debo hacer una salvedad –dijo–: me parece más interesante La Vampira, dueña de sí misma y capaz de inspirar el deseo del otro –me sonrojé al escucharlo decir estas palabras–, que la esposa, una mujer-nada andando de un lado para otro, y llevando a una niña de la mano, para buscar migajas de cariño.

El espejo retrovisor me mostró los ojos de mi madre retorciéndose. Le recordó que el cartel de la película promocionaba a la Bara como «la más célebre de las vampiresas, provocando toda clase de desastres a miles de hombres». En ese momento hice por primera vez la asociación entre una mujer lujuriosa y una vampira. Había leído mucha literatura gótica, con especial interés las narraciones sobre vampiros, y conocía el poema de Kipling, pero siempre pensé que, aun si era mujer, el vampiro era un animal monstruoso. La dimensión sensual de su crueldad me la reveló aquella conversación.

–Nada de «miles de hombres», apenas tres pusilánimes –la defendió Modesto.

Me reí. Nunca me dejaba indiferente su gracia para emitir sus opiniones. Sin reparar en mí, él comenzó a lanzar preguntas retóricas al aire. Mi madre intentaba atajarlas para aclarar sus ideas, pero era como si hablara para él mismo. «¿Por qué la Bara se habrá prestado para hacer algo así?», se lamentó. «¡Y ni siquiera mostraba la suntuosidad lujuriosa del vampirismo!» Hablaba como un enamorado víctima del más hondo desengaño.

«Cuidado con el hombre que ha perdido a su musa», pensé. La cara de mi madre se prendió en rojo cuando él explicó que el peor papel era el de la esposa, quien enseñaba a su hija que era mejor un padre borracho y poca cosa que la dignidad de una mujer. Modesto golpeaba las palabras, como si estuviera recriminándole algo a su amiga. Como si esa madre fuera todas las madres del mundo. La tensión de esa rabia contenida manifiesta en el tono de Modesto y en la expresión de mi madre caldeaba los ánimos dentro del espacio cerrado del vehículo. Ella no lo soportó más cuando él dijo lo tonto de la película al presuponer que lo deseable era tener una familia. «¡Como si fueran todas felices!», se quejó. Yo encontraba sinceras sus palabras, pero sabía bien por qué alarmaban a mi madre. En un solo movimiento, ella se levantó un poco sobre su asiento, le dio un puñetazo al tablero, preguntándole qué buscaba arremetiendo contra «la institución de la familia».

–Nada. Solo que sepas que la vampiresa es más interesante que la esposita.

111

Dicho esto, Modesto buscó mis ojos en el espejo retrovisor. ¿Quería que me aliara con él?... ¿En contra de mi madre?

–Dices eso para molestarme. ¡No creo que pienses así! –continuó ella, dando otro golpe sobre el tablero–. ¡Y tampoco me gusta que hables de esta forma delante de Diana!

–Si están planeando casarla pronto, ella debería aprender todo sobre las vampiresas. ¿Tú qué crees, querida? –dijo mirándome a mí por el espejo.

Detuvo su Buik a un lado del camino y volteó hacia donde yo estaba, ofreciéndome toda su atención. La calle estaba desierta. Mi madre lo imitó. La luz del ocaso le ponía ojeras sepia. Hasta ese momento, nadie se había interesado tanto en mis opiniones. Respiré profundo y comencé a hablar. La miraba primero a ella y luego a él, alternándolos. No comprendía por qué llamaban a Bara La Vampira, pues en ninguna parte de la película apareció chupándole la sangre a nadie. Sí, sus efectos sobre el abogado eran similares a los que tuvo la vampira sobre la protagonista de la novela escrita por Sheridan Le Fanu *Carmila* –el cansancio, las horas de los días dominadas por una languidez imposible de espantar y una melancolía llena de ideas suicidas–, pero no tenían la marca propiamente gótica de las narraciones de vampiros: la sensación de terror sobrenatural, el enfrentamiento con algo diabólico. En conclusión: *Había un necio* me parecía falta de tinieblas.

Modesto aplaudió y, como mi madre no se daba por enterada, le explicó, a grandes rasgos, de qué trataba *Carmila,* una novela que él me había prestado meses antes. En lugar de agradecerle el trabajo que se tomaba para complementar mi educación, incompleta por su culpa, ella lo reprendió por regalarme libros sin su aprobación. No entendí qué le molestaba tanto. Y no me callé: había sensualidad soterrada en la prosa y en ciertas situaciones expresadas por el autor –como la relación, más profunda que una amistad, entre Carmila y la protagonista–, pero al final todo se resuelve cuando matan a la vampira con un hacha. ¿Qué podía ser más *moral* que eso?, ¿no era una adaptación de la leyenda de san Jorge, con todo y el asesinato del demonio contenido en el monstruo, sea este dragón o vampira?, ¿no me contó ella misma millones de veces esa historia para demostrar que los peores demonios pueden ser dominados por la justicia cristiana?

–Las mujeres demasiado inteligentes no atraen a los hombres –me advirtió.

Los ojos de Modesto, hasta ese momento clavados en los míos, parpadearon de sombro. No tuvo oportunidad de hablar, pues detrás de nosotros sonó un cornetazo y tuvimos que incorporarnos de nuevo al camino. Mientras lo hacíamos, mi madre explicó que llamaban a la protagonista de *Había un necio* La Vampira no por chupar la sangre de nadie, sino por quitarle la energía y las ganas de vivir al «pobre hombre». A su lado, Modesto hizo un ademán furioso. Nunca la unión de un adjetivo y un sustantivo molestaron tanto a nadie.

–¿«Pobre hombre»?, ¿«pobre hombre», dices? ¡Pero si es un irresponsable! –dijo exagerando los gestos con uno de sus brazos, mientras hacía esfuerzos para mantener el otro sobre el volante.

Me acomodé en el asiento trasero y sentí el grifo del samovar hundirse un poco en mi cadera. Mi madre estaba haciéndose la ofendida con Modesto. A primera vista, el personaje de la Bara parecía en diametral oposición a sus convicciones: la esposa enfrentándose a La Vampira. Pero yo conocía un inquietante apetito suyo que a ella le hubiera avergonzado revelar al padre Ramiro. Lo descubrí un día cuando a través de la puerta entreabierta de su cuarto la encontré sentada a horcajadas sobre papá, desnuda, con los ojos a medio abrir y la cara un poco de lado, sonrosada. La carne de sus pechos blancos y más grandes de lo que sugerían dentro de sus blusas recatadas contrastaban con los medallones oscuros de sus pezones. De espaldas a mí, papá se sujetaba de sus caderas. La respiración de ambos era ronca e intercambiaban espasmos discontinuos, irradiados desde contracciones musculares que les sorprendían a cada instante. Impulsándose sobre los hombros de su marido, ella se echó para atrás y descubrió el largo de su cuello brillante. En el espejo de cuerpo entero del fondo de la habitación vi los ojos de papá encenderse y cómo su mano le hacía una cola de caballo a la cascada de su pelo azabache. La tiró con fuerza, hasta que la curvatura de su espalda llegó a una postura incómoda. Con una respiración cavernosa estremeció el momento y se abalanzó sobre ella buscando el espacio entre el cuello y la clavícula. Casi no pude contener mi asombro. Una carcajada de mi madre liberó la presión contenida en cada suspiro: disfrutaba toda, mandíbulas y dientes, con la cara mirando hacia el techo. En este estado placentero, su cuerpo se movía al unísono con el de papá, como un péndulo bicéfalo en un tiempo ralentizado. Un momento después, papá sostenía su cabeza entre sus manos y noté la sangre brillar sobre sus labios. Mi madre reía, por completo alienada.

Me gustaría decir que esta escena me causó repulsión. Pero mentiría. Me excité. Había descubierto la lujuria, ¡y justamente en el cuerpo de quienes pretendían prohibírmela! Esa escena sería, algún tiempo después, la herramienta más poderosa contra el control de mi familia. Pero mientras tenía la oportunidad, me dedicaba a redescubrir el mundo calibrando a papá y a mi madre en la misma dimensión de

114

mi malasangre. Lo interesante de la «abnegación» de mi madre era su similitud con la lujuria: para cumplir en su matrimonio debía caer en el pecado. Me pregunté si mi malasangre no me vendría, más bien, por el lado materno. De papá heredé el gusto por la sangre, pero ¿qué heredé de esa mujer que a sabiendas de la perversa criminalidad de la condición de su esposo accedía a satisfacerla? ¡Y disfrutaba haciéndolo, por Dios! En ese momento, una idea tomó precedencia sobre el resto: cualquiera de los dos modelos de mujer que yo escogiera estaría atravesado por la entrega a esa lujuria *de sangre*. No es lo mismo una hematófaga que una vampira: en la primera existe una necesidad nutricia; en la segunda, una compulsión erotiza la sangre. Hasta ese momento, yo solo era una hematófaga: si escogía convertirme en una vampira, desarrollaría mi lujuria asociándola con la sed; en cambio, como esposa, mi inclinación a la sangre serviría para fomentar el pecado en otro. Se puede nacer con la condición de hematófaga y sentirse seducida por la sangre o necesitarla para vivir, pero el vampirismo es producto del placer sexual. Un deseo de energía sobre otra. En ese momento la obsesión de mi madre por controlarme cobró sentido, aunque aún no llegaba a *comprenderla*.

Mi madre y Modesto tenían una rutina donde ella fingía ofuscarse por las opiniones polémicas de él y pasaban horas intercambiando frases más o menos ingeniosas constituidas en el más absoluto conservadurismo (el de ella) o el más despiadado liberalismo (el de él), pero nunca resolvían nada ni tampoco llegaban a enemistarse; apenas se ofuscaban. Ahora se invertían los papeles y a él se le veía más presto a perder la paciencia que a ella. En sus visiones divergentes sobre *Había un necio* se enfrentaban dos tipos de educación: ella proclamaba la necesidad de conservar a toda costa la unión de la familia, y a él lo único que le parecía digno de conservar era el amor propio. Se trataba de dos tipos de mujer: la madre abnegada de toda la vida y la mujer segura de sí misma a la vanguardia de los tiempos modernos. Era a este último tipo al que a mí me habría gustado pertenecer, pero ¿cómo explicárselo a mi madre? ¡Si ni siquiera su buen amigo podía mostrarle la falta de dignidad de la suplicante! No podía intervenir en aquella discusión porque ella habría buscado la manera de reprenderme: si a Modesto, por ser hombre, le perdonaba pensar de cualquier manera, el sexo al que ella y yo pertenecíamos me prohibía expresar mis opiniones.

Por fin llegamos a casa. Como aún no terminaba su conversación con mi madre, Modesto nos acompañó hasta la puerta. Rechazaba que una persona «culta» –así llamó a mi madre– no concibiera a las mujeres como algo más que añadiduras de los hombres. Ella había dejado la llave de casa y tenía que tocar el timbre para que Teresa o papá nos abrieran. Modesto no cesó de hablar ni siquiera cuando ella le pidió que hiciera silencio para poner atención a los ruidos de la casa. Esta vez fui yo quien tocó el timbre y me pareció escucharlo sonar con más urgencia que nunca. Mientras tanto, mi madre revolvía las manos dentro de su cartera. El parloteo de Modesto se había vuelto incómodo hasta para mí. Decía que por cada mujer vampiro había una docena de hombres más sanguinarios que les quitaban todo: el amor, la belleza, la juventud... «¡Sin dar nada a cambio!», añadió alzando la voz casi al filo del grito. Mi madre se mordió el labio, pero no podía quedarse callada:

–Hablas como una sufragista.

No dijo socialista. No dijo feminista. La especificidad del sustantivo usado revelaba una visión particular del tipo de reclamo *político* percibido en las palabras de Modesto. Ella no comprendía a las sufragistas. Para mi madre, el único oficio más sucio que la política se realizaba dentro de las minas de carbón, por eso las mujeres debían agradecer a los hombres poder mantenerse *limpias*.

—Soy un gran defensor de la mujer —contestó.

Mi madre y yo dejamos de preocuparnos por la puerta y miramos a Modesto. Me gustó escucharle decir eso, sentía que era un alegato a mi favor y me acercaba a él. Pero mi madre lo miraba como si en lugar de haber dicho «mujer» hubiera dicho «meretriz». Mirando su expresión desencajada se me ocurrió que quizá la metáfora de las minas de carbón era una disculpa más o menos «culta» —por emplear una palabra de Modesto— de mi madre para encubrir un miedo a la posibilidad de que las sufragistas consiguieran no solo que las mujeres votaran, sino que lo hicieran incluso en oposición a los intereses de sus maridos.

—¿Qué mujer? —preguntó papá parado en el marco de la puerta.

El único en resentir la amistad con Modesto fue el padre Ramiro. Una reacción, por demás, comprensible: su beata más consecuente ahora faltaba con frecuencia a misa por quedarse dormida después de una *soirée* o levantarse enferma debido a los excesos de la noche anterior. En cada confesión, el sacerdote le recordaba que «la mujer era el alma de la familia» y que tenía la «responsabilidad» de separar a los suyos de las «malas juntas». Imagino a mi madre asintiendo, quizá con arrepentimiento genuino, haciéndose el firme propósito de volver a la vida piadosa. Sin embargo, las tentaciones eran muchas y el sacerdote terminaba retándola cuando hería su soberbia añadiendo el innecesario argumento de la edad: ya no estaba para esos trotes.

Modesto correspondía a la antipatía del padre Ramiro.

Una calurosa tarde de sábado estaba en casa para contarnos los chismes más recientes escuchados en el salón La India, cuando un chico trajo un mensaje de la sacristía. Como no tenía teléfono, el padre Ramiro usaba a los monaguillos de recaderos. Mi madre estaba en la cocina, en el trance de salvar un *soufflé* de queso horneado para la visita y fue papá quien recibió y leyó el mensaje. El padre Ramiro pasaría más tarde a buscar un donativo prometido para un hospital.

–¡Ese cura zángano quiere quitarles el dinero! –exclamó Modesto sirviéndose una copa de brandy.

Papá lo miró con una sonrisa indulgente y le acercó su copa después de dar una moneda al chico para que se fuera.

–Tampoco el señor cura tiene una buena opinión de usted –contestó. Modesto le servía brandy. Luego papá se quedó instantes examinando el líquido en su copa. El brillo rojizo del Murano se reflejaba sobre sus mejillas.

–Todo el mundo detesta a quien conoce sus vicios.

–¡Por el amor de Dios, Modesto, no vaya a decirle ni una palabra de *eso* a Cecilia! ¡Mire que está enamorada de ese hombre!

Los dos rieron con pegajosa camaradería. Quise preguntar cuáles eran los «vicios» del padre Ramiro, pero mi madre irrumpió en la sala lamentándose de la pérdida de su *soufflé*. Modesto le mostró la caja de bombones que había traído, como si quisiera decirle que con eso era suficiente, y se metió un chocolate en la boca. Papá aprovechó para preguntar qué donativo venía a buscar el sacerdote y le mostró el mensaje. Ella tuvo que hacer un esfuerzo para recordarlo: semanas atrás, las monjas de un hospital pidieron ayuda al padre para conseguir fondos para comprar medicinas y equipos sanitarios.

–Voy a preguntarle a Enrique Carrasco si conoce el fulano hospital. ¡Apuesto a que el curita se lo inventó! –dijo

Modesto, huyendo de la mirada agresiva de mi madre y encontrándose con la severidad impostada de papá. Les respondió moviendo los brazos con teatralidad–: ¡Pero si es médico!, ¿cómo?, ¿no le conoces, Evaristo? ¡Pues te lo voy a presentar!

Sus interlocutores ignoraron su histrionismo.

–¿Cuánto prometió? –dijo papá dirigiéndose a mi madre.

Ella se acercó para decirle la cifra en secreto; no le gustaba especificar cantidades de dinero en público, por considerarlo un gesto indecoroso en una mujer. Él chascó la lengua sin decir palabra y se tragó un chocolate. Luego, lamiéndose los dedos, fue a buscar los talonarios de pagaré a su despacho.

Una hora después, habíamos pasado de los chismes del salón La India a las últimas noticias. Una semana antes de la visita de Modesto, la presidencia provisional del doctor Márquez Bustillos había terminado y el general Gómez ya no solo era el hombre al mando, también era el presidente de la República. El afianzamiento de su poder vino acompañado por la confirmación de la presencia contundente de la familia Gómez en la estructura del poder cuando nombró a dos vicepresidentes. El primero y de más rango era su hermano don Juancho, y el segundo, su hijo José Vicente, don Vicentico Gómez. Ambos estaban ratificados por una constitución que protegía la arbitrariedad del patriarca. Desde el golpe de Estado al general Castro, el taita asumió la presidencia de la República como la prerrogativa de un poder ofrecido a él por ese colectivo informe, de objetivos oscuros y siempre mal comprendido, llamado «pueblo». La intromisión de sus familiares y amigos en todas las instancias de la vida pública, la monstruosa burocracia de su gestión y la consecuente centralización del poder absoluto en su mano de guante negro convirtieron la presidencia en una propiedad suya como lo era La Mulera, su hacienda en Maracay desde donde despachaba las órdenes seguidas al pie de la letra por el doctor Márquez Bustillos y el resto de la cartera ejecutiva. Pero cinco meses después de la visita del infante Borbón el general Gómez padeció un síndrome urémico que casi lo manda a la tumba. La presión del clan familiar para obligarlo a asegurar su continuidad lo hizo apurar a los constitucionalistas para que en ocho meses tuvieran lista una nueva Carta Magna donde se cristalizaran las demandas continuistas de sus enchufados.

—Eso no es continuismo, eso es la concreción de una dinastía —opinó mi madre.

Modesto le dio la razón. A papá le preocupaba más el enorme poder ahora concentrado en manos de su enemigo; por otro lado, le convenía la solidificación de la hegemonía de los gomecistas.

—Al contrario: los enfrentará. Juanchistas contra Vicentistas, ¿pero no has visto el odio impulsivo, inadecuado y profundamente animal de don Vicentico contra su tío?

Con esa pregunta, Modesto comenzó un intricado relato sobre las rivalidades entre el sobrino y el tío. Contó que Vicentico Gómez Bello estaba ciego de celos contra el tío adorado con ternura paternal por el general Gómez. El único objeto de la vida de Vicentico era probar que don Juancho era un bueno para nada, demasiado miope para ocupar el poder o merecer el amor del taita. Los chismes decían que su odio contra don Juancho era tal que una vez le echó encima su automóvil y que el general Gómez lo reprendió severamente por eso. Modesto hablaba con las manos levantadas, como un corifeo griego, y su gestualidad me dio la impresión de anunciar una tragedia clásica.

En ese momento, la humanidad pequeña y menuda del

padre Ramiro llegó metida en la sotana de siempre. Era un dominico de unos setenta años, nacido en Sevilla. No tenía un acento muy marcado porque pasó la mitad de su vida al frente de una congregación en Caracas; solo mantenía el uso del «vosotros», palabra muy útil para la evangelización por recordarnos nuestro pasado colonial. Inmersos en la conversación de Modesto, nadie notó la presencia del sacerdote hasta escuchar el timbre nasal de su saludo y notar que había llegado al centro del salón. Mi madre corrió hacia él para saludarlo, y papá le hizo una seña desde donde estaba sentado. Por el rabo del ojo noté que Modesto torcía la mirada y añadía más brandy a su copa.

El sacerdote ofreció su mano a mi madre para que la besara e hizo dos señales de la cruz en el aire destinadas a papá y a mí. Para evitar la mirada risueña de Modesto, respingó la nariz y miró hacia otra dirección. Mi madre aprovechó el gesto para apartarlo hacia una esquina y cuchichearle algo. Papá se unió a ellos blandiendo el papel de crédito y ofreciéndoselo al padre. Guardándose el pagaré en la chaqueta que usaba sobre la sotana, este explicó que las monjas no se habían recuperado desde «la plaga». La frase sacó de sus casillas a Modesto, que reaccionó con un tono más alto de lo deseable:

—¡Hace más de tres años que no se reporta ni un solo caso de la gripe española!

Mi madre le lanzó una de sus miradas asesinas. Yo escondí una sonrisa entre las manos. El padre Ramiro hizo una mueca de disgusto, pero no le respondió. Se acercó un poco más a su interlocutora y, en un murmullo que todos escuchamos, la reprendió por faltar tanto a misa.

—Hija mía: nos hace falta tu entusiasmo entre los asiduos. —En realidad se refería a *las asiduas,* a las beatas de su congregación que organizaban cualquier actividad como excusa para mantenerse pegadas a las faldas de sus sotanas–. ¿Quién tiene las mejores ideas para organizar las procesiones?, ¿quién es la más creativa con los arreglos florales?

Aquello irritó a papá. Recordó que no había un solo domingo en que ninguno de los tres hubiera faltado a misa (su «familia», dijo, y dentro de mi pecho el corazón dio un brinco).

–Y no se olvide de los donativos que Cecilia consigue para su iglesia, padre –intervino Modesto apurando la última gota de brandy de su copa.

La imprudencia era un pecado grave en el catecismo del padre Ramiro y no iba a dejar pasar el comentario.

–A usted, Víctor Modesto –cada nombre tuvo la facultad de aumentar el rubor en las mejillas del interpelado, ya coloradas por los efectos del alcohol–, nunca le he visto por la iglesia: ¿no es creyente?

–Al contrario –dijo Modesto con una sonrisa suave. Se tomó una breve pausa dramática para ganarse el interés de todos–. Soy un ferviente seguidor del culto... a Osiris.

La carcajada de papá rompió la tensión impuesta por la contestación de su socio. Mi madre se llevó una mano a la cabeza. Me reí con la ocurrencia: el Culto a Osiris era el nombre tomado por el grupo de amigos con quienes discutía una vez al mes sobre el antiguo Egipto y otros temas esotéricos. El padre Ramiro miró al insolente con desprecio. Dio una vuelta por la estancia y posó su mirada sobre cada objeto encontrado a su paso. Sentí sus ojos sobre mí; luego le tocó el turno a mi madre y después a papá. Cuando le tocó a Modesto, se detuvo y comenzó a hablarle. Sabía que en una época quiso ordenarse sacerdote y también que «en buena hora se lo impidieron». Desconocía qué pasó para que quien una vez tuvo el fervor necesario para querer entregarse a Dios hubiera caído tan bajo. Las palabras del

padre Ramiro sonaban como las de sus sermones domini-
cales. Recordó la historia de Luzbel, el favorito de Dios. ¿Y
qué había hecho con esa predilección? En mi mente se dibujó vívida la imagen de un enorme ángel efebo de enormes
alas blancas contorsionándose sobre la Tierra, muy lejos de
la mirada de Dios. El sacerdote condenó la vanidad del
súbdito que quiso sentarse en el trono de su Señor. Avanzando hacia Modesto, describió al ángel caído como un ser
moldeado por la soberbia que «con forma de serpiente es-
parce la tentación por el mundo». A un paso de chocarse
con él, se detuvo y le dijo:

–Señor, usted es Lucifer.

VI

El padre Ramiro acertó parcialmente en su valoración de Modesto: él era un refinado demonio con facilidad para manipular a las personas. Además, en el último año se había convertido en una figura referencial para papá y mi madre, desplazándolo a él y al Dios que representaba. Era comprensible su temor a que los desviara del recto camino del catolicismo, en especial a mi madre, que se sentía halagada por las nuevas atenciones sociales recibidas. Con sus costumbres disipadas, aprendidas entre las coristas de los teatros y los bohemios de La India, pero sobre todo con sus palabras, siempre a la orden de la polémica, Modesto retaba las mentalidades conservadoras de mis padres, perturbando su sistema católico de creencias de mantuanos. Pero, para ser verdaderamente perverso, uno debe causar daño intencional a otra persona, y Modesto, ya lo dije antes, no era capaz de hacer algo así, mucho menos a propósito. Por eso, la fibra religiosa de mis padres no cambió en lo más mínimo con su amistad. A su lado, la beata y el hijo del párroco de Capacho no corrían peligro de perder su fe. Más bien lo contrario: más de una vez imaginé al exótico Mefistófeles volviendo al seminario, como cuando obsequió a mi madre un rosario o cuando se enfrascó en una acalorada discusión con papá sobre la calidad de los versos de santa Teresa de Ávila, comparados con los de san Juan de la Cruz. Él no era peor que mis padres, por eso nadie podría culparlo de inclinarles hacia el pecado, pues cuando él se les acercó papá ya era avaricioso y su mujer lúbrica. Su única responsabilidad fue enseñarles a diluir su enfermedad moral en el fresco de nuestras perversiones nacionales.

Y, sin embargo, Modesto dejó de ser bienvenido en casa desde el 7 de agosto de 1922. Lo recuerdo con exactitud pues ese día cumplí quince años y fue un asunto relacionado conmigo la causa de la ruptura con él. Contra todo pronóstico, mi madre me había permitido organizar una fiesta, aunque fuera solo por no encontrar argumentos para prohibírmela. A fuerza de encontrarlas en las reuniones adonde asistía con mis padres y Modesto, las compañeras de clases para quienes apenas el año anterior yo era insignificante ahora parecían tomarme en cuenta; alguna incluso me extendió una invitación. Yo atribuía mi nueva proyección social a los buenos oficios del amigo de la familia: como mi madre, la antigua beata medio ermitaña hecha *socialité,* yo me hice conocida y, como el resto de las chicas de mi edad, pasé a decorar las salas churriguerescas de los nuevos ricos. Una celebración de cumpleaños era una buena manera de sacar partido de esa situación y conocer a chicos de mi edad, por eso pedí a las amigas invitadas que trajeran a sus hermanos. Mi primera llamada fue para Sara Iribarren, como era natural. Ella no tenía hermanos, pero se comprometió a llevar a su primo de Maracaibo, que estaba de visita en Caracas. La única con un hermano mayor, soltero y apuesto era Emiliana Loynaz, pero nunca me atendió el teléfono; le dejé el recado con la criada, si bien ya contaba con su ausencia. El hermano de Violeta Hernández era dos años menor que yo, pero igual le dije que lo trajera. Y Margarita González tenía solo una hermana comprometida; a ella le dije que se vinieran ambas, con todo y *fiancé*. Vaya, que estaba desesperada.

Teresa había servido la mesa en el comedor. Como mi madre no encontró de qué quejarse, preguntó si había dicho bien la hora a mis amigas. Su pregunta no ameritaba respuesta. Fue a servirse un vaso de agua a la cocina y volvió a esperar a mi lado. Me habría gustado que no lo hiciera: su impaciencia añadía presión a mis nervios. Quiso matar el tiempo diciendo por enésima vez que papá estaba terminando un asunto con Rafael Valladares. Yo ni sabía ni me interesaba quién era ese señor, pero ella repetía su nombre como si fuera un talismán. No esperaba a papá en la reunión porque había actuado errático en los últimos días, haciéndome suponer algún problema de negocios. Un cuarto de hora después, mi madre preguntó, de nuevo, a qué hora había hecho la invitación. La ignoré. Pero cuando volvió a la carga, perdí la paciencia y mi grito se confundió con el timbre de la puerta.

Era Sara Iribarren. Llevaba un vestido informal para la hora de la invitación, pero le sentaba mejor que el corte princesa un poco infantil que usó en la gala de Las Acacias. Detrás de ella venía el primo de Maracaibo. Su enorme fealdad se acentuaba por su pose de lechuguino. Sara se disculpó por haber llegado tarde y puso en mis manos una torta de piña. Suspiré: a Teresa y a mí se nos había pasado la mano con el obsequio y esa torta ahora se sumaba a la de moka y al *soufflé* de queso, así como a las tres bandejas grandes repletas de jamones, sándwiches, embutidos y frutas de temporada. Aquel exceso de comida no hacía sino acentuar la falta de los invitados. Sara no se quedaría mucho tiempo porque a la mañana siguiente saldrían temprano para llevar al primo de vuelta a Maracaibo y no quería trasnocharse. El lechuguino me besó la mano y se dirigió a mí con el característico voseo de su tierra conjugado para el pronombre «vosotros» en lugar de para el «tú». En otra situación me habría hecho gracia, pero no esa tarde. Mientras servía las tazas de café tuve la certeza de que no llegaría ninguna otra de mis «amigas». Quizá Emiliana Loynaz no recibió el mensaje y Violeta Hernández no me dio seguridad, pero la sabandija de Margarita González había confirmado. ¡Si fue por su hermana que mi madre hizo el *soufflé!* Lo peor no era que de diez personas invitadas solo asistieran dos, sino que Sara y su primo eran testigos de la ausencia de los demás; incluso si ella nunca le contaba a nadie, la situación era humillante. Mi angustia llegó a su punto más alto cuando escuché a mi madre decirle al lechuguino, de nuevo, que papá estaba resolviendo un asunto con Rafael Valladares. Quizá estaba vengándose de él, pues no había hecho más que hablar de su novia Magaly. Pero igual no pude soportarlo y me retraje en mi irritación mientras escuchaba el parloteo de Sara, apenas interviniendo en su monólogo con movimientos de cabeza estratégicamente repartidos en el tiempo para esconder mi falta de interés.

Papá llegó pasadas las siete de la noche. Saludó echando un vistazo desde la frontera entre el comedor y la sala, antes de seguir hacia su despacho. Dijo que volvería en un rato. Mi madre se fue detrás de él. Cuando intenté retomar la conversación con Sara, ella se levantó para irse. Miré el reloj en la pared: se había quedado más tiempo de lo anunciado al principio de su visita. No sabía si agradecérselo.

Después de despedirlos, Teresa y yo nos pusimos a recoger. Quería encerrarme en mi cuarto lo antes posible para darle rienda suelta a la mezcla de rabia y tristeza atravesada en mi garganta. Me había precipitado al pensar que mi valor social estaba en aumento; en realidad, continuaba siendo anodina para mis antiguas compañeras de clase, solo que, debido a los lugares donde coincidíamos, ahora me despreciaban de manera cordial.

Papá no me permitió abandonar el comedor. Pidió a Teresa y a mi madre que lo acompañaran en la mesa y sirvió platos con empanadas y bizcochos a cada una. Luego comenzó a conversar como si el comedor estuviera lleno de gente poniéndole mucha atención a sus palabras. Su remedio funcionó, pues un rato más tarde mi tristeza se había disipado un poco. Él contaba un chiste y cuando estaba a punto de soltar la frase final, la que nos haría explotar en carcajadas, sonó el timbre. Eran más de las ocho y media, así que ya no esperaba a ningún otro invitado. Teresa desapareció y volvió a acompañada por Modesto. Mi madre lo saludó con afecto y yo salté hacia él como el resorte que se desprende del mecanismo roto de un reloj. Sobre su hombro observé a papá mirándonos con una mueca de enojo.

Modesto traía tres cajas forradas de una exquisita tela color rosa ilustrada con arabescos negros, puestas una sobre otra y unidas por un lazo negro amarrado en la punta de la pirámide que formaban. Como si le hubieran urgido a ello, Teresa se puso a limpiar la mesa con diligencia nerviosa. Modesto me ayudó a organizar las cajas de mi regalo sobre la mesa, una al lado de la otra, y luego fue a servirse una copa de brandy. Abrí la primera, cuidando de no ensuciar nada con los restos de comida sobre la mesa. Adentro estaban unas zapatillas en tela de organdí blanca. Eran preciosas, si bien demasiado delicadas para la calle y supuse que eran para andar por la casa. Papá se acercó para mirar el regalo. En la segunda caja estaba un *habillé* de satén de seda, con aplicaciones en forma de *bouquets*. Se parecía a uno que vendían en el pasaje comercial Linares. Distinto a mis batolas de algodón para dormir, esa era la ropa de una mujer. ¡Por fin alguien me veía como una! Modesto estaba conmigo cuando le pedí a la dependienta que me lo mostrara. Con una sonrisa, ella preguntó si buscaba un ajuar de novia y la ignoré. Estaba concentrada en el tacto suave de la tela. Nunca tendría algo así, me lamenté frente a Modesto. Él contestó con una de sus carcajadas, puso una mano sobre la mía, detenida sobre los *bouquets,* y me prohibió decir «tales tonterías», pues no había razones para comprar una pieza tan bonita solo para gastarla en la luna de miel con un bobalicón.

–¿Qué significa esto? –dijo papá con emoción contenida. Su voz no era aún de rabia, como si reconociera que en materia de moda Modesto sabía lo suyo.

Cuando abrimos la tercera caja, los colores se le subieron a la cara con la velocidad de un relámpago:

–¿Usted se volvió loco? ¿Qué tipo de regalo es ese para una...?

–¿Niña? Evaristo, ¿vas a decirme que Diana es una niña? –dijo Modesto con tranquilidad. Su tono contrastaba con las palabras encendidas de papá.

El paquete contenía una bata a juego con el camisón. Y hacía evidente que las tres piezas eran una combinación de ropa de dormir. La ropa de una mujer cuando, según los estándares de mis padres, dormía acompañada.

–¡Fui yo quien pidió este regalo! –mentí.

Mi intervención no fue suficiente para detener el puñetazo asestado por papá a la cara de Modesto. La violencia de su retaliación me dejó pasmada. Mi madre tenía las manos suspendidas en el aire, como si estuviera a punto de decir algo, pero el volumen de su voz se había apagado.

–¿No crees que es momento de dejar la pose de predicador? –contestó Modesto, tocándose el cachete y tratando de mantenerse alejado de su socio.

No me atrevía a decirlo, pero el regalo me enaltecía. No solo se trataba de la primera prenda de ropa que una persona fuera de mi familia me regalaba; apelaba a mi vanidad.

¿No es convertirse en mujer el destino de toda niña?, ¿por qué papá me lo negaba?, ¿no quería él mismo aprovecharse de eso para conseguirme un marido? Su agravio era ilógico, como si el regalo le sirviera de excusa para arremeter contra Modesto. Quizá algo había ocurrido entre ellos. Para que papá no notara mi sonrisa satisfecha del regalo, me escondí, con disimulo, detrás de una silla.

Mi madre y Teresa intentaban detenerlo. Como pudo, se libró de ellas y dio otro golpe a Modesto, ahora a la mandíbula. Le rompió el labio inferior y al punto manó sangre de la herida. El atacante, en pleno forcejeo, no pareció notarla; yo me eché para atrás. El olor de la sangre me hirió como un navajazo y, para controlarme, debí aferrarme a la silla. Lo peor en ese momento hubiera sido morder a alguien. Contenía la respiración e intentaba mirar para otra parte. Solo cuando Modesto consiguió sacarse a papá de encima, este notó la sangre. Con un esfuerzo enorme, reprimió la furia que le quedaba. Caminó hacia fuera del comedor, como una tormenta de rabia, y, justo antes de salir, lanzó su mirada encendida sobre la escena y gritó mirando a Teresa:

—¡Que mañana no quede aquí un solo trapo de estos!

La reacción aireada de papá al regalo de Modesto era la parte visible de una enemistad de causa desconocida. La tensión se incrementaba con el paso de los días, pues no podían romper la sociedad de Gutiérrez & Compañía ni se ponían de acuerdo en nada. Modesto dejó de visitarnos. Se encontraba con su socio solo si era necesario y siempre fuera de casa, en un lugar público donde el uso de la violencia hubiera sido inconveniente. La situación convirtió a papá en un hombre abatido, lo cual me entristecía. Es una lástima cuando se rompe la intimidad emocional entre dos personas, en especial si son hombres.

Las hermandades establecidas entre ellos son imposibles de trasladar a las amistades entre personas de sexos opuestos, pues las mismas diferencias entre la naturaleza de cada cual cambian la relación. Las hermandades entre mujeres se establecen en períodos de necesidad, mientras tanto ellas están demasiado ocupadas compitiendo por el imperativo social del matrimonio: para conseguirlo, mantenerlo u olvidarlo.

Mi madre hizo como si Modesto nunca hubiera existido. A ella le afectaba menos la separación, pues tenía un enamorado al que podía volver: el padre Ramiro. Cuando retomó la costumbre de ir todas las mañanas a misa, el clérigo correspondió con un favoritismo que levantó la envidia del resto de las beatas. Le permitió decidir sobre la decoración de la iglesia los domingos, la nombró presidenta de la asociación sin fines de lucro de la parroquia y accedió a ir a casa para confesarla cuando estuviera demasiado atareada con las diligencias impuestas por sus responsabilidades. Yo no comprendía la prodigalidad del sacerdote. ¿A cuenta de qué destinaba a una mujer de fe inquebrantable los cuidados de una oveja descarriada a la que debía atraer de cualquier manera al buen camino? Pero esa circunstancia evitó que mi madre se hundiera en la misma melancolía de papá.

El alejamiento de Modesto inauguró una nueva etapa en la vida social de mi familia. Mis padres comenzaron a privilegiar las reuniones íntimas sobre los lugares públicos. Se espaciaron las salidas al hipódromo, al cine y se acabaron las corridas de toros. Y lo peor: dejé de acompañarlos. Yo fui la primera víctima de la separación entre papá y su socio. Sin Modesto que ayudara a cultivarme, recomendándome lecturas o llevándome al cine, y en manos de una madre afanada en moldearme para el matrimonio, mi vida se sumergió en la más absoluta monotonía. Ayudaba a Teresa en la cocina o a mi madre en sus labores.

Memoricé las recetas de la chipolata y la torta moka. Aprendí a coser a mano y con la máquina Singer. Mi madre me obligó a estudiar miles de fórmulas de cortesía tontas como cuánto tiempo esperar para que un hombre me abriera la puerta o de qué lado debía subir las escaleras. Así me educaba para el futuro: como la de una doña, la vida de una señorita se fundamentaba en la supervivencia a la inmutabilidad del tedio.

Una tarde no lo pude soportar más. Aproveché la ausencia de mi madre para convertir a Teresa en cómplice de un plan que tenía varios días dándome vueltas en la cabeza: frecuentar a Modesto. Como una hacendosa jovencita caraqueña, la acompañaría a hacer el mercado: esa excusa me permitiría visitarlo sin levantar sospechas. Él vivía en la esquina de Las Gradillas, frente al Mercado de San Jacinto. Como ella iba de compras todos los días, yo podía ir cualquier mañana, o todas, de lunes a viernes, cuando fuera más conveniente para él. Ella apenas me dedicó una mirada muy seria y continuó añadiendo tubérculos a una sopa para espesarla. Modesto debía de ser «el peor muérgano del mundo» para que mis padres lo odiaran, manifestó con su español impenetrable. El amigo de la familia nunca fue santo de su devoción.

Busqué un papel para redactar la nota. Le pedí que la llevara lo antes posible a casa de Modesto. Tenía orden de no volver sin respuesta suya. Habría podido llamarlo por teléfono, pero mi madre me tenía prohibido usarlo; además, nadie nunca me había enseñado cómo hacer una llamada y me sentía más segura con el antiguo método del mensajero.

Durante la media hora que mi fiel india pasó haciendo el mandado, di vueltas de un lado a otro en la sala, esperándola angustiada de que se encontrara con mi madre y se descubriera mi plan antes de llevarlo a cabo. Nadie comprendería que una chica de mi edad quisiera frecuentar a quien podía ser su padre; tampoco yo sabría explicar por qué lo consideraba un amigo y un mentor. ¿Cargaría con la misma inquietud de ese momento con cada visita? Cuando estaba a punto de escribir una nueva nota echándome para atrás, llegó Teresa.

Me entregó un papel de hilo doblado varias veces en donde me costó un poco comprender la barroca caligrafía de Modesto. Como era su costumbre, usaba muchas más palabras de las necesarias para aceptar mi propuesta. No tenía problemas en verme todas las mañanas durante una hora. Pero me imponía una condición: mientras estuviera en su casa no preguntaría por las razones de su distanciamiento de papá. «El problema entre ellos comenzó antes del día de mi cumpleaños», concluí, aliviada. Añadía la nota que podíamos comenzar nuestros encuentros el siguiente lunes a las nueve de la mañana. No necesitaba confirmación de mi asistencia. Su propuesta me caía como anillo al dedo: mi madre acostumbraba a quedarse en la iglesia hasta media mañana. Me quedé pensando en su reacción si descubría mi plan. Solo una mujer mal inclinada, de apetitos oscuros, malasangre como yo podía frecuentar a un proscrito por su madre. Aun si no había una intención sexual en mi plan, se oponía al papel diseñado por papá para mi condición. Si era descubierta, ellos reclamarían la indiscreción como una afrenta a la familia: yo sería una desagradecida por despreciar la solución propuesta para mí, el matrimonio. «El comportamiento de la soltera es la honra de los suyos», decía el padre Ramiro. Me reí para mis adentros: los Gutiérrez estaban muy mal si su dignidad recaía en la compostura de una hematófaga.

El apartamento de Modesto era tan encantador y extravagante como su dueño. En la estancia donde yo esperaba aquella mañana había una bella alfombra persa sobre la cual estaba una enorme mesa de caoba con un imponente jarrón de malaquita. La luz entraba por la ventana del fondo marcando sus altorrelieves exuberantes, a juego con el arreglo floral que contenía. No hay nada más común en la vegetación tropical que un palo de Brasil, las bromelias y las orquídeas, pero vinculada a la exótica malaquita la decoración parecía la de una fantasía oriental tan del gusto de Modesto como el color Nilo de sus levitas. Un rodapié de madera se levantaba desde el suelo ocupando un tercio de las paredes y el resto estaba cubierto con un papel tapiz de motivos geométricos en pintura oro sobre fondo ocre. Al lado de la ventana estaba el mismo samovar de la tarde cuando vimos *Había un necio*. En visitas posteriores aprendí que contenía *champagne:* Modesto tomó la idea de una mansión de Canadá donde pernoctó en tiempos de la ley seca, y aunque nosotros no teníamos una prohibición semejante, la imitaba por parecerle *chic*. Debajo de la ventana, bañadas por los rayos del sol estaban dos largas poltronas de ébano tapizadas en muaré verde con una multitud de cojines de seda en colores aguamarina y granate rojo. Las acompañaba una mesa enana sobre la cual había varios libros abiertos entre floreros decorados con enormes plumas de pavo real. Nada allí se parecía al hogar donde me crié, y sin embargo me sentía en casa.

Caminé hacia el adorno del centro de la habitación para acariciar los pétalos de algunas flores. En ese momento, apareció Modesto. Después de corresponder a su abrazo paternal, le pregunté de dónde provenían esas orquídeas. Él se rió: como estaba cansado de las flores criadas en la selva de Turimiquire, pidió unas semillas a un amigo diplomático que viajaba entre la India y Siam. La seductora flor era una pequeña boca de tres labios.

La enorme hoja de una bromelia le hacía sombra. Las orquídeas eran las plantas favoritas de Modesto.

–Los botánicos no se ponen de acuerdo sobre si usan a otras plantas solo como soporte o si también son sus parásitas –dijo, sonriendo de medio lado–. Me fascina esa precariedad ambivalente de la belleza que toma de los demás lo que necesita para existir, convirtiendo la subsistencia en un *tour de force* que dota de belleza y significado a la vida. –Hizo una de sus pausas dramáticas y me tomó del brazo para preguntarme–: ¿Sabes de dónde viene la palabra «orquídea»?

Lo miré con interés, su presencia llenaba toda la estancia. Comenzó a quitar las hojas muertas de los tallos y a mover las plantas de lugar, incluyendo la orquídea que admirábamos. Sabía que no tenía idea de la respuesta, pero esperó un rato. Adoraba crear expectativa:

–Del griego. *Orfis* significa «testículo» e *idéa* «forma». Es decir: con forma de testículo.

La palabra «testículo» quedó flotando en el ambiente, como si mis oídos no quisieran aprehenderla. La nueva disposición de las plantas revelaba el tallo subterráneo de una orquídea y él lo tomó entre sus manos para mostrármelo, dos pequeñas formas esféricas, mientras explicaba que el vocablo griego hacía alusión al parecido de su tubérculo con los órganos sexuales de un mamífero. Me alejé de la maceta, como si el padre Ramiro estuviera a punto de materializarse dentro. Modesto me miraba.

Luego pasó a las bromelias. Le interesaba menos la etimología de su nombre que su hermafroditismo. Lo miré sin comprender a qué se refería. Mi falta de luces le arrancó una maldición. Miró hacia el cielo y abanicó su mano llena de anillos:

—El vocabulario rico es el sello de una persona de mundo, reina querida. Mira lo que vamos a hacer... —Hurgó un poco en la gaveta de la mesa donde estaban las plantas, de allí sacó un cuaderno pequeño y una estilográfica y me los entregó—. Cada vez que escuches una palabra que no entiendas, escríbela aquí y luego la discutimos o, si no tenemos tiempo para eso, la buscas por tu lado en un diccionario. Luego la memorizarás y prontísimo tendrás un vocabulario extenso. Anota la primera: «hermafrodita». Se aplica en materia vegetal y animal a los seres con órganos de macho y hembra.

—¿Animal?, ¿también hay gente así? Pero... ¡eso es una enfermedad!

Modesto soltó una carcajada. Dijo que no todo lo que la gente describía como enfermedad realmente lo era. Él mismo se había preguntado muchas veces cómo se sentiría la intimidad de una mujer.

—Tampoco dudo que a muchas de ustedes les gustaría tener pene —dijo, y en ese momento soltó una de sus carcajadas—. ¿Anotaste la palabra «hermafrodita», reina querida? Porque la palabra «pene» la conoces, ¿verdad?

Deseé que la libreta tuviera candado. No quería imaginar la cara de mi madre si por accidente la abría y leía las palabras anotadas allí. Como si me hubiera leído la mente, él preguntó si ella sabía de mi visita. Negué con la cabeza. Tenía la mirada fija en los medallones de la alfombra.

—Tampoco tu padre, ¿verdad? —Cuando dijo esto, una

ilusión óptica me hizo ver su lengua como si fuera bífida; la culpa y las palabras del padre Ramiro estaban jugando con mi mente.

No esperó mi respuesta. Se puso a revolotear por la estancia, moviendo libros de un lado para otro, si bien no parecía seguir algún orden específico, sino llenar el vacío del silencio con una actividad. A mí los nervios estaban matándome. Como si hubiera estado dentro de mi cabeza, Modesto se detuvo en medio de la estancia, con un libro de grabados ingleses en la mano, y me dijo:

–¡Vamos a hacer grandes cosas, Diana querida!, ¡ya lo verás! A tu edad, la mente es una esponja. Me complace tanto tenerte aquí. –La incredulidad me hizo sonreír y, para evitar el aspaviento de uno de sus reclamos, volteé hacia un lado, tapándome la boca–. ¿Cómo?, ¿no me crees? ¡Si somos almas afines! Dime: ¿con cuántas amigas puedes comentar tus ideas, los libros que lees? –Estuve a punto de decir que Sara Iribarren era lectora y una mujer muy culta, pero antes de que pronunciara palabra, Modesto dijo–: ¿Quién crees?, ¿la gordita de la fiesta? No dudo de su voracidad... para las chocolatinas, los pastelitos y las novelas románticas. Un poco de Gustave Flaubert y otro de Louisa May Alcott o mucho de ambos. Pero ella no es una chica para comprender a Milton o a Goethe, ¡la pobre!

Al terminar de decir esto tomó mis manos entre las suyas. Continuábamos parados uno frente al otro en medio de la habitación. Me envanecían sus palabras, pero a la vez me parecían injustas.

–¡Pero si está muy bien educada! Incluso pasó una temporada en París –reclamé. Sara era mi amiga y no le permitiría hacerla de menos.

–Esa es Cecilia hablando. ¿Crees que París la hizo crecer? A lo sumo aprendería algunas palabras en francés para lubricar su español de sociedad. ¿Puedes decirme una idea que se le haya ocurrido sola a esa chica?

No podía hacerlo, por supuesto, pero Modesto exageraba. Me pesaba su opinión, sin embargo mi incapacidad para recordar una sola vez en que él hubiera errado un juicio le daba la razón. Pobre Sara. Además, Modesto tenía un punto: estaba allí justo para no parecerme a ella o a cualquier otra inútil de mi edad, solo preocupadas por los quehaceres domésticos, las novelitas románticas o el cine americano. Había escogido la elocuencia barroca de este exótico Cicerón para comprender el mundo a mi alrededor. Y mi sed de conocimiento era enorme.

Cuando cumplimos tres meses de tertulias mañaneras, mi pequeña libreta estaba casi llena. No solo escribía allí las palabras que no comprendía cuando él hablaba, lo cual era frecuente debido a su ampulosa comunicación. También anotaba otras palabras leídas en los libros de la enorme y siempre en crecimiento lista de sus recomendaciones. Mi mayor problema en esa época fue evitar ser descubierta. Me convertí en una paranoica y a cada rato volteaba para mirar sobre mi hombro. Si estaba en casa, me encerraba con llave dentro de mi habitación a leer los libros recomendados por Modesto. Cuando terminaba, los escondía debajo del colchón, para que ni siquiera Teresa pudiera encontrarlos, lo cual es mucho decir sobre la perturbación de mi mente, pues ella era analfabeta. Y la pobre nunca me habría acusado de nada, por mucha tirria que le tuviera a Modesto. Por el contrario, ella era la única apoyándome en las visitas: todas las mañanas me esperaba debajo de la estatua de Antonio Leocadio Guzmán para que volviéramos juntas a casa. La estatua estaba dentro del mercado, en la sección de animales destinada a la venta de pájaros. Nos encontrábamos allí porque a Teresa le gustaba entretenerse enseñando palabras nuevas a los pericos.

Luego los pajarracos se pasaban días repitiendo los vocablos impronunciables de su lengua guajira.

Un día llegué a buscarla debajo de la estatua y no estaba. Un escalofrío me atravesó el cuerpo y recorrí el mercado dando voces por todas partes. Comencé por el kiosco de flores de Galipán, en donde encontré al joven Aparicio con su madre. Compraban un *botonier* para el ojal. Él me ignoró, pero ella se deshizo en halagos y se ofreció para acompañarme a casa en caso de que no encontrara a Teresa. Yo la dejé con una sonrisa educada, pero deseché su ofrecimiento en cuanto lo oí. Uno de los hermanos Natera emergió del centro de los puestos de verduras y hortalizas para obsequiarme una manzana con la grandilocuencia de un personaje bíblico. Me soltó algún piropo, pero su comercio era siempre uno de los más concurridos y no pudo quedarse a conversar conmigo. El murmullo de la gente era un ruido desagradable de ondas, a veces alongándose y otras contrayéndose, con ritmo inconstante. Un escándalo magnificado por el encierro del mercado, que en la Colonia había sido un convento y durante la República una cárcel. Cuando llegué al bloque donde ofertaban ganado vacuno, justo antes de la venta de aves, mi preocupación era un zumbido ensordecedor dentro de las orejas y un leve temblor en las manos. ¿Y si papá o mi madre me habían visto entrar en casa de Modesto y se llevaron a Teresa como castigo, para hacerme desesperar? El hedor de los mariscos en la sección de pescados me trajo a la realidad y para sacarme aquello de las narices caminé hacia el punto de encuentro, con la esperanza de que mi fiel india estuviera esperándome allí. Mi preocupación disminuyó de forma considerable cuando a lo lejos percibí la silueta de una mujer con proporciones similares a las de mi Teresa. Estaba detrás de un hombre con una enorme mapanare rodeándole el cuello. Más cerca le escuché ofrecer pomadas contra los callos hechas con el veneno de la víbora. La mujer de detrás del señor era una india, pero no era mi fiel criada. Procurando mantenerme lejos del posible radio de acción del animal, me senté en uno de los escalones debajo de la mirada aguileña de Antonio Leocadio Guzmán.

–A la india se la llevó una señora con mantilla –dijo uno de los vendedores de pájaros. Me sobresaltaron sus palabras, pues no había reparado en cuándo se acercó a mí. Era un hombre flaco y alto, pero de apariencia fibrosa. Llevaba en una mano aparejos para el cuidado de las aves y en la otra una jaula con una guacamaya. «Matilla», «illa», «illa», «uork», repetía el pajarraco: «Matilla, illa, illa... ¡uork!»

«Mi madre», pensé. En ese momento, el cansancio y los nervios pesaron sobre mi cuerpo y me sentí desvanecer. El pajarero dejó la jaula en el suelo y comenzó a abanicarme con la bandeja del alimento para pájaros. Un vaho repugnante se extendió sobre mi cara, me reacomodé como pude y volé a casa.

Encontré a mi madre sentada en la poltrona del recibo con Teresa parada al frente. Se sostenían la mirada. Mi saludo rompió la concentración rígida de la escena y mi madre me rugió sus preguntas. Detrás de ella, la india negaba con la cabeza. Tartamudeé una cadena de artículos indeterminados y por acto reflejo subí las manos. En ese momento, miré el libro: con todo el ajetreo, no lo había guardado en la cartera. Mi madre me lo arrebató. Leyó el título y el autor en voz alta, sin encontrarle ninguna objeción. Era *Eugenia Grandet* de Honoré de Balzac. Ese mes Modesto se lo había dedicado a los franceses. «Hay mucho que aprender de la Comedia Humana», opinó, como si alguna vez hubiera leído algo de ese autor. Suspiré, aliviada: la semana anterior leí *Las flores del mal* y el solo nombre de Charles Baudelaire la hubiera descompuesto. Me devolvió el libro sin relajar su mirada inquisidora. Para explicar mi ausencia, dije que había comprado el libro en La Playa, la zona del mercado donde se colocaban los tenderetes de los libreros ambulantes. Aquello no explicaba por qué no estaba con Teresa cuando mi madre se la encontró y debí añadir una mentira: había visto a Leoncio Martínez.

El nombre del célebre fundador de *Fantoches* exhalaba un tufo a La Rotunda. Mi madre tembló un poco y endureció la expresión de su cara. «Leo» Martínez era el chivo expiatorio favorito del general Gómez, así que entraba y salía de la cárcel con más frecuencia que a su casa. No era el tipo de persona para llamar la atención de una señorita decente caraqueña. Mi madre tomó a Teresa por el brazo. «Más nunca le permitas acercarse a un hombre así», murmuró en su oído, golpeando cada palabra. Así quedó zanjado el episodio: ella satisfecha porque tuvo la oportunidad de prohibirme algo, y yo también, pues la prohibición se limitaba a quien nunca había visto en mi vida ni tenía interés alguno en conocer. De esa manera pude dedicarme a mejorar mi limitada comprensión del mundo sin desobedecerla. Y eso era lo único que importaba entonces. La labor pedagógica de Modesto comenzaba a evidenciar mi vasta ignorancia sobre el mundo, así como mi brusca candidez de doncella caraqueña, ambos rasgos deseables para una futura esposa pero no para una persona. Y ese era justo mi objetivo: convertirme en alguien.

VII

Una tarde, después de rezar el rosario, mi madre emergió de la penumbra gris de su cuarto enfundada en un vestido negro nuevo, como si fuéramos a recibir una visita. Era el momento de sentarnos en la ventana, me informó. La costumbre dictaba que, como a las muñecas en los comercios, a las mujeres en edad casadera las pusieran en exposición hasta que un hombre quisiera llevárselas o, según el eufemismo de la época, «pretenderlas». Hasta ese día yo nunca había «ventaneado», e ignoraba por qué alguien podría regocijarse de perder el tiempo en semejante ocupación –o, más bien, «desocupación»–. Una vez Sara me habló de eso como de un acontecimiento en la vida de una mujer, pero la práctica me parecía tan anticuada como ridícula. ¡Qué terrible sino el de las condenadas a mirar cómo pasa la vida de los demás, sentadas en actitud secundaria de humildes espectadoras! Intenté quejarme, pero mi madre me lo prohibió con demasiadas recriminaciones. ¿Cómo me atrevía a burlarme de mi ceremonia de inauguración?, ¿por qué me creía mejor que otras?, ¿acaso no veía el alcance de mi suerte? Una cosa parecía obvia: debido a la forma abrupta como le fue impuesto un marido, a mi madre le ilusionaba el rito.

Aunque fuera solo por mantenerla contenta, no podía negarme. Teresa venía detrás de ella, con la alfombra y los cojines usados para apoyar los codos cuando se está en la ventana. En mis fachas no podía mostrarme a nadie y fui a mejorar mi aspecto, mientras la pobre india sacudía, por delante y por detrás, las rejas y las puertas de la ventana que daba hacia la calle. Cuando volví, me encontré a mi madre ya en posición. Señaló un puesto frente a ella en el poyo. Miré hacia fuera y suspiré entre los barrotes de hierro de la ventana, sintiéndome como uno de los periquitos enjaulados del Mercado de San Jacinto, tan exóticos y tan tristes, expuestos hasta la aparición del futuro amo.

Horas más tarde, después de haber agotado las conversaciones banales con mi madre, me retraje en el silencio. Indolente dentro de su bordado, ella dejó de buscarme la lengua y pude perderme en mis pensamientos: estaba irritada. ¿A quién se le ocurrió la estupidez de semejante ritual de cortejo?, ¿significaba estar expuesta así que cualquiera podía comprarme?, o peor aún: ¿que yo estaba a la venta? Me frustraba saber que yo era tan insignificante que mi propia madre me exponía así, en la calle, con el objeto de ser vista por un hombre sin que este tuviera que tomarse la pequeña molestia de desviarse de sus ocupaciones habituales. Yo era tan poquito que cualquiera podía antojarse de mí de camino a la oficina o durante alguna diligencia. A través de esos barrotes un hombre entraría a mi vida para, en su indulgencia cívica, incorporarme en la parte privada, a la sombra de su existencia. ¡El ventaneo era un escándalo, por Dios! Era un insulto para las mujeres y una muestra de nuestro atraso social. El pensamiento modernizador de la época preconizaba que malgastar el tiempo era dilapidar el dinero, pero no aclaraba el límite del alcance de tal afirmación: se trataba del tiempo *masculino*. A las mujeres nos era exigido perder horas esperando por la mirada furtiva de uno de ellos para dar el gran paso fuera de la indeseable soltería. Así las relaciones de poder mantenían a las mujeres subordinadas a los hombres.

¿Qué diferencia tenía esto con la venta de mi sexo?, ¿no se trataba el ventaneo de «buscar» o «atraer» a los hombres? ¿Y la palabra «buscona» no es el eufemismo para prostituta?

Esa manera de ofrecerme me convertía en una mujer tan vulnerable como una meretriz. El poder de los hombres, en especial en sociedades autocráticas y militaristas como la nuestra, descansaba sobre convenciones sociales construidas en el seno de las diferencias biológicas entre los sexos. El matrimonio los proclamaba a ellos cabeza de la familia, igual como el poder del gobierno estaba centralizado en el general Gómez y la supremacía de la Iglesia representada por el Dios-hombre encarnado. El ventaneo demostraba la centralidad del matrimonio en mi vida de mujer; incluso como soltera estaba definida por esa «institución». Una señorita anhela un marido, lo rechaza o se mantiene indiferente a él, pero en todos los casos construye su individualidad en relación con el hombre, mientras él nunca considera el matrimonio un proyecto de vida. ¡Cuántas veces no me referí a esto, indignada, en mis visitas a Modesto! Para cumplir el imperativo cívico de mi sexo, mi familia me negó la educación formal, manteniéndome en la cándida ignorancia, afanándome en naderías, como recetas para postres o el bordado, condenándome a representar el papel de un parásito del hogar hasta que un señor quisiera cambiarme el apellido, redefinirme. Convertida en un ser tan diferente al hombre que casi no parece de la misma raza, la mujer podía considerar su cuerpo como un capital para ser explotado. La casada puede hacerse mantener por el esposo, trasladando a su nuevo hogar el parasitismo aprendido en la casa paterna. ¡Y esa mujer-sanguijuela es aplaudida por la sociedad! A ella nadie se atrevería a llamarla «malasangre»; está revestida de una dignidad superior a la soltera, incluso cuando esta se ha mantenido virgen.

Estos razonamientos envenenaban mi cabeza cuando me sentaba en la ventana, una práctica que, a mi pesar, tuve el disgusto de repetir demasiadas veces. No es tan fácil como parece conseguir un pretendiente desde una ventana. Después de meses en eso, yo había perdido la esperanza de encontrar a un hombre –o, más bien, de que él me encontrara a mí–. Detestaba que me exhibieran como a una buscona, pero todavía era el tiempo cuando habría hecho cualquier cosa por agradar a mis padres, incluso casarme con el primer hombre que pasara por allí. Mi madre no se desanimaba. Ni siquiera durante las Navidades dejamos de ventanear. Durante los Carnavales resultó divertido, porque veíamos a la gente pasar disfrazada y podíamos sentirnos parte de la fiesta de la ciudad. Aunque muchos hombres nos saludaban y alguno me pasó una flor entre los barrotes, ninguno estaba dispuesto a cortejarme. Esas tardes eternas me preguntaba qué habría dicho Modesto si me hubiera visto en esas. Tenía meses sin visitarlo debido a un viaje a Curazao que se había prolongado más de lo necesario. Me lo imaginaba lanzando adjetivos sobre mi cabeza y burlándose de lo que hacía. En esos momentos, la vergüenza me calentaba el pecho: el ventaneo era evidencia de mi oquedad solo posible de completar a través de un hombre.

–¿Ese no es el señor Carraz? –preguntó mi madre, de pronto, una tarde de finales de marzo. Yo estaba, como de costumbre, perdida entre mis pensamientos.

Frente a la venta pasaba un Packard de color negro. Lo manejaba un *chauffeur* y en el asiento trasero resaltaban las siluetas de un joven y un viejo que me parecieron familiares pero debido a la distancia, o al movimiento del vehículo, no pude reconocer.

–¿Quién?

–Diana, el de la fiesta de Las Acacias. Al que dejaste plantado.

Disimulé una sonrisa sintiéndome un poco superior. Para sorpresa de ambas, el automóvil pasó dos veces más frente a la ventana. Eso me permitió poner atención a sus ocupantes. En efecto, el más joven era Miguel. Lo saludé con la mano y él miró hacia otra parte. Esto sacó de quicio a mi madre: no su rechazo, sino mi saludo.

–¡Ahora pensará que estás enamorada de él! –dijo entre dientes–. Es una muy mala estrategia para ganarte su corazón.

–Vaya incoherencia: pensar que vas a enamorar a una persona solo mostrándote en una ventana.

¿Había dicho eso en voz alta? ¡Por Dios, mi madre iba a matarme! Fue debido al Packard, me distraía. El padre de Miguel había correspondido al saludo rechazado por su hijo. Pero mi madre no lo vio. Se levantó, ofendida por mi comentario, y se fue a su habitación. No era el final deseable para la jornada de ventaneo, pero no quise esperar a ver si se devolvía y cerré la ventana.

Esa noche, durante la cena, papá contó la vida y milagros de los Carraz. Venían de dinero, pero lo perdieron casi todo en tiempos del general Castro, debido a los malos negocios de Carlos Eduardo. Les quedaba el nombre, por supuesto, la buena educación y unas conexiones inmejorables: la señora Carraz estaba emparentada por el lado materno con Josefina Revenga, la adoradísima mujer de Vicentico Gómez Bello. Papá la llamó «la futura primera dama del país», no solo por molestar a mi madre, que la detestaba, sino porque la nueva constitución daba a don Vicentico el rango de vicepresidente del país. Bueno, de segundo vicepresidente; el

146

primero era don Juancho. A papá le convenía estar cerca de los Carraz, porque no podía enchufarse con los juanchistas.

–No me extrañaría que Carlos Eduardo o el propio Miguel te llamen pronto para pedirte permiso de frecuentarnos –dijo mi madre.

Papá cortó un pedazo de pan y se lo metió en la boca. Sonreía: cualquiera diría que era él quien había encontrado un pretendiente.

Papá concedió el permiso para frecuentarnos a los Carraz dos semanas después. En ese tiempo mi pretendiente me envió cada dos días ramos de flores, cajas de bombones, cintas para el cabello y, justo el día antes de su visita, una cayena. Cuando Teresa me entregó la flor, me la quedé mirando: ¿qué iba a hacer yo con semejante regalo?, ¿ponérmela en la cabeza? Solo a un hombre poco detallista se le ocurría regalarle a una pelirroja una flor cayena: ¡oh, Dios!, ¡me pretendía un hombre cursi! Casi podía escuchar las carcajadas de Modesto dentro de mi cabeza.

El día estipulado para la visita de Miguel, pasé casi toda la mañana ayudando a Teresa con los quehaceres de la casa y, luego de una cena temprana, me retiré a mi cuarto para acicalarme. Desde allí escuché a papá llegar con lo que parecía un cargamento de flores. Cuando comenzó a distribuirlas por los salones, encendió el mal humor de mi madre. Discutió con ella sobre todos los detalles de los preparativos para la visita. Contradijo las órdenes de Teresa, cambió de lugar cada bandeja, plato y vaso escogidos para la ocasión y cerró todas las ventanas abiertas. Esto último indignó a mi madre, quien le gritó: «¡Basta de nervios, Evaristo, mira que no eres tú el cortejado!» Lo siguiente que escuché fue el azote de una puerta e imaginé que papá había decidido dejarla en paz.

A la hora llegaron el viejo Carraz y su hijo Miguel.

Ambos vestían elegantes paltós levita en tonos diferentes de gris y, al verlos parados uno al lado del otro, se me ocurrió que el hijo era una copia rejuvenecida del padre. Papá ofreció al viejo un brandy y Miguel lo aceptó en su lugar. Mi madre obsequió al viejo una copa de jerez y para ella se sirvió lo mismo. La mayor parte del tiempo, papá y el viejo hablaron sobre noticias y otros temas de actualidad, como nuestras relaciones con Europa y Estados Unidos o la fluctuación de los precios del oro. Como indulgencia a las mujeres, el viejo relató su primer viaje a París, durante su muy lejana juventud, y ponderó con papá la calidad de las óperas de la más reciente temporada. Miguel los miraba con la cara muy seria, casi con gesto de repugnancia. Alzó la mano para pedir la palabra y se dirigió a mi madre y a mí, sentadas una al lado de la otra, para enumerar las razones por las cuales pensaba que Caracas estaba muy lejos aún de ser una gran capital al estilo europeo. Así, de la nada, como si hubiera estado esperando todo ese rato para iluminarnos con su intervención.

–Muy pronto la renta petrolera resolverá todo eso, querido Miguel –dijo papá, moviendo las manos en el aire, como si fuera a pedirle una ovación.

El viejo Carraz asintió con la cabeza: conocía las posibilidades del negocio petrolero de primera mano porque cinco meses antes pudo presenciar el reventón del yacimiento que cambió nuestra historia. Estaba en Maracaibo visitando a su primo Eliseo, cuando la madrugada del 14 de diciembre un chorro de petróleo de cuarenta metros de altura hizo erupción destruyendo la torre de un pozo casi abandonado cerca del lago de Maracaibo, al noreste del famoso campo Mene Grande, que ya producía jugosas rentas a la Caribbean Petroleum. Se llamaba Barroso Número Dos y fue una concesión de Antonio Aranguren a la Shell. Tenía

148

mil quinientos pies de profundidad y se convirtió en el géiser de oro negro más productivo del mundo.

—Tenía un chorro de cuarenta metros de altura y en el periódico dijeron que podía llegar a un caudal de cien mil barriles diarios. ¿Usted sabe lo que significa eso? —dijo el viejo mirando a mi madre, quien declaró su dolor de cabeza en cuanto los hombres comenzaron a echar números—. Que como sigan apareciendo pozos de petróleo así, en este país vamos a hacernos ricos. ¡El chorro podía verse desde Maracaibo, a más de cuarenta y cinco kilómetros de distancia! Eliseo estuvo una semana después y me contó que todavía las entrañas de la tierra seguían escupiendo su vómito negro.

Mi padre lo miró con los ojos como enormes monedas de oro. El hallazgo pondría al país en el mapa de las empresas petroleras más importantes del mundo o, por lo menos, excitaría la avidez de los yanquis con propiedades contiguas, pues si el depósito subterráneo se extendía por el territorio de sus concesiones podrían extraer crudo de la misma estrecha franja costera de escaso medio kilómetro de anchura. Para eso seguro que ya estaba preparándose la Lago Petroleum Company, que también tenía intereses por la zona.

—Es una buena noticia —apuntó mi madre.

—No, señora: son cien mil barriles diarios de buenas noticias —dijo papá con la sonrisa condescendiente de un maestro de ceremonias.

Por sus maneras de presentador de *café-concert* pensé que estaba a punto de salir corriendo para ponerse un *smoking* y una chistera. Tampoco mi madre se eximía de alardes, morisquetas o bufonadas con el objeto de agradar a los visitantes. Miguel estaba muy serio, pero su padre no hacía más que reírse. Todos representaban un papel en el sainete de mi vida. Ya me habían expuesto en la ventana, ahora solo faltaba cerrar la venta. Incluso Teresa, parca como de costumbre, se quedó un rato al lado de la puerta, como si estuviera a punto de hacer una reverencia.

Miguel informó que había aceptado un trabajo en la Shell. Papá y mi madre se miraron con los ojos enormes: era una de las compañías extranjeras con más contratos para la explotación de hidrocarburos en nuestros suelos. La cara de Miguel no era la de alguien feliz por la novedad:

–Trabajaré allí durante un año o algo así y probaré luego con mi propia compañía. La estructura de las empresas yanquis puede ser muy asfixiante y creo que en cuanto le agarre el truco al negocio puedo hacer grandes cosas.

–La Shell es una compañía holandesa, según creo, ¿no? –dije.

Todos me miraron como si hubiera dicho alguna estupidez. En cuanto terminé de hablar, Miguel entornó los ojos y continuó relatando sus aspiraciones laborales. Eso me irritó y disimulé limpiando un poco la mesa de los canapés y arreglando las bebidas. Si se me hubiera ocurrido mostrar mi desagrado por la actitud de Miguel hacia mí, nunca habría podido frenar la retahíla de reclamos de mis padres. Si llegaba a casarme con él, ya podría enmendarlo.

–En cuanto salí de la entrevista me dije: «Aquí tienes dos caminos: o haces que esta gente aprenda a relajar un poco la cultura de su organización o aprendes todo lo que tengas que aprender rápido para montar tu propia compañía.»

–¿Qué es exactamente lo que vas a hacer allí? –preguntó mi madre.

Como un relámpago de recelo, su terror a los «negocitos» ensombreció su cara. El interpelado contestó que trabajaría en la dirección de nuevos proyectos. Evaluaría las propuestas de exploración que le pasaran para saber su viabilidad monetaria. Según sus cálculos, si en uno o dos años no había llegado a director, podría montar con unos amigos un negocio para gestionar concesiones «o algo así».

—¿Gestionar concesiones? —preguntó mi madre, un rictus le deformaba la boca. Papá hacía lo posible por ignorarla. Su cara me revelaba con claridad lo que estaba pensando: dentro o fuera de la Shell, Miguel se estaba vendiendo como una valiosa adición a la familia. ¡Gestionar concesiones! Estaba como mandado a hacer para sus propósitos financieros.

Miguel no se tomó la molestia de contestar a la pregunta de mi madre. Estaba lleno de sus propias palabras y no escuchaba las de otros. Había comenzado una narración: en la Universidad de París conoció a un estadounidense más adelantado que él en Geología. Hallaron petróleo en las tierras de su familia y sus hermanos mayores se vieron obligados a lidiar con el negocio a trompicones, pero él tuvo la oportunidad de enfocarlo con mirada científica. Dio la casualidad de que años después del hallazgo en sus tierras tocó el turno a sus vecinos y ellos recurrieron a su familia para aprender a sacar el mayor provecho del nuevo negocio. El estadounidense se estaba preparando para hacer una profesión de su suerte. Así, él y su familia se enriquecían por partida doble: con las rentas petroleras y con lo que cobraban por enseñar el oficio a los demás. Miguel pensaba en contratar al gringo para que le ayudara a establecer su compañía.

—Pero aquí el que parte y reparte es el general Gómez —comentó mi madre.

A alguien emparentado con el hijo del presidente no podía afectarle mucho esta circunstancia, sin embargo papá la miró incómodo. Miguel se explicó: existían muchos negocios asociados a los hidrocarburos y, para que resultaran efectivos, no todos podían estar en manos del Gobierno. Tenía un punto: el petróleo podía darnos la oportunidad de diversificar la vida profesional del país. Pero el rechazo de mi madre a los «negocitos» era más fuerte que cualquier cosa. Una profesión distinta a Medicina o Derecho y una ocupación diferente a la administración de un despacho o de una finca le parecían poco civilizadas. Mientras discutían, el viejo Carraz se cambió del jerez al brandy. Ya tenía los cachetes un poco rojos.

A las once de la noche, los Carraz dieron por terminada su visita. Lo agradecí, el tira y encoge entre mi madre y Miguel me había producido un leve dolor de cabeza y papá no hizo nada por mejorarlo, más bien lo contrario: en cuanto notó la incipiente borrachera del viejo Carraz se afanó en hablar de dinero, preguntándole una y otra vez si no le gustaría pedir un préstamo a Gutiérrez & Compañía para «expandir sus negocios». El viejo lo rechazaba con cortesía. Mi madre y yo nos despedimos, pero papá dijo que era pronto para marcharse y los invitó a su club. La sugerencia fue mejor recibida por Miguel que por el viejo, así que me retiré a mi habitación pensando que quien había encontrado un pretendiente era papá y no yo. ¡Cómo se habría reído Modesto de aquella situación!

Mientras me metía en la cama lo pensé mejor: la reacción más propia de Modesto sería la difidencia, tanto del ventaneo como de los Carraz, incluso del matrimonio mismo como institución: lo consideraba un juego de distanciamiento entre dos enamorados. La mujer se llevaba la peor parte, pues entraba llena de vida y la influencia del marido, poco a poco, le restaba la identidad. «La esposa es un ser dependiente, sin lustro –me decía–. Nunca te conviertas en una.» Ya me hubiera gustado a mí conocer al hombre capaz de vampirizar a una malasangre, pero no me atrevía a entrar en diatribas con Modesto. Lo mejor ante sus opiniones polémicas era no refutarlas.

–¡Vaya estupidez!, ¿y la gente sigue haciendo eso? –dijo cuando le conté lo del ventaneo. Estaba sentado en una de las poltronas de moaré en su apartamento y se abanicaba con un manojo de plumas de pavo real.

Llegó de Curazao con un precioso bronceado y la lengua especialmente afilada. Conocía bien a los Carraz y eso parecía darle prerrogativas para ridiculizarlos. El peor era Carlos Eduardo. Lo llamó miserable y banal, sin explicar por qué se merecía tales epítetos; el viejo no era santo de mi devoción, pero no me parecía decorosa tanta saña en desacreditarlo. Para tranquilizarle, conté lo dicho por papá, haciendo hincapié en su buena posición social; era abogado, senador y director de un organismo adscrito al Ministerio de Fomento. No hablé de su mala suerte con el dinero.

–Entonces cásate con el padre: seguro que está loquito por ti.

Siempre la respuesta más pasmosa. ¿Qué podía hacer yo...? O, mejor dicho, ¿qué podía hacer un viejo así conmigo? Para evitar darle a Modesto una respuesta que me condenara a discutir durante una eternidad con él, dije que Miguel sacó la carrera de ingeniería geológica en la Universidad de París.

–Vaya, así que es un parásito con título.

Miguel y el viejo Carraz vinieron de visita varias veces más. Cuando más feliz debía encontrarme por la cercanía de la meta de mis padres, la mortificación con la actitud cáustica de Modesto me distraía. Después de mucho pensarlo, concluí que él era una amenaza para los planes de doblegar mi malasangre y que debía apartarme de él. No sabía si podría pasarme el resto de la vida escondiendo mi obsesión por la sangre, pero mi lealtad a la familia se fundamentaba en intentarlo. Sin embargo, mi admiración por Modesto me impedía tomar una medida rápida y contundente, así que decidí hablar con papá para averiguar por qué se separó de él. Su experiencia debía servirme de ejemplo.

Lo encontré en el patio central de la casa. Su silueta a contraluz en el ocaso, sentado en una silla de hierro forjado con un habano entre los dedos. De tiempo en tiempo, el humo perfumaba el ambiente. Era su costumbre sentarse en soledad al final de la jornada para reflexionar. Me quedé mirando un rato su silueta muda. No debía interrumpirlo y, sin embargo, no encontraría un momento más tranquilo para hablarle. Cuando se apagó el cigarro y él se dispuso a retirarse, salí de la sombra donde estaba agazapada y le pedí un momento. Él se disculpó diciendo que aún le quedaban «asuntos por resolver». Pero yo no le permitiría escabullirse: lo tomé de la mano y enfaticé la seriedad de lo que quería preguntarle.

–Quiere hablar sobre Modesto –dijo papá, en tono resignado, dejándose caer otra vez en su silla. Me senté a su lado–. ¿Por qué no se mantiene fuera de esto?

No me explico por qué confesé que tenía varios meses frecuentando a Modesto. Y más enigmática resultó su reacción sosegada. Comencé a explicarme antes de permitirle cualquier estallido: después de abandonar la escuela, mi necesidad de conocimiento aumentó y me acerqué a Modesto para obtener recomendaciones de libros y profundizar mi cultura, pero sus opiniones adversas al matrimonio me hicieron arrepentirme. Como pocos, papá comprendía el atractivo de la cultura enciclopédica de su socio para una mente en formación, pero me advirtió sobre la antipatía de los Carraz hacia él, se movían en círculos enfrentados dentro del gomecismo: ellos estaban emparentados con el hijo del presidente, y Modesto era «íntimo» de su hermano. El enfrentamiento entre los gomecistas y el odio de papá por don Juancho no eran razones suficientes para alejarse de Modesto. Y se lo dije.

—Vamos a dejarlo en que su vida nocturna es turbulenta —contestó papá, evitando mi mirada.

—Es extravagante y un poco polémico, pero es un buen amigo: ¿qué tan grave hizo para que no quieras verle más?

Mi interlocutor suspiró y se puso los dedos en el nacimiento de la nariz. Intentando explicarse, soltó una o dos frases sin mucha coherencia. Luego se quitó la mano de la cara y clavó la mirada en la mía. No se trataba de que Modesto fuera controvertible o peculiar, sino de algo peor en la intrincada estructura moral del hijo del párroco de Capacho:

—Es un degenerado.

El sentido dado por papá a esa palabra se lo había escuchado antes a Sara Iribarren. Ella decía haber escuchado a su padre relatar que los *degenerados* de Berlín se reunían en bailes de disfraces, donde se emparejaban hombres con hombres, algunos de ellos maquillados con pintalabios debajo de los bigotes. Describía esos encuentros como una especie de circo de perversidades, aunque ella siempre exageraba. En algunas ciudades europeas había bares y clubes para hombres así. Me pregunté si Modesto habría estado alguna vez en un sitio de esos. ¿Sería la administración de un prostíbulo para pervertidos uno de sus «negocios»?

—¿Lo llamas así porque a veces le gustaría ser mujer? —inquirí, y la imagen nítida de una bromelia ocupó toda mi mente. Algunos de los atuendos de Modesto eran muy extravagantes, pero no me lo imaginaba con la boca pintada de carmesí.

—No, a veces creo que las desprecia —contestó papá. ¡Vaya tontería! ¿No era Modesto una de las personas más respetuosas con las mujeres que habíamos conocido? En esa actitud fundamentaba mi admiración hacia él. Pensé que papá hablaba por hablar, pero él añadió luego–: Aunque otras veces parece que busca en los hombres los atributos propios de ellas.

Papá se expresaba de manera confusa, quizá adrede. Me costaba comprender el efecto que podían tener en su amistad las opiniones de su socio sobre las mujeres. Con el objeto de facilitar su dominación moral, los hombres buscan tenerlo todo catalogado, y si algo describía a Modesto era su negativa a cuadrar dentro de cualquier clasificación. Papá intentaba explicarme qué era un invertido. ¡Como si fuera algo arcano! En aquella época se hablaba mucho de la gente así, como si fueran una especie de tara de los tiempos modernos: eran personas que preferían la compañía y las relaciones amorosas con otras de su mismo sexo. Yo sabía bien de qué hablaba y no necesitaba de tantos circunloquios. Modesto me había recomendado algunos artículos de revista sobre estos asuntos para preguntarme mi opinión. Teniéndolo de interlocutor la conversación era difícil, pues soltaba a cada momento una carcajada o intentaba escandalizarme con razonamientos sin sentido. Nunca sospeché, o no quise hacerlo, que ese interés pudiera estar relacionado con un rasgo de su persona. Una vez me contó sobre la conmoción que causaron los juicios del escritor Oscar Wilde en Europa –y no solo en Gran Bretaña, como intenta hacernos creer la gente–. En aquella época él vivía entre París y Madrid y a todas partes donde llegaba alguien comentaba un detalle legal o clínico.

Cuando entró el siglo XX, ya se había aceptado que el problema legal del caso Wilde era la indecencia. Pero la medicina iba por otro lado. Modesto sospechaba que esas conclusiones estaban muy cercanas a la moral. Y le parecía una hipocresía. La misma Sara cuando le pregunté su opinión sobre los degenerados de Berlín aceptó que era un fenómeno frecuente, o por lo menos eso decía su padre. Los médicos preferían vincular los actos indecorosos adjudicados a esa manera de estar fuera del rol sexual con faltas a la voluntad, y si los trataban como padecimientos era porque, como santo Tomás de Aquino, identificaban la enfermedad con el pecado y les recetaban igual cura: la abstinencia. Sin embargo, como pude apreciar en las revistas de Modesto, ciertos médicos apelaban a la biología. Para ellos, los invertidos eran personas que pululaban entre los dos sexos, incorporando elementos de ambos, incapaces por una falla biológica congénita de concebirse como hombre o como mujer. Yo no estaba tan segura de que existiera una sola forma de ser algo, pero estaba dispuesta a aceptar un esquema de rasgos diferenciadores entre los dos sexos. El vestir extravagante de Modesto, su desapego a instituciones como el matrimonio y la Iglesia o su amistad tan cercana con hombres tanto como con mujeres lo alejaban del resto de los hombres que yo conocía, si bien no creo que tanto como para convertirlo en un invertido. Pero su afeminamiento era innegable y sobre los detalles íntimos de su vida papá seguramente tendría más información que yo.

Fiel a los tiempos científicos que corrían, papá veía en la inversión sexual de Modesto un retroceso físico o mental, nada menos que una *degeneración*. Cuando usaba las palabras «degenerado» o «invertido», él contraía los labios, como si hubiera mordido un limón o hablara de una enfermedad contagiosa, sin distinguir entre un defecto de nacimiento o la inversión causada por la excesiva práctica de actos indecorosos. La distinción me interesaba; me sentía irremediablemente cercana a esa dicotomía. Con las manos temblorosas, papá me aseguró que esa perversión y la hematofagia eran condiciones diferentes. Yo, por supuesto, no le creí.

157

—¿Quería asociarse contigo para un club *de esos?* —pregunté, y él me escuchaba hablar sin que pareciese comprender de dónde había sacado la fuerza para preguntar algo así. Yo pensaba en el pusilánime y en lo extraño de un chico solo y de baja extracción social en una suntuosa fiesta en Las Acacias.

—¿Qué?... ¡No! ¡Diana, no exagere! Sentir horror de las mujeres hasta el punto de no poder procrear con ellas es una enfermedad y merece nuestra lástima, pero el invertido que tiene como ideal el sexo femenino y por eso busca afeminados y mancebos para experimentar sensaciones nuevas debería estar en la cárcel. —Su ceja tensa en la frente marcaba una expresión severa.

¿En la cárcel un socio suyo?, ¿se había vuelto loco? No daba crédito a mis oídos. Lo miré levantarse sin parsimonia de la silla y no tuve fuerzas para detenerlo. Al fondo del pasillo se veía la luz encendida de su cuarto y la silueta oscura de papá parecía recortada sobre la irradiación. Me quedé envuelta en la noche un rato más, atendiendo al ritmo de mi respiración. Era pasmosa aquella reacción enérgica ante la enfermedad de su socio. ¿Por qué le importaba tanto?, ¿cómo podía afectarle la vida privada de otra persona?, me pregunté. Y, entonces, una idea barrió el resto: ¿cómo descubrió que a su amigo le gustaba mantener relaciones con hombres como si fueran mujeres? Y en cuanto esa duda se articuló dentro de mi mente, una nueva dimensión del significado de la malasangre acababa de serme revelada.

VIII

Papá juzgaba a Modesto olvidando un detalle fundamental: él bebía sangre humana, ¿a cuenta de qué consideraba su impulso *mejor* que la fornicación de un invertido?
Vaya con la hipocresía de criminal honesto. Como pecado
o como enfermedad mental causada por el exceso de lascivia,
el hijo del párroco de Capacho estaba obligado a hallar
un lugar dentro de su alma para perdonar a su socio. Como un
hematófago que anhelaba la sangre humana, Modesto soñaba con el cuerpo de otros hombres. Esa forma de perversión perturbaba el orden de las cosas y replanteaba la relación
orgánica entre evolución y civilización. La cabeza científica
de papá identificaba el orden con el desarrollo y la higiene
individual con el progreso social. Mentiría si dijera que no
me preocupaba la inversión de mi tutor. Menos porque
pensara que pudiera corromperme que porque me sentía
identificada con él. No, no me gustaban las mujeres, ese sexo
cortado para el aburrimiento. Es cierto que una vez temí a
los hombres, pero no hasta el punto de descubrir algún tipo
de excitación por alguien de mi mismo sexo. De hecho, el
episodio con Héctor y la alegría tontona en la que me dejó
sumida durante varios días el beso del pusilánime probaban

mi gusto por el sexo opuesto. Temí que la influencia de mi tutor se materializara en una perversión, una excesiva lujuria o algo que me inclinara al mal. Cuando mi mente albergó esa inseguridad la perspectiva de casarme con Miguel resultó esperanzadora.

Muchos hombres como Modesto buscaban esposas para encubrir su condición, pero él era, ante todo, una persona sincera consigo misma y amaba profundamente su libertad. La revelación de papá arrojaba luz sobre una respuesta dada por Modesto meses antes, cuando durante una de nuestras tertulias mañaneras le pregunté por qué nunca se había casado. «Por no perjudicar a ninguna mujer», contestó con claridad inusitada. Solo podría amar a una compañera como a una hermana. Y luego, como para escandalizarme, dijo que una vida sin lujuria no merecía ser vivida. «Pero nadie le explica eso a una señorita.» Y añadió: «La sexualidad de una mujer es un tabú.» La perversión de Modesto y su decisión de mantenerse soltero explicaban su reacción negativa a los avances de Miguel conmigo. O por lo menos eso pensé entonces. El problema era que me ponía en el predicamento de tomar la decisión sobre si debía seguir frecuentándolo. Tenía algunos días reflexionando sobre eso cuando Teresa pidió vacaciones para irse a su pueblo, lo cual obligaría a mi madre a encargarse durante ese tiempo de hacer las compras. Eso haría imposible las visitas a mi tutor. Él comprendió sin necesidad de muchas explicaciones.

Durante el mes de vacaciones de Teresa, mi relación con Miguel se hizo mucho más estrecha. Mi pretendiente tomó la costumbre de visitarnos lunes, miércoles y viernes. Entonces nos ponía al corriente de sus (nulos) progresos laborales o comentaba las noticias con papá. Mientras tanto, mi madre y yo hacíamos el servicio de bebidas y pasapalos, sonrientes y despreocupadas, siempre dentro de nuestros papeles de esposa y de futura esposa. Los sábados íbamos al teatro o a los pasajes comerciales de Linares y Ramella. Los domingos los pasábamos en el cinematógrafo o en la Plaza Bolívar. Siempre venía alguien más: mi madre o la suya y, en contadas oportunidades, sus hermanas. La señora Carraz era una presencia espigada y oscura, a pesar de su blanca piel. Sus hijas, Elisa y Magda, tomaban del padre: eran dos trigueñas gordas y malhumoradas a quienes yo no inspiraba ni siquiera curiosidad.

Una noche fuimos a ver el *Mefistófeles* de la Compañía de Ópera del maestro Bracale, en el Teatro Municipal. Era la misma puesta en escena del año anterior sobre la cual Modesto había hablado con grandilocuencia. Para mí fue la mejor ópera de mi vida. Mi entusiasmo no estaba relacionado con las interpretaciones o la puesta en escena: durante la representación, Miguel me tomó por primera vez de la mano. El contacto con su piel me entibió la sangre, ya no pude poner más atención a la escena. Me había perdido en mis pensamientos y calculaba cuánto tiempo se tardaría en pedir mi mano en matrimonio. Enturbió el momento la mano de su padre cuando, errante en la oscuridad, acarició mi brazo.

Cuando terminó la ópera, el viejo Carraz nos invitó a mi madre y a mí a tomar una copa al salón La India. Papá estaba en casa, pues temprano en la mañana debía trasladarse a La Guaira para resolver unos asuntos. Miguel y su padre eran los únicos hombres entre cinco mujeres: sus hermanas, su madre y la mía, además de mí, por supuesto. Pero Miguel pretextó que tenía planes en un bar cercano para celebrar el cumpleaños de un amigo del trabajo. La señora Carraz lo miró como si fuera a ponerle alguna objeción, pero se mantuvo callada. Yo también: aún no era su esposa para exigirle nada.

–Bendito soy, bendito soy, entre todas las mujeres –dijo el viejo Carraz, frotándose las manos cuando su hijo se despidió. Bromeaba, pero su actitud me inspiró repugnancia.

Una vez en el luminoso salón La India, un burlón viento frío me mantenía tiritando, a pesar del calor en mi alma excitada. Los Carraz y mi madre bebían de una botella de cava. Elisa, Magda y yo pedimos una Kola Champagne para cada una. Yo repetí: me gustaba la sensación fría y burbujeante que dejaba en mi boca. A mi madre se le subió la bebida a la cabeza porque soltó algunas frases con la lengua enredada. No puse atención; estaba ocupada tratando de caerles bien a mis futuras cuñadas. El cuchicheo y las risas entre ellas indicaban que yo no era su persona favorita. Hablaban solo para preguntarme alguna tontería. El viejo Carraz las veía hacer sin reprenderlas; apenas se contentaba con dedicarme una sonrisa luctuosa. Cuando el reloj estaba a punto de marcar la una de la madrugada, dijo que nos llevaría a casa. Comenté a la madre de Miguel que quizá él estaba también emprendiendo el retorno a su casa. Ella me tomó de la mano sonriendo con tristeza y moviendo la cabeza en signo de negación, como si las salidas nocturnas fueran una mala costumbre de su hijo. Durante todo el trayecto a casa traté de quitarme el tacto frío de esa señora con el recuerdo de la cálida mano de su hijo.

Cuando llegamos a casa, mi madre anunció que debía levantarse temprano a la mañana siguiente. Era el sábado antes del Domingo de Ramos y el padre Ramiro le había encargado organizar la entrega de las palmas. Antes de retirarse, me abrazó. «Las cosas van muy bien», susurró en mi oído, con un volumen tan bajo que parecía como si no quisiera que la escuchara. Yo no podía creer mi suerte: el matrimonio resultaría también una buena manera de estrechar la relación con mi madre. Cerré con llave la puerta de casa y me fui a mi cuarto caminando sobre una nube. En lugar de mi camisón de siempre, me puse el *habillé* de Modesto. Quería soñar con mi Noche de Bodas. Pero la emoción me impidió dormir.

Aún no amanecía cuando escuché a mi madre salir de casa. Como ya no tenía sentido tratar de conciliar el sueño, fui a hacerme un café. En la cocina encontré que ella había desayunado un vaso de agua con bicarbonato de sodio. El dolor de cabeza seguro que la estaba matando. La salida de papá de casa no había dejado ningún rastro. Mientras hacía café, escuché ruidos en la puerta. Supuse que ella había dejado algo y fui a abrirle. Apareció frente a mí Miguel, con la misma ropa de la noche anterior, menos la corbata que llevaba en el bolsillo del paltó levita. Tenía el pelo enmarañado, la camisa por fuera y casi no podía tenerse en pie. Me causó muy mala impresión verlo así y le respondí por inercia cuando preguntó dónde estaban mis padres.

–¿Estás sola? –preguntó. Su lengua se arrastró sobre cada letra «s».

Sin darme tiempo a responderle, me empujó y entró al zaguán, donde se meneó como un perro, quizá intentando sacudirse la borrachera. Me pidió «algo de beber» y lo llevé a la cocina. Era una mala idea, pero ¿qué podía hacer?, ¿dejarlo allí, borracho y sediento, hasta que mi madre o papá regresaran? Aparecerse así en mi casa era un abuso de la situación, y cualquier otra señorita lo hubiera desechado como pretendiente sin más consideraciones, pero yo no podía darme ese lujo.

–No entiendo qué se te metió en la cabeza, por favor, márchate –dije en tono apaciguador mientras le entregaba un vaso de agua.

Él tenía los ojos clavados en la parte superior de mi pecho, revelada por el *habillé*. Tomó un sorbo y escupió hacia un lado, como si le hubiera dado veneno. Saltó sobre mí y temí un golpe suyo.

–No entiendo qué interés tiene mi papá en ti o en tu familia –dijo. Su desprecio golpeaba cada palabra y su tono de voz estaba fuera de lugar–. ¡Con tantos nuevo ricos que hay por allí! –Sentí las lágrimas nublarme la vista. Él había bebido mucho, sí, ¿pero no dice el lugar común que los borrachos y los niños dicen la verdad?–. Ay, por favor, ¿vas a llorar?

Y, por supuesto, lloré. Pero su cinismo inflamó, primero, mi indignación y, luego, mi rabia. Le di una cachetada con el dorso de la mano. Él se puso una mano sobre la cara, incrédulo, después me golpeó con fuerza en el cachete y me empujó. La pared evitó que cayera al suelo. Su cuerpo me presionó contra la pared y su lengua embistió mi boca. (No, no era un beso.) Me quedé perpleja. Su saliva tenía sabor a aguardiente.

Se tambaleaba un poco de lado y, como tenía agarrada mi cara con una mano, me dio varios empujones con la otra hasta conseguir que cayéramos al suelo, medio enredados ambos cuerpos. Me sujetó las manos sobre la cabeza; el peso de su cuerpo sobre el mío me hacía perder el aire. Cada vez que tosía, él me sujetaba más fuerte. Me arrancó de un zarpazo las dos piezas del *habillé*. Primero sentí su cara sobre el cuello y los pechos y, luego, el tacto de su ropa sobre los lugares más íntimos de mi anatomía. La bestialidad de su deseo ofendía. No podía parar de llorar y esa reacción me indignaba más que el ultraje.

¿Y si me dejaba llevar?, ¿no era eso lo más fácil? Entonces, Miguel quiso abrirse paso dentro de mí y, por fin, la concupiscencia golpeó mi pecho. La presión del deseo ardió entre mis piernas.

164

Pero respondieron mis dientes: la primera probada de su sangre me emborrachó. Y quise más.

Miguel me empujó con toda la fuerza que quedaba en su cuerpo golpeado por el vicio y la lujuria. Me miró desde el horror de sus ojos y yo le sonreí con la boca llena de su sangre. Lo admito: saboreé su miedo. Me daba poder. Él se levantó del suelo lo más rápido que pudo, pese a la torpeza de la borrachera y a los pantalones resbalando por sus piernas. Luego salió a toda mecha, chocándose contra la puerta batiente de la cocina.

Sobre mi *habillé* quedó una enorme mancha de sangre.

Miguel llegó al hospital José María Vargas casi inconsciente. Un transeúnte rasgó una manga de su maltrecho paltó levita y lo ayudó a poner presión en la herida. Fue con él hasta el centro de salud, sirviéndole de muleta; la pérdida de sangre le hacía renquear. Desde allí el buen samaritano telefoneó a casa de los Carraz. El número estaba metido en la billetera manchada que le entregaron junto al resto de las pertenencias del herido. No era la primera vez que Miguel aparecía inconsciente por allí y un desconocido debía avisar a la familia. Atendió el viejo Carraz; era el único despierto a esa hora en su casa. Veinte minutos después apareció en el hospital. Para ese momento, los médicos habían logrado controlar la hemorragia y Miguel dormía. Ni el transeúnte, ni las enfermeras y mucho menos los médicos supieron decirle qué le había pasado a su hijo. Un doctor aventuró la hipótesis de que lo había mordido un animal. «¿No sería una pelea de borrachos?», se preguntó el viejo para sí, pero en voz alta. El galeno negó, enfático: la piel del cuello había sido perforada por dos hileras de dientes. Las marcas sugerían la mordida de un animal sin hocico. Una hora después, cuando Miguel recuperó la consciencia y le contaron a su madre qué había pasado, le dieron la versión más creíble.

Todo esto me lo contó papá utilizando un tono neutro mientras presenciábamos el milagro del crepúsculo a través de la ventana de su despacho. Ese día, antes de volver a casa de su diligencia en La Guaira, pasó a visitar al viejo Carraz y se enteró de que su hijo había sido admitido esa mañana en el hospital. Mientras hablaba, la rabia contenida y los tonos rojizos del cielo dibujaban un rictus desconocido en su cara. Sin dejar de mirar hacia el exterior, me pidió que me sentara. Ambos nos acomodamos, uno frente al otro, en su escritorio. En ese momento entró mi madre con la intención de preguntar algo, pero la previnieron la expresión severa de su marido y la noticia de que a Miguel le habían cogido diez puntos.

–Todo se fue a la mierda –concluyó papá. Nunca le había escuchado una palabra malsonante.

Intenté hablar, pero él me lo impidió. Mi madre aprovechó la oportunidad para preguntar quiénes *lo sabían*. No necesitó preguntar qué pasó, tenía dos años esperando ese momento.

–Carlos Eduardo y el hijo son los únicos –comenzó papá a explicar–. Dijeron a Mireya y a las niñitas que a Miguel lo atacó un bandido cuando volvía del bar en la madrugada. –Suspiré. Era perfectamente creíble la excusa. ¿La lógica me salvaría otra vez de ser descubierta? Como si pudiera leerme la mente, papá perdió los estribos–: No, Diana. No se saldrá fácil de esta. Miguel y Carlos Eduardo la protegieron porque les conviene. Pero dudo que vuelva a conseguir personas tan, digamos, *magnánimas*. –Comenzó a moverse por su despacho, pontificando–: Durante quince años he tratado de convencerme de que con una buena educación y con valores cristianos bastaba para controlarla. Parecía inteligente, capaz

166

de comprender lo que estaba en juego. Pero no bien tuvo la primera oportunidad, lo echó todo por la borda. Su madre tenía razón. ¡Ojalá no le hubiera quitado nunca ese bozal!

Algo rasgó mi pecho por dentro. Miré a mi madre ufanarse con una sonrisa vaga.

—Miguel estaba borracho, ¡se me echó encima! —reaccioné.

Papá se había parado frente a mí, con una mano apoyada en el espaldar de su silla y la otra temblándole en el vacío; yo estaba sentada sin saber qué más decir, sintiendo cada latido de mi corazón multiplicado por miles de ecos desesperados. Mis manos estaban dormidas, como congeladas, aunque estábamos en pleno abril y en los periódicos anunciaban temperaturas históricas de calor.

—Actuó instintivamente, Evaristo —dijo mi madre, en tono pedagógico. Su presencia acentuaba la pesada oscuridad que nos rodeaba a papá y a mí.

—Exacto —señalé. Ella era mujer y comprendía la sensación de ultraje: ¿no la habían casado a la fuerza?—. Él había bebido mucho y casi se sale con la suya. ¡Yo protegía mi virtud!

Relaté lo ocurrido, cuidándome de no describir el sabor de su sangre. Enumeré todas las cosas que Miguel habría podido hacerme si yo no me hubiera defendido. Mis razones se resbalaban sobre la expresión inflexible de papá.

—El problema no es que él actuara sin pensar, Diana. Sino que tú respondieras de la misma manera —intervino mi madre. Sonreía. Era la beata en ella hablando—: Me esperaba algo así. La marca de los apetitos es indeleble en tu alma.

Volvió a llamarme «malasangre». Yo era aviesa y estaba mal inclinada; era una criminal sin perdón divino. No, la esposa del hematófago no tenía piedad para su hija.

—Un espíritu perverso no tiene virtud que proteger,

usted debe saberlo ya –concluyó papá, los globos de sus ojos enrojecidos, llenos de venas. Mientras hablaba, sus dedos jugaban con el solitario de azabache en su meñique derecho. Así hacía cuando tomaba una decisión y estaba a punto de comunicarla.

Ni siquiera me sorprendió la dureza de su frase: la beata y el hijo del párroco me condenaron sin derecho a defenderme. Cualquiera diría que ninguno de ellos pecaba nunca. Un amago de rabia me ahogó, barriendo la vergüenza. Yo había sido deshonrada y humillada, ¿por qué no querían verlo? ¡Era una víctima! ¿Cómo podían culparme de dañar a un desgraciado? Incluso si lo hubiera matado, él lo tenía merecido.

–¡Bien que debes conocer la perversidad! –dije. La frase salió desde mi estómago, sin siquiera pasar por mi mente, con toda la rabia de mi resentimiento.

Papá me miró con ojos encendidos y me golpeó la cara en el lugar exacto donde Miguel me había dado esa mañana. Hasta debió llevarse un poco del maquillaje que me había puesto para disimular el morado. No me dolió. Las heridas del alma superaban con creces los padecimientos del cuerpo. Sobre mi cabeza cayeron sus recriminaciones. Justamente porque sufríamos el mismo mal, él sabía bien qué camino estaba tomando. Y era el camino de la muerte. Ni la lujuria ni la violencia ni la corrupción eran buenas en mi estado, me pervertían. Y lo más importante era mantener mi enfermedad a raya. No iba a permitirme olvidar la necesidad de mantener mi vida en orden: ya había tomado una decisión.

–Para que aprenda a controlarse y porque se lo prometí a su madre, le he pedido al padre Ramiro que busque un convento para usted.

IX

Pocos gestos fuera del coito tienen la carga sexual de una mordida. Mi camino hacia la perversidad se presentó nítido delante de mí cuando disfruté de la sangre de Miguel. Por eso, el convento no era una medida tan descabellada como parece a simple vista. Era la solución más fácil para controlar mi lujuria mientras lidiaban con el problema moral de mi hematofagia, mucho más grave que el ataque a un borracho bueno-para-nada, por muy enchufada que estuviera su familia. El objetivo era apartar el problema mientras encontraban una solución. El claustro era el lugar donde las familias acomodadas iban a esconder sus malaventuras. Eran los cofres donde se encerraban las desgracias: las madres solteras, las doñas enloquecidas, las viudas lascivas, las doncellas turulatas. Era la habitación de cohortes de mujeres malas de fábrica. Era cierto que vivían también allí las santas o quienes creían serlo. ¡Pobres, rodeadas por la escoria de hembras torcidas! Santas y abyectas marginadas, en reclusión para no avergonzar a los suyos por la profundidad de su perfidia o su excesiva honorabilidad, ahogándose poco a poco con la Gracia Divina.

Apenas cuatro días después de que papá tomara la decisión de enviarme a un convento, el padre Ramiro ya había conseguido dos propuestas. Eso era justamente lo que hacía en casa aquella tarde infernal de abril, arrellanado en una de las poltronas de la sala, bebiendo un vaso de papelón tras otro. Su presencia, el calor tropical y el apiñamiento de los muebles me ahogaban; sentía la claustrofobia del convento incluso antes de mudarme allí. Cada palabra del sacerdote me sonaba como una afrenta y lo detesté. Había hecho su trabajo y quería mostrarse diligente con su beata favorita. Recomendaba la congregación del Santísimo Sacramento del Altar, pues conocía a su fundador, Juan Bautista Castro. Cuando definió su enfoque como de «asistencia espiritual», casi solté una carcajada: el centro de su glorificación era el misterio de la eucaristía. «¿Qué mejor lugar para una hematófaga que una hermandad donde no solo comen el cuerpo sino también *beben* la sangre de Dios?», pensé, y me pregunté si el padre Ramiro sabía sobre mi condición. No hablé de eso por miedo a su respuesta.

A mi madre, en cambio, le gustaba la congregación de las Hermanitas de los Pobres de Maiquetía. Fundada en 1898, esa fue la primera comunidad religiosa establecida en el país después de que el presidente Antonio Guzmán Blanco las prohibiera veinte años antes. Mi madre consideraba a esas monjas «unas luchadoras». Su fundadora y figura principal era la hermana Emilia de San José, quien ganó notoriedad por su dirección de orfanatos, casas de acogida para ancianos y el Hospital San José en Maracay. La miré circunspecta: ¿cómo se le ocurría que alguien con mi condición pudiera trabajar con los enfermos? Además, el padre Ramiro explicó que una hermana tenía más contacto con el exterior que una monja, lo cual iba en contra de las condiciones de papá. Al final, ella le dio la razón al sacerdote y dio por cerrada esa parte de la conversación.

170

Comenzaron a discutir los detalles sobre el procedimiento para tomar los votos y el precio de la dote ofrecida por papá. Estábamos en la sala. El padre Ramiro había estado por última vez allí el día que comparó a Modesto con Lucifer. ¡Cuánto había cambiado mi vida desde entonces! Dejé de poner atención a la conversación para pensar en los detalles de mi plan para evitar el convento. El padre Ramiro era imprescindible. Cuando lo escuché despedirse de mi madre, corrí hacia él para pedirle que me confesara antes de irse. Mi madre me miró con recelo, pero no podía negarme un sacramento.

Ya solos, le pedí al sacerdote que se sentara a mi lado. La sala seguía siendo el cuarto oscuro de siempre, pero cuando él me dedicó su atención, sentí como si esa falta de luz pesara sobre mi cuerpo. Dije que había algo muy malo en mí y tenía miedo de las cosas que era capaz de hacer. No podía hablarle de mi hematofagia, así que apelé a las lágrimas. Él sonrió: cualquiera era capaz de hacer cosas horribles, para perdonarlas justamente era el sacramento de la confesión. Me tomó de las manos, preguntándome a qué le tenía miedo. El tacto de su piel arrugada era desagradable.

–¿Son así de horribles las cosas que has hecho? –dijo. A mí me faltaba un poco el aire–. ¿Crees en la misericordia de Dios Padre?

–Sí.

–¿Crees que lo perdona todo?

–Sí.

–¿Crees que sacrificó a su Hijo por nosotros?

–Sí.

–Entonces hemos empezado bien –añadió. Levantó la mano derecha para hacer la señal de la cruz sobre mi cabeza–. Ahora pongamos que tú dices «Ave María Purísima» y yo te respondo: «Sin pecado concebida.» *In nomine Patris, Filii, Spiritus Sancti...*

Me resistía a narrarle mis indiscreciones. En cambio, le pregunté si creía que un alma pudiera ser tomada por otro con el objeto de inclinarla a la perversidad. ¿Podía una persona perderse en el lado oscuro sin darse cuenta?

–Por supuesto, hija mía. Fui yo quien te enseñó a tener temor de Dios.

–¿Y del Demonio?

–¿Me preguntas si creo en el Demonio y en su corte de monstruos?

–Muchos de ellos *humanos* –recalqué.

–También esa reflexión la he puesto yo en tu cabeza, Diana. Y sí: creo que cierto tipo de enfermedades del alma pueden curarse.

No me atreví a indagar sobre sus conocimientos de enfermedades como la hematofagia o el vampirismo. Eso hubiera sido traicionar a papá. En cambio, le pregunté qué hacer cuando fracasan los medios para tratar las enfermedades del alma. Si santo Tomás de Aquino pensaba que los pecados podían ser *curados* como enfermedades, ¿por qué una condición un poco aviesa no podía ser *erradicada?* En el acto comprendió mi plan: le pedía un exorcismo. Asentí con la cabeza cuando me confirmó la petición. Se frotó las rodillas y explicó lo doloroso que resultaba ese procedimiento: «Para quien lo sufre, para su familia y para quien lo lleva a cabo.» Le dije que esa era la única solución que veía. ¿No decía mi madre que era *malasangre?* La mejor medida era la más drástica: sacar la perversidad de mi cuerpo cuanto antes. De esa manera podría ser una mujer *normal,* como ella quería y como convenía a papá.

–Hay personas que mueren de extenuación en un exorcismo. –Se llevó la mano a la frente y se alisó las arrugas. Luego tomó aire y miró dentro de mis ojos–. Mi primer trabajo fue en una iglesia de un pueblo perdido. El anciano cura que la dirigía estaba al borde de la muerte, pero no quería seguir el llamado de Dios sin antes resolver el destino de un joven de su congregación. Estaba enfermo o loco y vivía en la calle, pues era paupérrimo. La gente del pueblo decía que estaba poseído por Satanás. La mirada del chico era siniestra y a veces se le escapaban palabrejas en una lengua fea, pero no había nada perverso y era incapaz de dañar a nadie.

Me hundí en los cojines del sofá. El sacerdote tenía vocación para echar cuentos. Estaba escuchando una parábola diseñada para persuadirme del exorcismo, pero no me importaba. Por lo menos sus palabras probarían si sabía llevar a término el procedimiento. El viejo párroco le pidió su opinión. Para el padre Ramiro aquello era simple locura. Él mismo se encargaría de salvarlo. Dijo eso para permitirle al anciano sacerdote partir tranquilo hacia los brazos de Dios. Pero al supuesto endiablado ya le habían dictado condena en los tribunales populares. Una noche de luna llena una mujer parió un niño muerto, y su esposo, enfurecido, le echó la culpa al endemoniado. Dijo palabras terribles en su casa. Las repitió en la plaza, con todo el pueblo haciéndole coro. Con horror, el padre Ramiro lo miró entrar a la iglesia, cuando avanzaba hacia él sobre el pasillo central se le ocurrió una mentira: el Vaticano estaba al tanto de todo y, en cuanto recibiera respuesta del Papa con su anuencia, él mismo se encargaría del exorcismo. El hombre se rió, incrédulo.

¿Para qué esperar la respuesta de tan lejos si todo lo necesario para la ceremonia estaba allí? La furia pintaba un rictus violento en la boca al esposo. Detrás de él apareció un grupo de hombres del pueblo, arrastraban, entre todos, al endemoniado. El padre aceptó el destino persignándose.

–¿Al final resultó que tenía el diablo por dentro? –pregunté.

—Cuando llegas a ese punto, lo menos importante es si estás poseída.

El supuesto endemoniado murió. Así como también algunos hombres del pueblo, incluido el padre del niño muerto. La parábola quería probar que el exorcismo no solo era peligroso sino, con frecuencia, mortal. En ese caso tomó días, pero a veces duraba semanas, meses o años. Y después de todo aquel tiempo podía llevar hacia ninguna parte.

¿Estaba dispuesta a llegar a las últimas consecuencias?

—Y los del pueblo, ¿encontraron a Dios? —volví a la carga.

—No, ninguno de ellos.

—Pero a veces funciona —insistí.

La posición del padre Ramiro era inamovible. Nunca accedería a someterme a ese procedimiento: incluso si podía verificar la maldad dentro de mí, un asunto de ordinario difícil, la primera medida era pedirle permiso al Papa. Algo así era imposible de esconder, toda Caracas se enteraría. ¿Cómo reaccionarían mis padres, tan pendientes siempre de las apariencias, ante una hija acusada de «endemoniada»? Tenía razón, eso descartaba la posibilidad de la intervención del sacerdote, pero no cambiaba en nada mis planes. El exorcismo fue un plan exagerado para evitarme el convento utilizando las mismas armas ofrecidas por la Iglesia. Solo debía lograr que el padre Ramiro aceptara que yo tenía al demonio dentro del cuerpo. ¿No sería una temeridad enviarme al convento en esa situación?, ¿no era un riesgo *innecesario* exponer al resto de esas santas mujeres a una enfermedad?

—Mira dentro de tu alma y respóndeme: ¿no te parece que ser tocado por el demonio es un poco como ser tocado por la mano de Dios? Te distingue con la gloria del sufrimiento. Te acerca al Señor.

174

Aquellas palabras estaban al borde de la blasfemia, pero no me atrevía a señalar ese detalle, pues así me arriesgaba a hundirme más. Por eso solo atiné a señalar mi falta de vocación para el convento. Él sonrió y me tomó de las manos como si fuera a darme la solución a todos mis problemas:

—Esa es la cruz que debes cargar, hija mía.

Por eso había sido buena idea escoger la congregación de Nuestra Señora de la Eucaristía. La Virgen me daría fuerzas para llevar mi sufrimiento cada día. ¿Esa pobre doncella de Belén no había cargado con todos los sufrimientos del universo al ver a su hijo morir torturado en la cruz?

—No pueden ser más fuertes los dolores del alma que los de la carne, padre.

—Bueno, hija mía, eso tienes el resto de tu vida para averiguarlo. —Una sonrisa torcida le oscurecía la cara.

Mi única alternativa era apelar al pervertido. Dos días después de conversar con el padre Ramiro me presenté en casa de Modesto para pedirle ayuda. Me recibió en el mismo salón donde solíamos conversar. Yo no había vuelto allí desde sus descalificaciones a los Carraz y, aunque no habían pasado todavía dos meses, me pareció verlo muy cambiado. Era más oscuro el ocre del papel tapiz y las figuras geométricas pintadas en oro brillaban como estrellas fugaces perdiéndose dentro de la asfixiante decoración barroca. Ahora estaba lista para darle la razón a Modesto. Mi pretendiente no era la buena persona que defendí aquella vez, sino un borracho ruin. Para colmo de males, uno protegido por las circunstancias de mi estado avieso y su condición masculina, pues papá pagó su silencio y el de su padre sufragándoles un oneroso viaje a Europa. Mi madre me lo había reprochado la noche anterior. «Niña idiota, estamos quebrados por tu culpa: ¿sabes cuánto cuesta un viajecito de esos?», se lamentó. Pero no la escuchaba, me pesaba la injusticia: a la mujer atacada la condenaron al encierro y a su atacante lo premiaron con el viaje. Muy bien si estábamos en la bancarrota: papá se lo merecía. Si hubiera querido salir de verdad del problema, habría buscado otro matrimonio para mí. Si no lo había hecho era porque no lo necesitaba de verdad. Algo seguro se traía entre manos para solventar esa situación; mientras no me sometiera a nuevas ignominias, me tenían sin cuidado sus planes.

Lo mejor era no pensar en eso. Tendría el resto de la vida para arrepentirme de todas las esperanzas puestas en los Carraz. En ese momento, lo primordial era conseguir la ayuda de Modesto. Me debatía sobre qué contarle primero: si el ataque de Miguel, la reacción de papá, las diligencias del padre Ramiro o su negativa a practicarme un exorcismo. Quizá debía comenzar revelándole mi malasangre. En cambio, conté que el sacerdote ya tenía una congregación para que tomara los votos y me dejé caer sobre la poltrona de siempre.

Una sonrisa se extendió por su cara. Antes de permitirle sarcasmo alguno, me apresuré a señalar lo útil de una intervención suya en el asunto para explicar a papá las razones por las cuales no podía enclaustrarme. La última vez que los vi juntos habían terminado a puños, sí: pero mantenían su sociedad. Eran hombres de negocios. Eso era prueba de la confianza entre ellos, por lo menos en un plano intelectual. A esa lógica pragmática apelaba. Antes de responderme, Modesto preguntó en qué congregación me inscribirían. Le expliqué cómo había transcurrido la conversación al respecto entre mi madre y el padre Ramiro.

—Vaya con la avaricia del curita: no solo quiere aislarte del mundo, sino que también quiere ganar dinero a costa tuya. El director de esa congregación es amigo de él. Te apuesto a que tu padre tendrá que pagar una bonita suma por enviarte para allá.

Tampoco era nada para escandalizarse. Era costumbre para las chicas de mi condición que el padre de la futura esposa ofreciera una dote o patrimonio al novio para contribuir a las cargas matrimoniales, ¿por qué iba a ser diferente cuando el futuro marido era Dios? No quería perder el tiempo hablando de los pecados del padre Ramiro, la amenaza del claustro estaba cerca y Modesto podía evitármela. Si no me casaba con Miguel, podría hacerlo con cualquier otro, pero para eso tenía que estar fuera del convento.

—Pero ¿es un marido lo que quieres?

Su pregunta me confundió. Según Modesto, un buen matrimonio no era mi expectativa, sino la de mis padres; ellos me la metieron en la cabeza. Tenía razón en algo: por ganarme su amor, yo hubiera hecho cualquier cosa; incluso ir en contra de mi hematofagia y desperdiciar mi vida en una pelea inútil contra la sed. Tratar de enderezar mi condición aviesa. Mientras pensaba en esto, lo escuchaba hablar sobre mi necesidad de independizarme del mundo creado para mí por ellos. Se había acomodado entre los cojines de la poltrona con sus piernas largas perdiéndose en la oscuridad del suelo y la cabeza enhiesta sobre sus delicados hombros. Hablaba escondiendo lo que quería decir, valiéndose de rodeos, como el capitán de una carabela cuando busca encallar con delicadeza en un estrecho promontorio y ordena inclinar a un lado y al otro las velas, según la dirección del viento.

—Guárdate tus consejos; no puedo seguirlos —dije.

Para Modesto, entre las cárceles del matrimonio y del claustro, casi era preferible la segunda. Los esponsales me hubieran condenado a la vida privada de un hombre. En el convento, por lo menos, estaría a la sombra del Señor y no de uno de esos lechuguinos de las familias «bien» que, según él, adoraban mis padres. Entendía qué quería decir, pero para mí una boda era la única manera de salir de casa a seguir con mi vida.

—¿Tu vida, Diana? ¡Será la vida del marido pendejo que te toque! Dime: ¿qué mujer casada conoces que diga lo que quiere y que vaya a donde le plazca?

Tenía razón. Si tomaba en cuenta los matrimonios que conocía, el destino de señora no era mejor que el de doncella ni que el de monja. Comencé a comprender algo: el punto de Modesto era el de la libertad individual. Él se dirigió a la mesa del centro de la habitación y extrajo de la gaveta una caja de cigarros. Eran unos tabacos pequeños y finos, unas «señoritas» cumanesas obsequio de papá antes de la pelea. Modesto encendió una y me dedicó un suspiro lleno de humo.

—¿Te acuerdas de Magnus McBeaty?

—¿El viejo yanqui que estaba contigo aquella vez en Las Acacias?

—¿Cómo va a ser «viejo», Diana? ¡Si tiene casi mi edad!

—Tú eres mayor que papá.

—Pues ese señor de quien te expresas de forma tan desagradable ha dicho cosas muy bonitas de ti.

Me recordó que el tal McBeaty era rico e informó que su próxima visita sería en septiembre, para resolver unos asuntos de trabajo. Ese viejo rico quería invitarme a Nueva York. Modesto no cabía de su felicidad, cualquiera hubiera dicho que el viaje se lo habían ofrecido a él.

—¿Y a cuenta de qué hace esa invitación? —pregunté.

—Diana, por favor, a cuenta de lo mucho que le gustas.

—Ese hombre no podía casarse conmigo: ya tenía esposa.

Resultó que tampoco era esa su intención. Modesto se enfureció cuando dije la palabra «matrimonio» y me pidió sacarme esa aspiración de la cabeza *cuanto antes*–. No te hagas la tonta, mi núbil musa. Ese viaje es una buena manera de completar tu educación. Nadie está diciendo que no sacarás algo divertido de tu, digamos, «sacrificio». ¡Nueva York!, ¿eres capaz de negarte a una ciudad así? No es París, reina querida, pero pronto llegará a ser una enorme capital cultural... ¡Ya lo verás! Dicen que Broadway no tiene nada que envidiarle al West End de Londres. Y aquí, tan cerquita, en las Américas. Por cierto, ¿te conté que compré acciones en un teatro? ¡Pronto les llegará una invitación de mi parte para una opereta extraordinaria! Ya verás.

–Lo que propone McBeaty es...

–No seas dramática, *ma chère*. Es una oportunidad, eso es lo que es.

Eso era lo que contrabandeaba Modesto: gente. Inspiró con tranquilidad y luego soltó el humo, poco a poco, por las fosas nasales. No era su pose más decorosa. Era humillante su proposición, como si lo único que yo pudiera ofrecer fuera mi cuerpo. Y, sin embargo, no me sentía ultrajada. ¿No era buscar pretendientes para el matrimonio también la oferta de mi sexo?, ¿no lo había hecho de buena gana solo porque lo demandaba mi condición? Era razonable el consejo de olvidar las expectativas de mis padres y tomar, al fin, el futuro en mis manos. Pero era perverso aprovecharme de la infatuación conmigo de ciertos viejos; una propuesta digna de alguien con la moral invertida. Y, sin embargo, en las relaciones con los hombres, todas las alternativas propuestas significaban una transacción comercial. Papá hubiera sacado provecho de mi unión con Miguel. Los Carraz eran unos muertos de hambre, pero estaban cómodamente enchufados con la familia de Vicente Gómez

Bello. El padre Ramiro se llevaría mi dote cuando me casara con Dios.

¿Por qué iba a ser diferente el trato propuesto por un capitalista yanqui? Una ciudad maravillosa a cambio de hacerme, como dijo Modesto, su «dama de compañía». Y seguro que él también sacaría una comisión por propiciar mi «acercamiento» a McBeaty.

La posibilidad me parecía tétrica. Pero Modesto tenía un punto: podía ayudarme a conseguir autonomía. La libertad era la única solución por la cual valía la pena hacer cualquier sacrificio. Aunque me pesara aceptarlo, papá nunca me ayudaría, eso iba en contra de sus intereses financieros y a mi madre solo le interesaba satisfacer a su marido. Por eso, en la única persona en quien podía confiar era Modesto.

Le pedí tiempo para pensar en su propuesta. Me inclinaba a aceptarla, pero quería darle una oportunidad a mis padres. Solo algo tenía claro: la perversidad no estaba en el daño causado a Miguel o en mi revelación como vampira, sino en la radical oposición de mis opciones para el futuro: prostituirme con hombres mayores o consagrarme a la castidad con un Señor desconocido. Lo verdaderamente siniestro era la falta del apoyo de mi familia. Aun sin proponérmelo de forma consciente, el rencor comenzó a tomar forma dentro de mi alma y envenenó mi amor de hija. Esperaba cualquier cosa de mi madre, pero su marido era un egoísta: un padre amoroso defiende a su hija aunque la crea culpable.

X

La noche del 29 de junio, papá, mi madre y yo fuimos a ver *El último vals* en el Olympia. Nos invitó Modesto, recién estrenándose como accionista de la junta directiva del teatro. Gutiérrez & Compañía prestó un dinero para renovar las instalaciones del edificio, por eso papá no sospechó que con esos boletos Modesto quería acercarse a él. En realidad, no tenía a su socio (aún les unía la empresa financiera) en la cabeza. Una hora antes de salir de casa, comentó a mi madre que aprovecharía la jornada para resolver un «asunto», sin decir de qué se trataba. Para ella, eso tenía relación con el viaje de los Carraz y mi dote para el convento, pues para honrar tan onerosos compromisos él debió contraer deudas. Para mí no estaba tan claro. A pesar de la distancia de papá conmigo después del incidente con Miguel, me pidió acompañarlos a él y a mi madre esa noche. No, más bien me exigió que los acompañara, y puso más cuidado en mi indumentaria que en la suya o la de mi madre. Tanta excitación con la salida me parecía sospechosa. Quizá el «asunto» no solo resolvería las urgencias financieras, seguro que le dejaría también una buena ganancia. Quizá mi presencia era útil por alguna razón oculta. Me lo vendió como un gesto de magnanimidad: esa sería la última oportunidad de disfrutar de un espectáculo antes de mi entrada al convento. Modesto acordó conmigo aprovecharla para lograr su acercamiento con papá, para conversar sobre la decisión de enclaustrarme. Juntos preparamos con cuidado cómo establecería su argumento. Señalaría lo inconveniente de sacarme de la sociedad tan joven y las oportunidades financieras de esperar un poco, aunque fuera solo para poder mostrarse ante los demás aún como el padre de una hija en edad casadera, situación en la cual siempre podía conocerse a gente interesada en invertir. En el fondo, yo sabía la dificultad de lograr nuestro cometido, pero sabía también que solo el socio podía convencer a papá de cambiar de opinión. Me agarré a esa posibilidad como a una tabla de salvación.

Las cortinas se subían a las siete de la noche, pero papá, mi madre y yo llegamos media hora antes. Pocos lugares son tan buenos como el vestíbulo de un teatro para la socialización. El *foyer* del Olympia no era amplio y carecía de decorado: unas imponentes escalinatas conectaban la calle con el interior del edificio, sucedidas de unas bellas puertas de vidrio biselado decoradas con motivos florales en oro. Una escultura en bronce de una musa griega estilo *art déco* servía para dividir la estancia en dos áreas. Las galas de las personas llenaban de elegancia el espacio. Aquí y allá se veían telas vaporosas de colores pasteles como el lila, el salmón y el verde agua de los vestidos con frecuencia bordados en canutillo; las camisas de popelín blanco brillaban bajo los finos paltós levita de los hombres; las pelambres catiras, azabaches o caobas se confundían en los claroscuros. Al fondo hacia la izquierda, la pluma del tocado de alguna señora, o hacia la derecha la chistera de un señor incapaz de quitársela mientras conversaba con una dama. En un lateral había cuatro mujeres exactamente iguales, vestidas de manera similar, que acompañaban a un hombre, quizá un padre viudo. Más cerca, un señor respondía de lejos a un saludo. En un grupo a un lado de las escalinatas estaban los Aparicio, a quienes conocí en la fiesta de Las Acacias, sin su hijo, y, atrás de ellos, los Malavé, nuestros vecinos. Doña Francisca saludó a mi madre de lejos y esta la correspondió levantando su abanico en el aire y sonriendo. Mi madre se quejaba de un dolor de cabeza cuando vimos que, desde un lugar alejado, un hombre saludó a papá e hizo ademán de reunirse con él. Reconocí la humanidad parda y cúbica de Teófilo Gurruceaga. Antes de llegar, tuvo que pararse a saludar un par de veces a los ansiosos que le interceptaban. Los centranos querían ganarse su simpatía, pues, en un país de secretos como el nuestro, él manejaba el medio de comunicación más importante del momento: la correspondencia. Dirigía la corporación contratada por la Compañía Francesa de Cables Telegráficos para capacitar a sus operarios, receptores y celadores, empleados que rotaban con bastante frecuencia por las diferentes oficinas de la empresa alrededor del país con el objeto de evitar que descubrieran las claves del Gobierno para impartir órdenes. Al doctor Gurruceaga le tocaba hacerse responsable de las noticias que llegaban a ciertos miembros del gomecismo. Le daban el título honorario de «doctor» como sustituto del grado militar; por ser rico y estar bien informado, no porque fuera médico o hubiera llegado muy lejos en la universidad. Sí, consiguió graduarse de ingeniería en Francia, pero su única hazaña fue la casualidad de conocer a los representantes que la Compañía Francesa había mandado al país para dirigir las telecomunicaciones. Al mirarlo, los ojos de papá se pusieron del tamaño de dos morocotas.

Modesto apareció detrás del doctor Gurruceaga, precedido por un bastón cuya empuñadura mostraba la efigie de un minotauro. Llevaba un frac de pantalón azul marino y chaqueta *bourbon* con una pajarita floreada. Su apariencia era elegante, si bien más femenina que nunca. Mi madre lo saludó ofreciéndole una mano y él la besó haciéndose el zalamero. Cuando yo lo abracé, las perlas de mi collar se quedaron enganchadas en los botones de su chaleco. Mientras intentábamos despegarlas, las miradas de mi madre y la mía coincidieron sobre papá, expectantes. Él saludó cordial, pero sin un ápice de la amistad de antes. Modesto no lo tomó en cuenta y le palmeó sobre el hombro. Nos instó a pasar pronto al palco, pues estaba a punto de sonar la campana y, de hecho, eso ocurrió justo al terminar la frase. Mi madre se puso la mano sobre la cabeza y suspiró. Una vez adentro, las luces fueron apagándose por sectores. El último sector en quedar a oscuras fue el palco presidencial, ubicado justo en frente de mí, por lo que pude ver a un muy sonriente don Juancho Gómez, acompañado por al menos dos personas que no distinguí entre las sombras. Encontrarlo allí me dio un mal presentimiento.

Ambientada en Varsovia en el año 1910, *El último vals* era uno de esos enredos románticos que Modesto adoraba. Contaba la historia de Vera, quien trata de salvar al general del ejército prusiano Dimitri Vladímir Sarrasoff Kaminski, condenado a muerte por un príncipe a quien se había enfrentado para proteger su honra. El argumento transcurre durante su fiesta de compromiso con el general Miefcu Krasinski, custodio del prisionero. Las nociones de honor mancillado, sacrificio y minusvalía propuestas por la obra me producían empatía con Vera y, como durante aquella ahora lejana fiesta en Las Acacias, me encontré pensando en las sutiles diferencias existentes entre la arbitrariedad de una monarquía, con su sociedad construida a partir de los privilegios de la sangre, y la tiranía nepotista de nuestra república bananera. ¿Cuál es el lugar de las mujeres en las sociedades donde todas las decisiones las toman hombres y la energía que las pone en movimiento la produce la sangre de algunos? Me pregunté qué habría hecho Vera en mi lugar: ¿habría escogido el camino y la compañía fugaz de Magnus McBeaty o el encierro recomendado por el padre Ramiro?

El primer acto estaba bastante avanzado cuando debí salir del palco. Había tomado varios vasos de limonada en el *foyer* y no tuve tiempo de ir al baño antes de que comenzara la función. Cuando volvía a mi palco, me encontré a Modesto conversando con don Juancho. Este iba vestido de gala, con todo y condecoración bajo la corbata blanca y un bastón de madera lacada con empuñadura de pomo en el mismo material, cuya belleza simple contrastaba con el extravagante animal mitológico en el bastón de Modesto. La cercanía entre ellos era perturbadora. Modesto posó sus dedos sobre el labio inferior del vicepresidente, recorriéndolo con lentitud, como si estuviera dibujándolo. Me escondí detrás de una pared a oscuras. El otro correspondió estrujando con fruición su mano sobre el hombro de Modesto. Había algo pícaro en la intensidad de la mirada intercambiada por ellos. ¿Era don Juancho también un invertido? Mi sorpresa fue mayúscula. Todos los Gómez eran una extensión del general y una de las primeras cosas en corromper el poder es el orden natural de las cosas, ¡por supuesto que eran capaces de comportamientos viciosos, en la intimidad tanto como en la política! El interés de don Juancho por los hombres significaba la reversión total de su función sexual, y me preguntaba si odiaba a las mujeres. Si el vicepresidente era un *invertido,* el ejército, ese prístino símbolo de la dominación masculina, era una institución hueca, incapaz de proteger el poder de los hombres y las convenciones sociales construidas sobre la natural división de los sexos.

Al otro lado del pasillo se escucharon unos pasos y los hombres se soltaron. Vino a reunirse con ellos un indio bajito y regordete, con un uniforme militar que le quedaba pequeño pero parecía nuevo. Le avisó a don Juancho que el primer acto estaba a punto de terminar. El vicepresidente lo reprendió por meterle prisa llamándolo por su nombre: Isidro Barrientos. Modesto intercambió con el recién llegado una mirada recelosa y le dijo algo en el oído a don Juancho. El indio se puso muy rojo y arrugó la boca, pero no dijo nada.

–¿Consiguió al muchacho? –preguntó don Juancho al hombre.

–Quería real –contestó el criado.

El vicepresidente se rió. Eso no era problema grave, con ofrecerle el doble de su precio resolverían «para siempre el problema». La cara de Barrientos era de duda, pero asintió. Luego levantó la cabeza como si una presencia invisible le hubiera susurrado una advertencia al oído y clavó la vista en mi dirección. Me metí dentro de la sombra. Dando zancadas, el indio avanzó hacia donde estaba yo y me sacó del escondite halándome por un brazo.

–¡Ay, caracaha: una espía! –dijo. El terror me recorrió por dentro cuando sentí su mano fría, como la de un muerto, sobre mi hombro.

Modesto se acercó tomándome con suavidad por el brazo que quedaba libre. Barrientos me soltó, identificándome como la hija de Evaristo Gutiérrez.

–¡La bella niña del pelo rojo! –dijo don Juancho, avanzando hacia donde estábamos los demás. No era un cumplido, sino una sentencia. Sus ojos me miraban como si quisiera cortar partes de mí–. Justamente ayer hablaba de usted con su padre.

Modesto y yo miramos al vicepresidente con curiosidad.

¿Cuándo hizo papá las paces con el hombre que tan mal lo había tratado? Barrientos se quejaba de la inexactitud del juicio de su patrón: yo no era una niña, ya tenía el porte de una mujer. No obtuvo respuesta. Don Juancho me miraba fijamente; debajo del bigote, el labio le temblaba. Modesto seguía sin soltarme el brazo y, sin decir palabra, indicó que nos fuéramos. Me aferré a él, mientras avanzábamos en volandas. A mis espaldas escuché que Barrientos y el vicepresidente decían algo refiriéndose a mí, pero no distinguí sus palabras. Cuando intenté hablar, no tanto para preguntarle por don Juancho, sino para averiguar si había podido acercarse a papá, Modesto se paró en seco, observó sobre mis hombros para constatar que estaba fuera de peligro y dijo:

–Diana, *no* te acerques a ese hombre. Y *no* digas a tu padre lo que has visto.

No sabía si se refería a don Juancho o al indio, pero no quise preguntar. Me abrazó y luego me indicó una puerta al fondo por donde podría llegar más rápido a mi lugar. No había hablado aún con papá, pero se acercaría al palco en el intermedio del segundo acto. Me reuní con papá y mi madre justo cuando estaban cerrándose las cortinas del primer acto. Ella anunció que se iba, el malestar en su cabeza era tan fuerte que nublaba su comprensión de la obra. Al día siguiente papá y yo podíamos contarle cómo terminaba todo. Pregunté por qué no nos íbamos todos, pero papá se rió, contestando que todavía le quedaba el «asunto». Además, ¿cómo podía irse sin saber de quién era el último vals? Había pocas personas con menos gracia que él para contar un chiste. Se ausentó un momento para meter a mi madre en un carro de alquiler y yo me quedé en la sala iluminada. Trataba de no ver hacia el palco desde donde me miraba don Juancho. Aún faltaban los dos actos y el intermedio. En todo ese tiempo, Modesto nunca apareció para hablar con papá.

Al final del tercer acto, Isidro Barrientos se materializó dentro del palco donde yo estaba con papá para llevarnos a ver a don Juancho. Ni un músculo del cuerpo de papá se estremeció ante la orden de quien lo detestaba; en cambio, yo casi no podía contener mis nervios. Y, cuando estuvimos frente al vicepresidente, los acontecimientos se tornaron aún más extraños. Despidió a su *chauffeur* por el resto de la noche solo para pedirle a papá la carrera a Miraflores en su Ford T. El antiguo soldado no podía negarse a su general. Pero cuando llegamos a palacio, don Juancho nos recibió no como un anfitrión sino como un amigo. A pesar de la hora, nos invitó a tomar una copa con él. ¿Cómo podía papá negarse a la amabilidad del hombre a quien pasó más de veinte años tratando de agradar? Pero fue mucho más de una copa. Bebimos *champagne* y brandy; por primera vez probé esa bebida tan elogiada por papá. Fue como beberme un perfume de madera. Por un rato, los «restauradores» conversaron sobre sus días en campaña a través de la cordillera andina; luego perdí interés en ellos y me retraje dentro del estado placentero producido por el alcohol. No lo sabía en ese momento, pero acababa de empezar mi hora aciaga. Del resto de la noche solo recuerdo secuencias descoordinadas de acciones, como el rollo de una película perforada cuando salta del cinematógrafo y proyecta solo las escenas más incomprensibles.

La primera secuencia fue el plano interminable de un pasillo donde avanzábamos don Juancho y yo. No estábamos solos: al final, delante de la puerta, estaba sentado un mancebo de belleza afeminada vestido, o más bien en pelotas, a lo oriental. Iba desnudo de la cintura para arriba, se cubría las piernas con una tela dorada y la cabeza con un turbante rematado por una pluma de pavo real. Sobre el enorme ojo negro sobre fondo verde se barrió mi recuerdo hacia una breve oscuridad. Se disolvió en una transición hacia el círculo lumínico del diafragma abriéndose sobre la persona de don Juancho vestido con la camisa del levita pero sin pantalones ni ropa interior, en franca oposición a la imagen del chico. La escena descubierta ante mí era la de un hombre mayor, y yo era la protagonista a quien había conseguido meter desnuda en su cama cubierta con trapos y almohadas de las más diversas telas. A un lado había dejado su bastón. Los cuadrados luminosos y los números sucediéndose a cada extremo de la proyección avanzaban de arriba hacia abajo sobre la pantalla de mi memoria. Entre nosotros estaba una mesa de noche y un *sécretaire*. Aún recuerdo la vívida esperanza sobre la posible llegada de papá para salvarme. En ese momento tocaron la puerta.

–Encarnación, espere su turno –rugió don Juancho.

Le hablaba a un ayuda de cámara diferente a Barrientos. Lo supe por el nombre y por su respuesta. Le traía un guarapito para la digestión. Distorsionada por la puerta, su voz venía de ultratumba. Como si ya estuviera muerta, don Juancho lanzó una sábana sobre mi cuerpo e invitó al otro a entrar. Ni siquiera se tomó la molestia de pedirme silencio. El poder de los hombres como ese consiste en la seguridad de que todos cumpliremos sus órdenes sin necesidad de pronunciarlas.

Minutos más tarde, liberada de la sábana, don Juancho se tomó la molestia de explicarme su rutina nocturna. La he olvidado. Solo me acuerdo de la taza sobre la mesa de noche y el vaho a canela en el ambiente. Era un viejo remedio para asentar el estómago. Me ofreció y no quise. Pero este hombre no aceptaba negativas y presionó la taza contra mis labios. Para no contradecirlo, bebí un poco y aparté rápido la cara:

189

el sabor de la canela siempre me había desagradado; desde esa noche no tolero ni siquiera su olor.

La tercera secuencia de la película comenzó con su imagen erguida frente a mí. Sostenía algo con las manos entre sus piernas, mientras sonreía; para ciertos hombres, su lujuria es un regalo ofrendado a las mujeres. Estuvo un rato intentando algo en la oscuridad, una mueca en su cara indicaba su frustración. Quise decir algo, pero me miró con la expresión enrojecida de un animal. Como si yo hubiera tenido la culpa de que las cosas no salieran como esperaba, se abalanzó, furioso, sobre mí. Me dio un puñetazo y perdí un poco la orientación hasta sentir sus manos rugosas en mi cuello. Mientras intentaba ahogarme, mis brazos no podían alcanzarlo. No sé cómo consiguió someterme, me volteó sobre la cama y presionó mi perfil sobre la sábana. Yo tenía los ojos vueltos hacia la mesa de noche al lado de la cual descansaba el bastón. Una garra suya bordeó mis nalgas. «Ha sido viciosa y merece un escarmiento», me susurró al oído. Cerré los ojos. Cuando los abrí, faltaba el bastón. Entonces, un dolor intenso me atravesó por detrás, como si me hubieran clavado una estaca. El sufrimiento me partió en dos. De entre las mitades de mi cuerpo se escurrió mi alma. La miré pasar frente a mí: tenía el cuerpo de una mujer melancólica con la cara pétrea, como una estatua clásica cuando se sale de su pedestal. Parecía una no-muerta, pero no estaba viva.

La rabia fue un reflujo violento ahogándome. Por fin me salieron los colmillos y se revirtieron nuestros papeles. La mujer en esa cama había perdido su alma y era perversa, por eso podía hacer cualquier cosa. Lo mordí, pero no solo para defenderme, sino porque se lo merecía. Creo incluso que me excitaba mi superioridad sexual de mujer joven sobre él. Sobre el sabor amargo de su sangre se superpuso la consciencia de estar bebiéndome el líquido vital del engranaje de poder de la tiranía. La sangre de don Juancho era la sangre de general Gómez, era la savia del poder. ¿Y si resultaba petróleo de aquella sustancia vil? En ese momento emergió la vampira dentro de mí, para agazaparse definitivamente en el lugar vacío dejado por mi alma.

Si bien los destinos más lógicos para una mujer sin alma eran el mausoleo o el otro mundo, yo me levanté en mi cuarto la tarde del día siguiente, como en una pesadilla. Una luz opaca se filtraba a través de las cortinas, iluminando la silla donde estaba mi vestido de la noche anterior. Una mancha de sangre brillaba sobre la tela; cada fibra vibraba de rojo encendido, el color del interés malsano que me había llevado a la desgracia. Sepulté la cara en la almohada y me puse a llorar. El cuerpo me dolía como si me hubiera peleado con un titán y me pregunté si volvería a sentarme algún día sin sentir dolor. «¿Es posible que yo haya hecho algo para provocar la lujuria de don Juancho?», dudé; mi condición asociaba la sed de sangre con la pasión sexual. A pesar de mi formación católica, algo debía aceptar: la infamia del vampirismo contrarrestaba mi vulnerabilidad de mujer. Por eso emergió para defenderme de la violencia, durante el ataque de don Juancho como antes con Miguel. Pero ¿de qué me había servido sino para complicar mi situación y alejarme más de mis padres? El dolor era un sentimiento tan hueco como pesado dentro del pecho, solo posible de drenar a través de las lágrimas. Para llenarme de energía, cojeé hasta la ventana y abrí las cortinas. La luz bañó mi cara con su tacto cálido, una sensación vivificadora como pocas. Es una falacia la prohibición del sol a los vampiros, como le ocurre al protagonista del *Nosferatu* de F. W. Murnau. Solo a un director de cine alemán se le puede ocurrir que algo

191

inofensivo como los rayos solares puedan dañar a los monstruos. Si hubiera tenido razón, las Américas estarían libres de estos seres, y, como ha probado la historia más veces de las necesarias, múltiples formas de sanguijuelas se arrastran por estos territorios.

Sentí sed, pero cuando quise salir del cuarto para buscar agua, encontré la puerta cerrada con llave. Llamé a papá, pero no obtuve respuesta. «¡Me detesta!», lamenté en voz baja. Fue mi madre, con una expresión muy poco amable, quien me respondió. Entró al cuarto blandiendo el periódico vespertino. Pero, antes de informarme sobre las noticias del país, relató cómo llegué a casa. En la madrugada, papá me trajo en brazos, inconsciente y con la cara llena de sangre. Entre los dos me desnudaron, me lavaron, me pusieron la ropa de dormir y me metieron en la cama. Luego limpiaron las manchas de sangre en el Ford T. Pasaron el resto de la mañana conversando sobre lo sucedido y tomaron «algunas decisiones». Luego mi madre preparó una valeriana y papá se acostó a dormir. Aún no se levantaba.

En el periódico, la historia familiar de los Gutiérrez se unía a la tragedia nacional. Una enorme foto de don Juancho con levita negra ocupaba casi completa la primera plana. El titular rezaba: «Un crimen sin precedentes en el país». Mi madre había leído de cabo a rabo la noticia y podía resumirla, ahorrándonos la escritura ampulosa de los periodistas aduladores. Una criada encontró a don Juancho esa mañana sobre un pozo de su sangre, herido de treinta puñaladas. «¿Cómo?, ¿treinta puñaladas?», me pregunté sin verbalizar en voz alta mis dudas. ¡Eso no estaba en los fragmentos de la película en mi cabeza! Pregunté a mi madre sobre la veracidad de esos hechos y ella puso su dedo justo en el lugar donde el periódico reproducía la información. Un detalle semejante, por más borracha que estuviera, nunca lo habría olvidado.

Mientras mi madre continuaba con los detalles del crimen, yo me hundí en las especulaciones. Estaba segura de haber inflingido a don Juancho un daño atroz y seguramente mortal, pero nada se correspondía con las noticias. La criada llamó a Eloy Tarrazona, el ayuda de cámara del general Gómez. Como su patrón, el indio durmió fuera de palacio la noche anterior. Cerca de Miraflores, el presidente tenía instalada a su amante, y cuando estaba en Caracas, pasaba las noches con ella. Lo primero que hizo Tarrazona no más llegar a Miraflores fue enviar a La Rotunda a toda la guardia de palacio. Unos veinte hombres fueron presos esa mañana. Entre ellos, dos nombres sonaban una y otra vez en los interrogatorios: Isidro Barrientos y su primo Encarnación Mujica. Al acordarme de la cara de Barrientos en el Teatro Olimpia, sentí un escalofrío. Como nadie entraba a la recámara de su patrón sin su consentimiento, sobre él recaían todas las sospechas. De interrogar a sospechosos se encargaba el general Julio Hidalgo, el sustituto de don Juancho en la gobernación del Distrito Federal.

«¿Interrogarlos en La Rotunda?», pensé. Mi madre usaba las palabras leídas en el diario. Ese no era el verbo correcto: los estaban torturando. Miré a través de la ventana la iluminación del cielo. No podían ser menos de las seis de la tarde. Si habían llegado a media mañana a la cárcel, ya tendrían más de ocho horas de faena.

–Dicen por allí que además de las cuchilladas le quitaron la cabeza, las manos y los pies. –A mi madre le gustaba el morbo, y no me ahorró detalles de la carnicería.

Los siguientes diez minutos los empleó en narrar con inquietante lujo de detalles los complicados procedimientos para decapitar y desmembrar a una persona, perorata de la cual solo saqué en claro la necesidad de una fuerza enorme, capaz de *cortar* huesos. Yo nunca habría tenido una fuerza semejante, ni durante el ataque de sed más sanguinario. Mientras hablaba, ella se había puesto a recoger un poco el cuarto: me ayudó a tender la cama y a organizar los zapatos dentro del clóset. De la silla tomó el vestido y me dijo que para ella la solución del enigma no pasaba por una conspiración. Estrujó un poco la tela donde estaba la mancha y sus ojos apuntaron hacia los míos como si fueran a dispararme.

—¿Por qué clase de monstruo me tomas? —pregunté.

Sin responderme, dobló el vestido y lo metió en la bolsa de la basura. Luego comenzó a hablar. Ella era la esposa de mi padre y conocía la «furia asesina» de un criminal, según me dijo. Me habría gustado contestar varias cosas, mas no tenía caso; conforme a su costumbre, ya me había juzgado y condenado antes de entrar al cuarto. ¿Qué caso tenía contarle sobre la violencia de ese hombre?, ¿darle la oportunidad para decirme, otra vez, que el problema no era la cruel actuación de él sino mi respuesta irracional? No podía negarlo: me alegraba la muerte de ese muérgano. Pontificando, como si dentro de su cuerpo hubiera entrado el padre Ramiro, mi madre recordó mi inclinación a lo salvaje. Volvió a describir cada detalle de la muerte de don Juancho como si hablara del martirio de San Sebastián. Cada detalle confirmaba que, ni siquiera caminando como una sonámbula, yo habría podido cometer ese asesinato. Papá era un sospechoso más idóneo, pero él también le habría drenado la sangre y me parecía una exageración el desmembramiento.

—La única prueba que tiene tu padre es que atacaste a un hombre —fue su respuesta. Ni siquiera le interesaba saber si había perdido mi virginidad.

Se equivocaba mi madre. Ataqué a dos hombres: Miguel y don Juancho. Y, en ambos casos, lo hice porque me forzaron. No negaba mi violencia hacia ellos, solo pedía el reconocimiento de que fue una reacción a su crueldad. Esas afrentas, empeoradas por la actitud de mis padres, quienes preferían sacrificarme en un convento que creerme, me revelaron mi completa soledad. Si eso significaba que el único criterio bajo el cual podía juzgar al mundo y actuar en consecuencia era el mío propio, ¿por qué iba a plegarme a la decisión arbitraria del claustro? Además, ¿cómo podía una mujer sin alma aguantar el convento? Una cosa era el sacrificio y otra muy diferente la imposibilidad de limpiar un alma que ya no existía. En ese momento me hice el firme propósito de que, si no conseguía evitar el convento, aguantaría mi condena los casi tres años que me faltaban para cumplir la mayoría de edad y luego abandonaría los votos. Si entonces no podía volver al seno familiar, probaría a buscar la tutela de Modesto. Eso, claro, si antes nadie señalaba a papá o a mí como culpables del asesinato del vicepresidente.

XI

La represión gomecista vivió aquellos días sus momentos más brutales. Después de sepultar en La Rotunda a Isidro Barrientos y a Encarnación Mujica, así como a los veinticinco oficiales de guardia en el Palacio de Miraflores la noche del asesinato, el Gobierno improvisó tribunales de censores que revisaban, línea por línea, cada edición de los pocos diarios que tenían la valentía de hablar sobre el crimen. Cuando la arbitrariedad de Estado hiere a la palabra, lo siguiente es la transgresión de los cuerpos. Antes de que algún editor intentara protestar, encarcelaron a Leoncio Martínez y a Francisco Pimentel, y la revista *Fantoches* inauguró una de sus temporadas de asueto *obligatorio*. Pero el general Gómez no estaba tranquilo. El asesinato de don Juancho en la residencia presidencial donde él debía pernoctar demostraba sus vulnerabilidades como hombre y como presidente. Cumplía, a medias, su más recurrente pesadilla: lo mataban en sueños. Era el dios proveedor, el mismo que limpiaba los pecados, y, dentro del país, era todopoderoso. ¡El gran taita, por Dios! Y como el Benemérito sabía que no era inmortal, nosotros vivíamos presos del terror de su mano enguantada.

196

Lo peor era la brutalidad policial a plena luz del día. Ese era mi miedo más profundo. Y creo que era compartido. Estábamos acostumbrados a la tiranía pragmática del presidente, ahora nos asombraba su ansiedad patibularia. Mas no debía sorprendernos. Desde tiempos de los primeros chácharos llegados más de veinte años atrás, los funcionarios menos afortunados debieron ganarse el respeto, o algo similar, con la intimidación. Así nacieron los hombres-máquina, los garantes del gomecismo. Vivieron años arropados en la oscuridad de la noche, mientras establecían el poder inasible del terror en cada alma. Protegían a los subalternos del nepotismo. Unos desconfiaban de los otros y la vigilancia convirtió a cada burócrata en un fiscal. Unos del fusil, otros de la tinta. Cientos de hombres-máquina en la oscuridad ejercían un poder ubicuo. Con ese tenso equilibrio, el Gobierno mantenía el orden. Hasta la muerte del hermano bienamado, el sucesor. La vulnerabilidad del régimen quedó al descubierto aquella mañana del crimen y la luz del sol alumbró la multitud de hombres con fusiles máuser en lugar de brazos y expedientes donde debían estar sus cabezas. El homicidio rompió la tenue frontera entre el orden excesivo y el abuso de autoridad de los chácharos. Suspendieron las garantías, confiscaron la libertad de reunión e instauraron un toque de queda en cuanto cayera la noche. Y con todas las personas de bien encarceladas dentro de sus casas, la piara de cerdos conquistó las calles.

Una estampa de la grosera represión de la dictadura en sus hombres de armas se exhibió durante el entierro de don Juancho, cuando el gomecismo lució sus galas más chabacanas. Papá, mi madre y yo llegamos con retraso y tuvimos que ver el cortejo fúnebre desde un lugar apartado. Avanzaba bajo el incandescente sol del mediodía caraqueño. Lo encabezaban las autoridades de la Iglesia ataviadas con la parafernalia de su majestad: la sotana sobre la ropa, la túnica blanca sobre la sotana, la capa roja sobre la túnica; todos con biblias, velas e incensarios con su tufo a sagrado. Detrás de ellos, a pie, cargaban el ataúd los miembros de la familia Gómez, vestidos con elegantes paltós levita negros: los hijos, los primos y los cuñados. Los miles de hombres de la estructura de poder en nuestra retrógrada sociedad. Estaban rodeados por miembros de las Fuerzas Armadas en uniformes de gala marchando a paso de camino. El general Gómez, el taita mayor, iba entre la comparsa de los sacerdotes y la de sus parientes, resguardado por tres miembros de La Sagrada, su policía política. La cara circunspecta y el bigote enfurruñado: la expresión de un hombre que tiene sobre sus hombros el peso del futuro. Dos enormes hileras de militares hacían murallas a los lados de la calle para contener a los mirones. De vez en cuando, sus murmullos se interrumpían por las interpretaciones de la música lóbrega de una de la tres bandas marciales en la procesión. Aquella pantomima alimentaba el morbo de los centranos. Confirmaba que en Miraflores ocurrió un asesinato y que el muerto tenía la sangre del Benemérito.

Dentro de la catedral, el ambiente era aún más pesado. En los arcos de las naves brillaban las luces, aunque no pasaban de las cuatro de la tarde. El olor a caoba e incienso me dificultaba respirar. Una fila interminable de monaguillos llevaban velones y estandartes y, conforme saludaban al ataúd situado detrás del altar, buscaban acomodo en el ábside o las hileras de bancos. Al cardenal lo acompañaba una nutrida comitiva de obispos. El general Gómez detestaba a «los curitas», como los llamaba, pero a él y al gomecismo las autoridades eclesiásticas lo adoraban. Por eso el papa Benedicto XV le concedió en 1916 la más alta condecoración pontificia: Caballero de la Orden Piana, con título de gran cruz y derecho de nobleza transmisible a sus hijos. Ese día no se olvidó el general de llevar sus condecoraciones del Vaticano. Siempre y cuando nuestros cuerpos estuvieran al servicio de la prolongación de la tiranía, «los curitas» podían quedarse con nuestras almas. Qué bueno que yo había perdido la mía.

Tres horas después, durante el entierro, papá iba de un lado a otro buscando cómo acercarse al general y a su hijo, don Vicentico, ambos al frente de los actos conmemorativos. Intentó darle el pésame al presidente, pero sus guardias lo evitaron. Lo mismo pasó cuando se acercó al vicepresidente. Papá no era el único adulador, el lugar estaba atestado de mirones consternados por la noticia de la vulnerabilidad de la familia en el núcleo de nuestra sociedad. Había tanta gente en el Cementerio del Oeste que resultaba imposible distinguir la figura de la estatua del ángel meditabundo en la entrada del panteón de los Gómez. Yo veía la ceremonia desde una lápida lejana, sin intenciones de acercarme mucho a los acontecimientos. No sentía nada, ni siquiera remordimiento por haber atacado a don Juancho. Mi desafección era absoluta. Cuando tenía un rato allí, sentí una mirada familiar abrasándome la carne. Detrás de un mausoleo con una enorme estatua de Nuestra Señora de los Dolores, con el corazón traspasado por siete espadas y abrazando el cuerpo exánime de Cristo, estaba un hombre. Encontrarme con él fue como ver a un fantasma.

Era el viejo Carlos Eduardo Carraz. Había perdido al menos diez kilos desde nuestro último encuentro y la demacración punteaba con huesos sombras siniestras en su cara, cada vez más parecida a la de un búho. Su estampa de sufriente, su palidez mortal y la languidez de su mirada concordaban con la representación de la Virgen María. Me hizo señas para que me acercara. Y, en contra de la prudencia, le hice caso, bajando por la breve galería detrás de la estatua hacia un mausoleo abierto, donde habían enterrado a alguien poco antes y habían olvidado retirar las herramientas de la faena. A un lado de la entrada, el viejo Carraz me esperaba frotándose las manos. Usaba una chaqueta oscura, gastada en los puños, y su camisa blanca había soportado varias puestas sin lavarla. Comenzó a hablar de manera enredada, hacia delante y hacia atrás, en un murmullo irregular por las subidas de tono. Era difícil comprender sus palabras; dialogaba como para sí mismo.

Por ciertas frases entrecortadas, pude dilucidar algo sobre su tristeza por cómo terminó la relación entre su hijo y yo. Él comprendía las necesidades de las mujeres modernas y así se lo hizo saber a Miguel. El comentario era risible, pero callé mi opinión. Se consideraba a sí mismo un hombre de vanguardia, añadió, y aplaudiría más libertades públicas para las mujeres, incluso el sufragio, si eso algún día se discutía en el Congreso. Las chicas de mi época estaban mejor educadas que sus madres y sus abuelas para la vida. El país se habría beneficiado mucho de la incorporación de la mujer en la vida. Y también los maridos, pues el conocimiento del mundo de las chicas como yo las convertiría en «mejores compañeras». De eso se trataba el matrimonio: de la compenetración, él lo sabía bien. Décadas atrás había perdido los vínculos intelectuales con su mujer y vivía como un barco sin vela. Eso dijo a Miguel. ¿Qué era un pequeño sacrificio «de sangre» por mantenerse cerca de una «mujer buena»?

Quedé estupefacta. ¿«Buena»?, ¿qué pretendía ese viejo? Reí imaginándome su reacción si confesaba que con la virginidad perdí también el alma. La infamia que su hijo no logró la superó con creces don Juancho. ¿Estaría dispuesto a llamarme «buena mujer» entonces? Sobre la mano sentí sus dedos temblorosos. Me pidió perdón por la violencia de su hijo y por causarle tantas molestias a papá. ¡Como si fueran lo mismo! El agravio moral de la mujer igual a la bancarrota material del hombre. Podía dárselas de vanguardista, pero sus ideas seguían siendo tan retrógradas como la de cualquier otro hombre de su edad. No era muy distinto de su hijo: Miguel chantajeó a papá con revelar mi condición para costearse un viaje carísimo con su familia a Europa y su padre se quedó en Caracas para manipularme con su supuesta comprensión, seguro que con el objeto de lograr algún favor mío. Le escuchaba con atención, para no perderme en el hilo de sus pensamientos avanzando en volandas. El chantaje de Miguel obligó a papá a pedir préstamos a otras compañías financieras poniendo como fianza la suya. Modesto no encontró la manera de ayudarlo y debió recurrir a otros socios, entre quienes estaba don Vicentico, a quien conocía gracias al viejo Carraz.

—Y tú sabes muy bien, mi querida Diana, cuál es el asunto más importante en la lista de mandados de don Vicentico, ¿no?

Sonreí. El viejo no tenía ninguna prueba para sustentar sus alegatos, pero su idea no era descabellada. ¿Ese era el «asunto» tan importante de papá la noche del Teatro Olimpia?, ¿la rencilla entre el segundo vicepresidente y el primero? Me pregunté si mi madre sabría algo al respecto: su dolor de cabeza pudo ser una excusa para dejarle cumplir su cometido a solas. No estaba tan claro, sin embargo, por qué se fue ella y me quedé yo. O por qué, para empezar, me llevaron a ver *El último vals*. Cuando intenté averiguar qué otra cosa sabía el viejo Carraz sobre el «asunto» de papá con don Vicentico, las reflexiones de su mente ya habían cambiado de rumbo.

Algo le quemaba la garganta y quería explicármelo. Era un pobre viejo infeliz, me contó. Yo, sobre este particular, no podía contradecirlo. Estaba harto de la vida y el asunto con su hijo lo terminó de colocar al borde del precipicio. Pensaba y pensaba en razones para evitar la caída, pero el efecto era el contrario: solo conseguía motivos para dejar el mundo. Y ahora, con su familia fuera del país, lo veía mucho más fácil de lograr. Quería mi ayuda. Así que ese era el favor que esperaba de mí, ¿que lo matara? Quizá notó en mi semblante la falta de mi alma y por eso se aventuró a hacerme tal proposición vil. Me miraba con seriedad mortal y no me atrevía a decirle nada. Exploté en una carcajada: ¿qué podía responder ante un exabrupto tal?

–¡Vengo a entregarme a ti y eres incapaz de aceptar mi ofrenda! –reclamó.

No lo tomaba en serio, me dijo después de un hondo suspiro. No había rabia en sus palabras, más bien una vaga melancolía. Sabía perfectamente *qué era yo* y solo me pedía morir en mí. Como declaración de amor era un poco cursi, pero no podía negar su atractivo como ofrenda. Y yo era una mujer sin alma, ¿qué esperaba para aprovecharlo?

Lo golpeé y su cara rebotó contra una de las losas del mausoleo. Lo miré por unos segundos, atónita ante mi propia fuerza. Ni siquiera en ese momento de violencia los ojos del viejo mostraron algo diferente a la melancolía. De una herida abierta sobre su ceja resbalaba hacia su mejilla una gruesa gota de sangre. Me detuve para preguntarme si podría matar a un hombre por gusto. ¿Y por qué no?, concluí: ya no tenía alma para salvar. Mojé dos dedos en su sangre luctuosa, siguiendo la trayectoria contraria a la hecha por la gota. Su cara quedó pintada como la de un indio. Me miré los dedos y, sin pensarlo, me los llevé a la boca. Entre los dos, él parecía disfrutarlo más mirándome que yo saboreando su sangre un poco rancia. Me abalancé encima de él y caímos los dos abrazados sobre la parte de atrás del mausoleo, los pliegues de la túnica de Nuestra Señora de los Dolores lastimándome los brazos. Palpé con los labios el borde de su herida y el sabor de su sangre encendió mi excitación. Resbalé mi lengua por su cara para limpiarla.

Disfrutaba la situación, pero no debía hacerlo, así que intenté retraerme del momento, como si pensando en otra cosa pudiera evitar gozarlo. Del otro lado del cementerio, donde la gente lloraba a otro anciano vil, llegaron las palabras del general Gómez: «Sepan los cobardes que con este asesinato no me van a amedrentar. La vida continúa y nosotros seguiremos adelante.» El viejo Carraz abrió mi blusa y sobre el corpiño palpó mis pechos con brusquedad. Eso me devolvió a ese lugar. Tan desesperado por sentirse vivo estaba que se arrancó los pantalones como pudo para descubrir unas piernas blanquísimas entre las que colgaba el pequeño miembro flácido de un anciano. No podía sino inspirarme lástima. Recordé la frustración de don Juancho. Si ese viejo quería morir, ¿quién era yo para negárselo? Las encías me ardieron y busqué la base de su cuello. En menos de diez minutos había cumplido su deseo.

En cuanto la policía encontró el cuerpo exangüe del viejo Carraz, su criado apareció con la nota de suicidio. De esa manera, una nueva indiscreción mía se resolvió con la lógica. La policía no perdió mucho tiempo con ese caso y nadie le dedicó ni un pensamiento por la falta de notoriedad de la víctima. En cambio, sobre el homicidio de don Juancho había una teoría por cada persona que hablaba al respecto.

Entre quienes contemplaban el móvil político se hallaban tanto incondicionales del gomecismo como detractores. Para la prensa oficiosa, los enchufados y otros entusiastas se trató de un atentado fallido contra el presidente. Culpaban a una supuesta conspiración de exiliados opositores. Unos situaban su cabeza en Estados Unidos; otros en una isla del Caribe. Entre uno y otro lugar pululaba la figura del general Cipriano Castro. Para los detractores del régimen se trataba de un crimen dinástico. Al general Gómez se le había metido en la cabeza la necesidad de viajar a Europa para hacerse monitorear la uremia e iba a dejar como encargado del Gobierno a su hermano, el primer vicepresidente, encendiendo la envidia del *otro* vicepresidente, don Vicentico. En la cabeza de todos, aunque no lo dijeran, estaba una tercera posibilidad: ¿y si fue el mismo general Gómez quien mandó a matar a su hermano? El presidente nunca dudaba en hacer lo más conveniente para él y para su Gobierno, aun por encima de los suyos: ¿no mandó a su primo Eustoquio Gómez al castillo de San Carlos cuando siendo vicepresidente quiso congraciarse con el general Castro?, ¿no había dejado morir a su hijo Alí, su favorito, a causa de la gripe española, sin acercarse a él ni siquiera cuando en su lecho de muerte lo llamaba a gritos? El gomecismo era un Gobierno nepótico de pretensiones dinásticas cuya legitimidad se sustentaba en el parecer del *pater familias*. Cualquier cosa en el camino del taita desaparecía, incluso el hermano bienamado. Nadie se atrevía a articular esa posibilidad en voz alta: nombrar al diablo era atraer la desgracia. A su capataz, el indio Tarrazona, no le habría costado nada entrar y salir de Miraflores para acuchillar a don Juancho o contratar a Barrientos y a Mujica para hacerlo. Si bien esta posibilidad no tenía sentido en el terreno político, pues el general había invertido mucho tiempo en preparar a su hermano para la sucesión, sí lo tenía en el financiero. En la empresa de su patrimonio personal, la Compañía Venezolana de Petróleo, uno de los socios mayoritarios era don Juancho, un inversionista poco cauto, por lo cual habían perdido algunos millones de dólares. Con la muerte del hermano, el general recuperaba casi la totalidad de las acciones para administrar el negocio con un estilo gerencial más acorde con él. Pero ninguno de estos motivos explicaba un ensañamiento con el cadáver tal como para, después de propinarle treinta puñaladas, cortarle la cabeza, las manos y los pies.

A los motivos políticos y financieros, la chismografía centrana añadía los pasionales. La ponderación de estos nos mantenía entretenidos en casa, durante una tertulia organizada por papá quién sabe con qué motivos, una semana después del crimen. Yo me perdía en esas elucubraciones con el objeto de evitar la aprehensión causada por la posibilidad de que alguien hubiera descubierto que yo estuve esa noche en el palacio de Miraflores. Los sentimientos ardían dentro de mí con la fuerza de un incendio en el pasto. No tenía alma, pero le temía a la policía y a la cárcel como a nada en el mundo. El eje de las versiones sentimentales era doña Dionisia Bello, antigua amante del general Gómez y madre de don Vicentico. Doña Malavé enfatizaba que nadie «le quitaba de la cabeza» que esa mujer fue «la autora intelectual del crimen», celosa porque el general Gómez estaba de amores con Amelia Núñez. Hablaba frente a un risueño auditorio conformado, además de por mí, por su esposo, mis padres y el doctor Teófilo Gurruceaga.

–Francisca, deja de leer folletines –la reprendió mi madre–, ¡una mujer que se acueste con *ese hombre* no puede tener escrúpulos!

–Dices eso porque no conoces a *Dolorita*. –Mi madre arqueó las cejas y su amiga se apresuró a hacer aclaraciones–: Dolores Amelia, ese es su nombre; mi hermana menor la conoce bien, pues fueron juntas al colegio. La llama «Dolorita».

El cuello rollizo de doña Francisca llevaba su cabeza de un lado para otro, como si quisiera recalcar lo dicho, y sin embargo el movimiento daba a sus palabras aires de superficialidad. Era el estereotipo de la inútil matrona centrana; lánguida a pesar de su gordura, similar a las heroínas quejicosas de las noveluchas francesas que devoraba. Su única experticia era la vida privada ajena, y tenía predilección por los trapos sucios de los Gómez. Dos veces repitió que doña Dionisia le llevaba veinte años a la nueva amante del general. Hasta que mi madre le recordó que esa señora tenía motivos propios, y muy fuertes, para odiar al cuñado: don Juancho se jactaba de haber seducido a la hija de su primer matrimonio, Margarita Torres. Eso terminó su compromiso y la llevó al suicidio.

–No se sabe si fue suicidio. Ese es otro misterio relacionado con los Gómez –intervino don Antonio Malavé, su vientre abultado subiendo y bajando como el de un muñeco en un espectáculo de guiñol. Sus formas curvas iban en perfecta armonía con las de su esposa, como si hubieran sido construidos por el mismo titiritero descuidado.

Él estaba entre quienes opinaban que el móvil del crimen era político. No era precisamente un entusiasta del Gobierno ni podía contarse entre sus detractores. Explicó que incluso si doña Dionisia había ordenado el asesinato, podía mantenerse la teoría del crimen dinástico, pues el motivo podía ser asegurarle la sucesión al hijo. Detrás de don Antonio pasó papá. Iba hacia la esquina del salón donde estaba el mueble de la vitrola disimulado bajo un helecho. Abrió la tapa y sacó un disco. Después de colocarlo en el plato giratorio, dio vuelta a la manivela y comenzó a sonar la voz de Enrico Caruso interpretando sus «canciones napolitanas». Yo lo veía hacer sin ofrecerme a ayudarlo porque aún me dolía moverme. Trataba de no llamar la atención sobre mi persona para evitar las preguntas sobre mi estado de salud o la causa de mi cojera. Mi madre hizo una seña y papá controló el volumen dejando a medio cerrar las puertas de los armarios. Se quedó parado al lado del aparato para girar el disco cuando terminara la canción.

–Ninguno de esos motivos cancela el otro: ni el resentimiento contra Dolorita, ni la venganza por su hija, ni la sucesión presidencial. Pudieron ser todos los motivos juntos –apuntó doña Francisca, abanicándose con una revista de mi madre. La canícula de julio añadía agobio a la tensión. Me gustó saber que no era yo la única acalorada.

A don Antonio, doña Dionisia no le parecía «el tipo Agripina». Negaba la inclinación del «bello sexo» a esas aberraciones, pensaba que a las mujeres les faltaba la maldad –«o más bien la inteligencia», añadí en mi mente– para un crimen semejante, a menos que fuera la protagonista de una sanguinaria leyenda, como la madre de Nerón.

¡Pobre hombre inocente! Me hubiera gustado demostrarle cómo la malasangre no distingue entre los sexos. Quizá movida por ese mismo pensamiento, mi madre se refirió a la maldad de Josefina Revenga: si Dionisia Bello era del tipo Agripina, esta era una Lady Macbeth. Doña Francisca agarró el comentario en el aire e hizo mofa de la posición incómoda para «el pobre Vicentico» entre la madre y la esposa. Me pinté la imagen mental del hombre entre las dos mujeres, cada una tirándolo de un brazo en direcciones opuestas. Mi carcajada se fundió en las risas suscitadas por el comentario de doña Francisca. Papá nos miró a todos como si hubiéramos dicho alguna blasfemia:

–Doña Josefina es una mujer preciosa.

–¡Pero peligrosísima, pedazo de pazguato! –le reclamó mi madre, fulminándolo con la mirada.

El doctor Gurruceaga le hizo señas a papá para que le

prendiera un puro que acababa de sacarse del bolsillo de su chaqueta de corte cuadrado, como él. El otro aprovechó la oportunidad para lucirse frente al invitado y le abrió la caja de ébano con sus habanos, una pequeña guillotina y el encendedor.

—El asesinato de don Juancho se preparó en Puerto Rico —dijo el doctor Gurruceaga, mirando a la concurrencia, mientras cerraba sobre un puro sus dedos toscos, moldeados por un artista mediocre. Hizo una pausa, aspiró y exhaló sobre los demás un humo grisáceo.

Indignada, mi madre ahuyentó el humo con la mano. La presencia de ese hombre en casa la desconcertaba. A pesar del toque de queda y las prohibiciones impuestas por el Gobierno, había accedido a la idea de papá de organizar una pequeña reunión en casa porque los Malavé eran vecinos y podíamos despacharlos por la puerta de atrás si aparecía La Sagrada. Pero ¿qué hacía ese hombre allí? El único sentido que yo le encontraba era su acceso a información privilegiada: podía revelar, sin necesidad de que se lo preguntáramos, si alguien había descubierto mi presencia o la de papá aquella noche en Miraflores.

—Teófilo, a mí usted no tiene que convencerme —dijo papá. Estaba parado en el centro de la sala, con la caja de puros aún entre las manos—. Le creo. ¿Por qué tendría el general que mentir sobre un asunto tan grave?

Como el puro se le había apagado, el doctor Gurruceaga se levantó para que papá se lo encendiera. Luego le dijo algo en el oído, mientras sostenía el puro en alto. Los dos hombres juntos, envueltos por el humo, daban la impresión de ser sacerdotes bajo un pebetero. Mirando al resto de la concurrencia, el doctor habló sobre los cables que entraban y salían del país o los que intercambiaban las oficinas gubernamentales entre Caracas y Maracay para aclarar el asesinato. Era fácil imaginárselo corriendo de un lado para otro, en volandas, tratando de tranquilizar los ánimos de los hombres-máquina y de los chupatintas. Los datos de Gurruceaga eran todos oficiales, por supuesto; era un delito ofrecernos otros más secretos, aunque papá se esforzaba por conseguirlos. Sin duda para eso lo había invitado.

–A mí me gusta Dionisia Bello para culpable –intervino mi madre.

–También me inclino por ella –la secundó doña Francisca–, nunca le hubiera perdonado a ningún vagabundo que ensuciara el nombre de una hija mía.

–Bueno, yo he escuchado que las vagabunderías que le gustan, digo, *que le gustaban,* las hacía con los hombres –apuntó el doctor Gurruceaga haciéndose el pícaro.

Cuando papá y don Antonio le pidieron explicaciones, el doctor Gurruceaga se encogió de hombros y dijo no tener suficientes pruebas de lo dicho. La información era de Ciriaco Iriarte, el único de los guardias de palacio que se salvó de La Rotunda. La noche antes del crimen, se emborrachó en el cumpleaños de un primo y se quedó dormido, por eso no llegó a su puesto en su horario habitual. A la mañana siguiente, cuando más o menos pudo recuperarse del malestar, fue al trabajo y se encontró con que se estaban llevando presos a sus compañeros. Su suerte no podía ser sino un milagro del Santísimo Sacramento del Altar, por eso estaba haciendo las diligencias necesarias para trasladarse a las costas de Naiguatá, en donde se inscribiría en una de las cofradías de allí para convertirse en Diablo Danzante.

–Para Diablo se hubiera quedado en Miraflores –interrumpió mi madre.

Dedicándole una mirada de desdén, el doctor explicó adónde quería llegar: si quienes llevaban el caso habían tomado una medida tan radical como para mantener a una veintena de guardias en la cárcel, de donde saldrían «buenos para nada», no era por exagerar. Tenían a Mujica y a Barrientos, los autores materiales del asesinato, pero ellos eran unos simples peones; las personas prescindibles de una enorme conspiración, quizá internacional, diseñada para acabar con el general Gómez y su familia.

–Iriarte dice que escuchó algo sobre una mujer esa noche en palacio –añadió el doctor Gurruceaga dando vueltas al brandy dentro de su copa. Miraba su bebida como si esta le dictara las informaciones.

El rubor trepó por mi cara, miré hacia donde estaba papá, pero él me esquivó. Para doña Francisca esa solo podía ser Dionisia Bello: por algo la habían sacado del país «en volandas». El doctor Gurruceaga saltó encima de ella, mandándola a callar. Dijo que estaba averiguando de quién se trataba:

–Es una mujer joven. Me lo contó Ovideo Pérez Agreda.

–¡Cómo te gusta decir nombres, Teófilo! –acotó mi madre.

Ahora era papá quien mandaba a callar a su mujer. Furioso, don Antonio le llamó la atención y dio énfasis a sus palabras cruzando los brazos sobre su pecho, como un padre cuando descubre a sus hijos en alguna bajeza. Era un caballero de los de antes y le parecía reprobable que papá y el doctor Gurruceaga mandaran a callar a las mujeres, una de ellas la suya. Como un zagaletón sorprendido en una sinvergüenzura, papá bajo la cabeza. El doctor Gurruceaga se disculpó sin perder mucho tiempo y continuó con su narración. Explicó que Pérez Agreda era el general encargado de hacer la auditoría del ejército y de ayudar con el caso al general Julio Hidalgo, el nuevo gobernador. Ahora hablaba con tono moderado. En un cable dirigido a Presidencia, Pérez Agreda contaba que la semana siguiente, cuando se

210

recuperara de «una dolencia», le suministrarían a Barrientos algo llamado «la droga». En ese punto de su narración, un golpe seco sonó en la esquina del salón. Papá había dejado caer la tapa de la vitrola. El descuido pasó desapercibido para todos, pero yo reconocía sus nervios como míos. El doctor aún sintió la necesidad de explicar que la droga era una especie de suero de la verdad.

–¿Un «suero de la verdad»?, ¿cómo «suero de la verdad»? –dijo papá como si se tratara de la pócima de un hechicero.

El doctor Gurruceaga sonrió. Infló un poco el pecho, se acomodó en su silla y comenzó una perorata como si fuera a explicar un pasaje intrincado de la Biblia. En los tratamientos administrados a los militares sobrevivientes de la Gran Guerra con traumas nerviosos, la psiquiatría y otras ramas dedicadas a la higiene mental descubrieron el uso de ciertos compuestos clínicos provenientes de ácidos barbitúricos. Un grupo de doctores en Viena tenía años utilizando una de estas drogas para desbloquear los recuerdos particularmente traumáticos de ciertos supervivientes, con buenos resultados cuando se combinaban con terapias hipnóticas. El único problema era su acción demasiado breve y la resaca de migrañas y dolores estomacales, que enfermaban al paciente durante varios días.

–¿Y este general Pérez Agreda es psiquiatra? –intervino don Antonio. Estaba de pie y tenía las manos sobre los hombros de su esposa.

El doctor Gurruceaga sonrió con ademán cínico y buscó a papá con los ojos. Este seguía parado al lado de la vitrola, ahora con un disco en la mano, pero con los ojos enormes y la boca abierta, como si acabaran de informarle que era él quien recibiría el tratamiento con barbitúricos. Mi madre se persignó. Doña Francisca le daba palmaditas cariñosas en una mano a su esposo y se lamentaba en un murmullo por el futuro de Barrientos. Yo me imaginaba el cuerpo amoratado y sanguinolento del lacayo en una pequeña oficina espartana cuya única conexión con el exterior era una ventana hacia el patio interno de La Rotunda, por donde entraban el eterno sonajear de los grillos de hierro y los gritos de los torturados. A esas alturas, Barrientos reconocería muy bien a qué padecimiento correspondía cada grito. Las vocales rebotaban en las paredes desnudas del edificio si el encarcelado sufría golpes, latigazos o alguna cortada. Pero un hombre en el cabestro de tortura o colgado de los testículos no tiene la fuerza para gritar: emite un sonido cavernoso desde el centro de sus vísceras, un sonido que se replica en cada habitación, como las campanadas dentro de la torre de un campanario, un sonido que no entra por los oídos sino a través de cada poro de la piel.

En ese momento, al verlo temblando como una hoja, el hombre-máquina, que no era psiquiatra ni podía ocuparse de la higiene mental de nadie, le informaría que estaba todo listo para suministrarle «la droga». Por supuesto, Barrientos no tendría idea de qué droga le hablaban, pero igual no podía hacer nada para evitarla. Sentiría un pinchazo en su hombro, quizá precedido de un golpe, toda la «terapia hipnótica» que Pérez Agreda estaría capacitado para suministrar. A continuación, lo embargaría la somnolencia, un sosiego con brevísimos ribetes extáticos donde se diluirían los dolores de su cuerpo mortificado. Escucharía las palabras de Pérez Agreda como un sueño dentro de otro sueño. Intentaría responderle. Haría todo lo posible por hacerlo, de verdad. Pero sentiría la lengua enorme. Los labios incapaces de pronunciar más que balbuceos. De la desesperación, porque estaba al tanto de cuál era el castigo para quien no hacía la voluntad de los interrogadores, vomitaría palabras descoordinadas. Diría cualquier cosa. Hasta que tuviera consciencia de su corazón acelerándose dentro de su pecho, cada palpitación replicándose como un nuevo hachazo dentro de su cabeza. Así volverían los dolores. Entonces pondría atención al general. Mucha atención: más atención a ese general que a nadie en el mundo. «¿Qué es lo que quiere saber?», se preguntaría con la lengua enredada o quizá se lo preguntaría sin articular una palabra. Y Pérez Agreda preguntaría quién era esa mujer joven que estuvo la noche de su muerte con don Juancho. Barrientos no podría decir su nombre. Pero recordaría muy bien el de su padre. Evaristo Gutiérrez, el montonero que le robó una puta a don Juancho. Evaristo Gutiérrez, el cháchuro que hizo riqueza con la usura. Sí, ese mismo: Evaristo Gutiérrez, el padre de la mujer malasangre.

La voz titánica de papá interrumpió mis pensamientos: informaba que eran las seis y media de la tarde. Como si le hubiera bajado una fiebre repentina, la palidez le borraba el contorno de la boca y tenía los ojos encendidos. Estaba sonando un concierto para piano de Beethoven. El doctor Gurruceaga se demoró un rato en el reloj de la pared y dijo que era hora de marcharse. Pero los Malavé lo detuvieron.

–Evaristo, ¿y no vamos a brindar? –dijo doña Francisca. Papá la miró como si no comprendiera de qué hablaba.

–¡Claro! ¡La concesión! ¡Mira que tienes suerte, chico: la última concesión en la vida firmada por el finado y es justamente la tuya! –exclamó don Antonio dándole palmadas en la espalda a papá–. ¡Por lo menos para tomar una copita nos dará tiempo antes de despedirnos!

El doctor Gurruceaga se acercó a papá. También lo palmeó en el hombro. Luego le estampó un beso en el cachete a mi madre. Ella, disimuladamente, se limpió. Yo los miraba como si hubiera entrado en una comedia absurda, sin dar crédito a mis oídos. ¿Era esa noticia motivo de fiesta?, ¡pero si los Gutiérrez estábamos a punto de aparecer como accesorios en la muerte del segundo hombre más poderoso del país! Desde otro mundo escuché la voz de papá llamarme, mandón. Me pedía buscar la botella de *champagne* en la cocina, donde Teresa la estaba enfriando. Me pedía seguir siendo la doncella de siempre, representar mi papel secundario en la opereta. Me pedía silencio y cortesía.

De camino a la cocina, mientras intentaba disimular mi renqueo, la imagen de Barrientos ocupaba toda mi mente. Seguro que no tendría problemas para reconocernos a papá y a mí. Eso si no lo había hecho ya: me parecía sospechoso que ese hombre, por salvarse, no hubiera identificado, por lo menos, a papá. Mi condición femenina me salvaba de La Rotunda, por supuesto, pero no me eximía de las torturas y otros sufrimientos similares. Algo nefasto pensarían para mí, de eso no me quedaba duda. Sin embargo, ya el dolor me había quitado el alma antes siquiera de mirar la cara del general Pérez Agreda. Era un dolor siniestro, donde lo familiar es incomprensible. Un sufrimiento cuyas raíces se encontraban en una prevaricación inexplicable. No fue un gesto de magnanimidad de papá llevarme a *El último vals*. Era parte de su plan para acercarse a don Juancho. Esa revelación estaba en el centro de una red de implicaciones, cada cual peor que la otra, cuya comprensión arrojó luz sobre los detalles del homicidio de don Juancho y atravesó mi cuerpo como una descarga eléctrica. La rabia dentro de mí regurgitaba con la fuerza y el calor del petróleo a punto de sacudirse fuera de la boca de la tierra. No me percaté de cuándo Teresa puso entre mis manos la botella de *champagne* para que la llevara al comedor. Miré su cuello grácil y su vientre ovalado como si me hubieran entregado una escultura de cristal tan delicada como la dignidad de una mujer. Luego, la estrellé contra la pared de la cocina.

214

Papá entró hecho una furia. Sus ojos inyectados reflejaban mi rabia. Teresa corrió a la parte de atrás de la cocina, con el pretexto de buscar una escoba. No dejé a papá hablar. Conteniéndome, le pregunté si aquella noche había usado mi malasangre como herramienta del asesinato de don Juancho. ¿Qué sentido tenía exponerme a mí, con mi condición todavía en estado *salvaje,* en lugar de aprovechar *su* hematofagia? Por la expresión de su cara, era evidente que mis palabras lo sorprendieron, pero la tensión de su rabia no amainó. Echó un vistazo hacia la sala a través de la puerta batiente y me pidió bajar la voz. Era un decir, porque yo no estaba gritando. Como era su costumbre en las discusiones, intentaba ganar tiempo para evitar un enfrentamiento conmigo. Intentó explicarse. Fuimos a Miraflores para buscar la concesión firmada por don Juancho, pero bebimos mucho y no recordaba cuándo me perdió la pista. Mentía mal y sus estrategias de dilación me las conocía, así que comencé a hablar sobre sus explicaciones. Comencé por lo imposible de negar, lo celebrado en el comedor: don Juancho otorgó una concesión petrolera a quien le robó. ¿En qué mundo el premio a un criminal tenía sentido? No en uno dirigido por los chácharos, eso era seguro. A menos, claro está, que papá hubiera encontrado la manera de pagarle a su superior lo sustraído. Él pensaba como un capitalista y yo no era su hija sino su propiedad. Sabía que la agresión de Miguel no le había quitado valor a mi cuerpo y cualquiera podría pagarlo como nuevo para usarlo con su crueldad particular, antes de que lo depreciaran la edad y los trabajos del convento. Si hubiera tenido alma, nunca me habría atrevido a hacerle esa pregunta, pero por culpa de él ahora era solo carne.

—Papá, ¿solo me vendiste a la lujuria de un hombre abominable o también le informaste que yo era malasangre, como la puta que le robaste?

XII

La fecha pautada para administrarle a Isidro Barrientos la droga era el lunes. El miércoles antes, papá había anunciado que ese fin de semana él y mi madre viajarían a La Habana para tomar el vapor de la Compañía Trasatlántica pautado para salir el sábado con ruta a España. Eso le daba a ella dos días para arreglar «solo lo necesario para el viaje», según le pidió su marido. Debían limitarse a un par de maletas. No iban «de vacaciones»; estaban «huyendo», le recalcó. Igual, la cara risueña de mi madre no podía ocultar su expectación y no la culpo: por fin conocería Europa. Preguntó a papá si se mudarían a España o a Francia. Él la ignoró, igual que hizo cuando inquirió sobre la duración del viaje.

—Por favor, Cecilia, ¡ni una palabra de esto a nadie! –la urgió papá. Ni siquiera al confesor podía revelarle su decisión.

A Teresa le pagaron el mes de julio como si lo hubiera trabajado completo y una jugosa gratificación por los años de servicio a la familia. Ella quiso comprometerse a cuidar la casa hasta su regreso. Pero papá no podía asegurar cuándo volverían. Era preferible dejarla ir. Podía volver con su tribu

216

y, si no había encontrado nada mejor para cuando papá volviera, entonces no dudaría en contratarla de nuevo. Hasta mi madre, que la detestaba, estaba complacida con el trato, tanta era su alegría por el viaje.

Luego papá se dirigió a mí. No hablábamos desde que reventé la botella de *champagne*. Esa tarde, él y mi madre tuvieron que deshacerse del doctor Gurruceaga y de los Malavé con cualquier excusa para que no se dieran cuenta de mi reacción. Después de nuestro enfrentamiento y para evitar responder a la pregunta que había quedado en el aire, filosa como un vidrio de la botella rota, papá me metió en mi cuarto.

—¡Allí se quedará hasta que se le pase lo malcriada! —rugió. Luego cerró la puerta con llave. Solo salí cuando papá quiso hacerme partícipe de su plan para escapar.

Aproveché mi encierro para repasar con cuidado cada hecho de los últimos tres meses. El fin de mi relación con Miguel. La negativa del padre Ramiro a reformar o siquiera aceptar mi malasangre. La brusca propuesta de Modesto. La agresión de don Juancho. Las revelaciones hechas por el viejo Carraz y por el doctor Gurruceaga. En ninguno de esos episodios conseguí una acción o una actitud de cariño de papá. No me sacrificó para salvarse de la bancarrota; me vendió para hacerse rico. ¿Qué diferencia había entre eso y la propuesta de Modesto? Por lo menos, a la perversidad de mi tutor no la protegía un vínculo sanguíneo y era mi decisión si quería desempeñarme como «dama de compañía». Pero papá me imponía el convento como hizo con don Juancho. Allí me mantendría hasta encontrar un uso para mí u olvidarme. En casi tres años yo podría rechazar los votos y salir de mi encierro, pero ¿qué futuro le esperaba a una mujer sola, sin padres para protegerla? Una persona cuya educación ha sido interrumpida, preparada solo lo suficiente para hacer más llevadera la vida de otro, cuando no simplemente para adornarla. ¿La vida no me hubiera obligado a convertirme entonces en una «dama de compañía»? Y sería mucho peor, porque los hombres a quienes acompañaría serían los más miserables. Tampoco tendría opciones para escoger, porque también sería pobre. Casi era mejor si me moría de vieja en el claustro.

En cualquier instante llegarían el padre Ramiro y la madre María Soledad a buscarme para ponerme a las órdenes de la congregación del Santísimo Sacramento del Altar. ¿Tendría esta gente un tratamiento para los males causados por el vampirismo? Papá ordenó a mi madre hacer primero mi maleta. Ella asintió con diligencia y me señaló el camino de vuelta a mi cuarto. No era muy complicada la tarea impuesta: tres o cuatro mudas de ropa interior cómoda, una batola de algodón para dormir, quizá dos pares de medias, tres si se sentía generosa, y uno o dos vestidos pasados de moda, recatados y negros, si los tenía en ese color, para cuando no tuviera necesidad de llevar el hábito. Ella salió de la habitación para volver con mis documentos de identidad. Los metió en la maleta. En ese momento sonó el timbre de la puerta y, antes de retirarse para recibir a los religiosos, me recordó que faltaban las cremas y los tonificantes para mi aseo personal.

En el pequeño espejo ovalado a juego con la jofaina se reflejaba mi cara. Allí no apareció una chica afeada por las heridas como en los tiempos del bozal, sino una mujer demacrada por la tristeza. Ya mi corazón no latía con su energía de siempre, sino con la cadencia melancólica de alguien condenado a la cárcel. Lancé la maleta contra el espejo y este fue a dar al suelo, con todo y jofaina. De nuevo, mi rabia fue un montón de vidrios rotos. Un segundo después, papá abrió la puerta de una patada:

–Usted no aprende, ¿verdad?

¿Cómo responderle a un animal cuando ruge? Me agarró por un brazo y me llevó a rastras con todo y maleta. Yo intentaba zafarme dando manotadas y patadas en el aire, con frecuencia golpeándolo a él, como a mí misma. Las piedras del patio central me rasgaron la falda y las piernas. Una pimpina que usaban de maceta cayó sobre el suelo quebrándose con ruido terroso. En la sala, papá nos depositó, a la maleta y a mí, a los pies del padre Ramiro. Paradas a su lado estaban mi madre y la religiosa María Soledad. Vi a Teresa mirándonos, a una distancia prudencial, desde el comedor. El sacerdote estaba hablándome, pero yo solo reparé en el ridículo sombrero que usaba para taparse la calva. En mi pecho palpitaba un seco estado de excitación. Hice un esfuerzo para no golpearlo. ¿A quién se le ocurre dar los buenos días en un momento semejante?

–El padre Ramiro te habló, Diana, ¿no vas a responderle el saludo? –preguntó mi madre.

Papá me pateó sin mucha fuerza y me revolví un poco en el suelo, sin decidir todavía si quería levantarme. Miraba a la monja. Desde mi perspectiva, el ancho de su cadera y su papada se veían exagerados. Pero lo peor era su sonrisa tontona: me llenaba de indignación. ¿Me vería así en unos meses, cuando las prácticas del catolicismo imprimieran en mi mente una inocencia alienada de lo que ocurre en el mundo?

–¿Y a ti, vieja bruja, cuánto te pagaron por meterme presa? –espeté. Toda ojos, la madre María Soledad tembló un poco y bajó la cabeza.

–¡Diana!, ¿qué modales son esos? –replicó mi madre.

Escuchaba sus palabras dentro de una nube de desidia. Me acomodé en el suelo, con la espalda recostada en la pata de una de las poltronas. Con un dedo tembloroso señalé al padre Ramiro. Conté de cuando quise obligarlo a practicarme un exorcismo. Quería «quitarme lo malasangre», dije mirando a mi madre, pero él se había negado. «¡Bendita misericordia la suya!», alcé hacia el cielo los brazos, con gesto teatral. Mi respiración era cavernosa; las palabras me salían del centro del estómago vacío, haciéndose eco por todo mi cuerpo con entonación aguda. Nadie se atrevía a decir una palabra. En la expresión firme de ella apareció una lágrima. ¿Cómo?, ¿lloraba por mí? ¡Eso no podía creerlo! Nunca tuvo un gesto maternal y no era su estilo esperar al último momento para demostrar nada. El sacerdote intentó defenderse refiriéndose a la claridad con que expuso sus razones. Hasta una parábola me había contado. Le recordé su condena: pasarme la vida luchando contra el mal, sin poder nunca remediarlo.

—No es el sufrimiento lo que debe mortificarte, hija mía, sino la necesidad de purificación.

En ese momento fui consciente de que estaba descalza, y a través de los pliegues de mi falda maltrecha observé el dedo gordo de mi pie sangrando, por la violencia de papá al arrastrarme. Señalé el dedo y, mirando al padre Ramiro, le pregunté si ya había sufrido lo suficiente para su religión. Lo llamé «viejo hipócrita». En ese momento, algo estalló dentro de los ojos de papá. No me permitiría un comportamiento semejante en su casa, gritó el hijo del párroco. Sus palabras me sonaban lejanas, como si vinieran desde la casa de al lado. Sus argumentos se acababan y solo podía recurrir a explicaciones arbitrarias: «*mi* malcriadez», «*su* casa». *Su* hija, *su* patrimonio.

—Te odio, Evaristo Gutiérrez. Te odio —espeté.

El tiempo se detuvo. Lo detestaba, era verdad. Pero también lo adoraba, aunque me lastimara como nadie. He allí el problema de los vínculos consanguíneos: no hay racionalidad en el cariño. Como si no fueran mis palabras de rechazo, las volví a escuchar afectadas por el aire y mi humor. Papá me miraba impávido, pero detrás de cada sílaba pronunciada por mí sonó una recriminación de mi madre. «Te comportas como un animal», escuché sus palabras a mis espaldas. ¿O más bien me llamó «salvaje»? Solo me acuerdo del efecto de sus palabras porque no me golpearon en la cabeza ni en el corazón, sino en la boca: me hicieron consciente de la fortaleza de mis dientes y del largo de mis uñas, incluso me pareció sentir mi piel curtiéndose. Era como si su verbo hubiera conjurado la tan temida transformación en mí. La verdad, no era una tragedia. Si para huir de las expectativas de mis padres debía convertirme en una bestia, ¿qué me detenía?

Mi madre me dio una patada en las costillas. La punta roma de sus zapatos rasgó algo más que mi piel. El llanto le humedecía la cara y el padre Ramiro sostenía sus hombros. Representaban una escena bíblica: el fiel san Juan consolando de la desgracia a la Virgen María. ¿Virgen, mi madre? La carcajada que solté me dolió en las costillas, como si Longino me las hubiera atravesado con su espada.

–Dime: ¿cuando te confiesas con este hombre le cuentas sobre el gozo *carnal* de tus labores de esposa?

Su llanto se detuvo en seco. Me miró, estupefacta. Espiándola a ella y a papá, yo había descubierto para qué servían los cuerpos. Si él me contagió la hematofagia, a ella debía el vínculo entre el gusto por la sangre y la lujuria. Era *humana,* pero tenía inclinaciones tan animales como las mías. ¿A cuenta de qué se consideraba menos malasangre? Distinta a la palidez mortal de mi madre, la expresión del padre Ramiro estaba encendida. ¿Le habría contado ella algo tan íntimo? Tenía razón Modesto cuando decía que la sexualidad de una mujer era un tema tabú. La Ley de Dios la obligaba a querer a su esposo como a un hermano, entregándose a él solo para cumplir el deber moral de la procreación. En el amor por su esposo, ella había descubierto y disfrutado su cuerpo de mujer. Pero ¿quién puede enamorarse de un monstruo sin hundirse en el abismo? Ella comenzó a hablar sin mucho sentido: la verborrea de las excusas. Mi madre salió de su pasmo para zambullirse en una catarata de palabras, pero sus razones eran inútiles, como los gritos de los encarcelados en La Rotunda. Al final me llamó «prostituta» y se dejó caer sobre el sofá, derrotada.

¿Y qué otra cosa podía ser? En eso me había convertido su marido.

El padre Ramiro intentaba articular sus pensamientos de alguna manera coherente para disminuir la intensidad de la escena. Balbuceó unas frases inconexas, descartó algunos pensamientos y, vencido por el momento, se limitó a hacer la señal de la cruz en el aire, como si ese gesto pudiera sacar a flote el poco fervor religioso aún dentro de mí, pero marcó un silencio breve donde se diluyeron la capitulación de mi madre y la de su confesor. Como un murmullo muy bajo, escuché una oración cuyos versos no podía discernir. En la esquina por donde se entraba al comedor, me encontré al dúo ridículo de la monja abrazada a Teresa. Me inspiraron una carcajada gutural parecida al nuevo tono agudo adquirido por mi voz.

Papá se sentó en la poltrona a mi lado, conteniendo su rabia. Me dijo al oído que ya habíamos decidido lo del convento. Era, por supuesto, una mentira. Yo nunca decidí nada: no hice sino oponerme. ¿Por qué, si él rechazó convertirse en sacerdote, yo estaba obligada a tomar los votos? Si él hubiera cumplido la promesa hecha a su padre adoptivo, no habríamos estado en esa situación. Papá miró al padre Ramiro y a la madre María Soledad y les pidió que esperaran «un momento» fuera de la casa. A ninguno debió repetir la solicitud. Salieron con paso ligero, agarrados de las manos, como dos jóvenes criados enamorados a quienes el amo ha reprendido por verlos besuquearse mientras debían estar trabajando. Cuando le faltó el abrazo de la monja, Teresa corrió a refugiarse en la cocina.

El sonido de la puerta batiéndose fue como una señal. Papá se levantó de la silla y, limpiándose el sudor de la frente con un pañuelo que llevaba en el bolsillo del pantalón, comenzó a dar vueltas. Hablaba como si quisiera contemporizar conmigo. El vínculo entre nosotros estaba roto y lo único que me unía a él era la curiosidad. Inquirí por qué mató a don Juancho. Mi pregunta no salía de la nada y él lo sabía, pero prefirió hacerse el sorprendido. En mi expresión impávida no cabía la tolerancia. Aceptó el fracaso de sus razones y respondió con la misma economía de palabras de mi pregunta:

–Don Vicentico me lo pidió.

En el fondo, no esperaba otra respuesta. Allí estaba su esencia: no era un padre ni un hematófago y carecía de la sensualidad de un vampiro, él mataba a personas porque otros, *sus superiores,* se lo pedían. Él era, y siempre iba a ser, un hombre inferior, casi un simple animal. Un cerdito magro al servicio de la infamia de cháncharos glotones en el poder. La escueta respuesta, sin embargo, no era suficiente para aclarar el homicidio: si era más un animal político que humano, ¿por qué remató al adversario con tanta saña?

Papá tomó aire y comenzó una narración extravagante incluso para un monstruo. Cuando llegó al cuarto de don Juancho se encontró con su cuerpo sobre el mío, muerto o casi muerto por mi mordida. Lo remató con una puñalada directa al corazón y me apartó de él para acomodarme el vestido. Me sacó de la cama y me llevó a un lado del cuarto para volverse a chupar la sangre del muerto, aún caliente. En ese momento entraron Isidro Barrientos y Encarnación Mujica, cada uno con un cuchillo en la mano. Se miraban sin explicarse cómo el hombre a quien querían asesinar había sido muerto antes. A ellos los había contratado doña Dionisia Bello. Madre e hijo no supieron ponerse de acuerdo sobre la mejor manera de retirar al obstáculo para la sucesión, y cada uno por su lado resolvió el problema a su manera. Todos querían derramar la sangre del tirano. A papá le hubiera gustado, también, bebérsela. Pero debía dejar a la historia seguir su curso. Además, el cambio de los acontecimientos le convenía. Los ayudas de cámara del muerto lo creyeron un hombre enfrentado a una tragedia, quien enceguecido por la rabia y para vengarse de la vejación cometida contra su hija mató a un desgraciado. ¿Podía haber un motivo más noble para un asesinato? Tenía lógica, pero no conocían a papá.

–Por eso La Sagrada no ha venido a buscarte, porque Barrientos defiende tu... ¿*bonhomía?* –Casi era un chiste y no tenía ganas de reírme.

A un lado estaba mi madre. Nos miraba con el rostro lívido. Tenía la boca abierta. Miró alrededor sin comprender nada. Luego caminó hacia su cuarto. De esa manera salió de mi vida. Quién sabe cómo conseguiría papá, después, recobrarla para la suya.

La presencia de Barrientos y de Mujica con intención de asesinar a su patrón resolvía el enigma de las treinta puñaladas y el desmembramiento. No sé cómo, papá pudo averiguar más detalles sobre los motivos del crimen que no llegaron a cometer: Barrientos fue el amante de don Juancho durante años y, con frecuencia, le facilitaba hombres –o mujeres si se daba el caso– para divertirlo. Luego apareció un «amigo» con aires de señoritingo que llamaba a los amantes «*partenaires*» y buscaba muchachitos cada vez más parecidos a las muchachitas. Así, el viejo capataz y sus ofrecimientos de pelo en pecho pasaron de moda. Barrientos se convirtió en un juguete demasiado tosco para su jefe y si se mantenía en su puesto era porque don Juancho estaba acostumbrado a sus maneras de «perro viejo». Pero los perros viejos también muerden. Por eso, él fue el primero en clavarle el cuchillo a su cadáver. Mujica lo secundó, dándole una o dos cuchilladas, por hacer algo, y pronto se cansó. Luego presenció, atónito, la saña de su primo contra el cadáver, cómo se excitaba con cada arremetida y, con la fuerza mastodóntica de su pasión no correspondida, lo desmembró.

–¿Por qué no mataste a don Juancho antes de que me agrediera? –pregunté.

Papá había hecho una pausa para tomar aire. Me miró como si no comprendiera qué le preguntaba. Pero solo le tomó un segundo darse cuenta. Y entonces abrió los ojos enormes, como si fueran a salírsele de la cara. No necesitó decirme lo que su expresión mostraba con coherencia: ni siquiera se le había ocurrido la posibilidad de matar a don Juancho *antes* de entregarle mi cuerpo. Tan poquito le interesaba mi suerte.

Tomé la maleta y él se vino sobre mí. Forcejeamos. Entonces tuvo el mal tino de llamarme «hija mía». La frase me encendió. ¡Estaba sonreído!, ¿qué querría demostrarme? Lo derribé con fuerza y cayó sentado sobre una mesa. Se desplomaron algunas figuritas de cristal y su cabeza dio contra una pared. Una herida. La sangre. Entonces, la mano de la gula me abrió un vacío en el estómago. Las encías me ardieron con sensación familiar. Tuve plena consciencia del tamaño y la fuerza de mis dientes. Los ojos de papá me miraban, redondos y enormes, transmitiendo genuino terror.

Lo mordí. «¡No bebas de mí!», me imploró con un susurro en el oído. Lo único de valor que heredé de él fue su sangre, ¿por qué no iba a tomarla? Sentí un empujón y un golpe seco en la espina dorsal. De un sopapo, papá consiguió liberarse. Estaba contra la pared y mi espalda se arrastraba con trabajo por la fuerza de la gravedad, hasta que quedé sentada en el suelo; una muñeca de trapo con la boca llena de sangre. Mi labio se había partido y su sangre era una con la mía. Pasé la lengua sobre la herida. No puedo negar que me excité. Mi transformación estaba completa.

El vampirismo era la verdadera evidencia de mi degeneración. Mi agresividad sexual, mi negativa a tener hijos y mis ideas de vanguardia me acercaban a ese espacio entre los sexos habitado por invertidos, aunque el fundamento de mi lujuria fueran los hombres. La hematofagia fue el principio de una enfermedad empeorada por mi condición de mujer en una sociedad donde los hombres escribieron las reglas. Hombres de armas, para empeorarlo todo. Si tenía que convertirme en una bestia para poder ser libre no tendría ningún problema. Quizá llegara a disfrutarlo. Era una degenerada con ideas cruzadas y, como era natural, la falta de mi alma dejó espacio para la perversidad. Pero ¿qué puede decirse de quienes traicionan a los miembros de su familia? Para ser perverso, como decía el padre Ramiro, uno debía causar daño intencional a otra persona. Yo ataqué a quienes me atacaron y estaba dispuesta a aceptar mi corrupción. Lo insoportable era la pátina de rectitud sobre mis padres. Su hipocresía. En especial la de papá. Como don Vicentico, el autor intelectual de la muerte del tío a quien debía considerar un hermano mayor, papá me vendió a la crueldad de un hombre. Eso lo hacía tan perverso como yo, aun si no podía equipararlo con un invertido. En cuanto salí de casa supe que más nunca lo volvería a ver. Desde ese día me mudé a casa de Modesto. Él prohibió a sus criados hablar sobre mi presencia, dejó de llevar invitados a casa y redujo sus salidas de diarias a semanales. Como tenía en la maleta mis documentos de identidad, no le costó mucho trabajo conseguir un notario dispuesto a cambiarme el nombre. Pasé a llamarme por mi segundo nombre y segundo apellido: Coromoto Martínez. Dos décadas después, cuando por fin pude mudarme a la Rive Gauche de París, tomé el nombre de Corò, Corò Martin.

Me convertí en dama de compañía y debo decir que al principio fue menos duro de lo que pensé. ¿Qué otra cosa podía hacer? Yo era una mujer sin dinero, incapacitada para asumir la avasallante energía ofrecida por el mundo y necesitada de una millonaria inversión que solo podía costearme la belleza brevísima de mi edad. Como era natural, comencé por aceptar la invitación de Magnus McBeaty. Era un poco más viejo que como lo recordaba de la fiesta en Las Acacias y la ropa le quedaba grande igual que el frac de ese día, como si nunca pudiera llenar el espacio en el mundo reservado para él. En Nueva York aprendí que no era yanqui sino tejano, el mejor estilo de «yanqui» si me preguntan, porque su gentilicio se acostumbró al dinero fácil y no se preocupaba mucho por adónde iba ni de dónde llegaba. Era, como decía Modesto, un hombre inmensamente *rich* y, para colmo de la suerte, le encantaba gastar el dinero, característica que supe aprovechar para mejorar mi educación y mi apariencia. Hasta la crisis bancaria del año 29 estuvimos saltando entre Estados Unidos y Europa. Nunca olvidé la advertencia de mi extravagante tutor sobre el uso que debía dar al dinero: la libertad pertenece a las personas instruidas. Aprendí a hablar inglés y francés y con el dominio de ambos idiomas accedí a lo mejor del pensamiento universal. En menos de un lustro ya podía conversar de cualquier tema y con frecuencia sorprendía a los hombres con mis conocimientos de *encyclopédiste*.

Cuando McBeaty se encontró incapaz de satisfacer mi necesidad de sangre llegamos a un acuerdo que me permitía saciarme con personas más jóvenes, siempre y cuando le fuera permitido espiarnos. Un año después de este arreglo, la indiscreción de uno de esos acompañantes alertó a su esposa y debí mudarme a La Habana, lugar desde donde podía entrar y salir de Norte y Suramérica a placer acompañando a los hombres que quisiera. Tuve amantes más viejos o más ricos que McBeaty, pero él siempre fue especial. Es verdad, al principio no dejaba de compararlo con el viejo Carraz, pero mi relación con el yanqui fue similar a esa que las chicas decentes establecen con su primer amor: me enseñó qué esperar de los viejos ricos, como el enamorado iniciático enseña a otras la fibra del corazón de los hombres. La guerra me agarró recién mudada a París, pasados los treinta y dos años y un poco decepcionada de la realidad. Era demasiado tarde para los «años locos» y muy temprano para el resto de la vida. Así que sobreviví como pude y terminé de enterrar los resabios coloniales de la sociedad provinciana donde me había criado. Para cuando terminó la guerra, ya nadie podía adivinar mi procedencia americana y tampoco importaba mucho.

De papá supe muy poco después de dejar la casa. Esquivó La Rotunda de milagro. Gracias a la droga de la verdad, Isidro Barrientos no solo recordó a la misteriosa hija de Evaristo Gutiérrez, sino la figura siniestra del mismísimo usurero tan odiado por los centranos, de pie frente al cuerpo exánime de su patrón. Desde ese momento comenzó una persecución sin cuartel contra papá, quien tenía días embarcado en un buque y estaba a punto de llegar a puerto español. Por suerte para él, a nadie le convenía el lugar hacia donde avanzaban las pesquisas sobre el crimen, y una mañana apareció en *El nuevo diario* un artículo con profusión de datos donde se culpaba de ordenar el asesinato a los miembros de la oposición en el exilio. El resto de los periódicos secundaron la información, algunos incluso aportando más pruebas. En ese momento acabó la persecución, y la acusación en su contra se perdió en el olvido conforme don Vicentico se consolidó como único vicepresidente del país. Como era también el inspector general del ejército, no fue muy difícil desviar las sospechas hacia otro lado. Mientras tanto, su madre se había instalado cómodamente en Europa y su mujer, Josefina Revenga, soñaba con la muerte del general Gómez para estrenarse como primera dama. Pero la sangre pesa poco cuando el poder está en juego. Y la de los Gómez era sangre de hiel. Durante un lustro, el general Gómez prestó oídos sordos a quienes culparon a don Vicentico y a doña Dionisia de la muerte de don Juancho. Su confianza en su hijo fue inquebrantable hasta una tarde del año 1928, cuando lo obligó a exiliarse. Esa mañana, el presidente se había entrevistado con el arzobispo de Caracas, monseñor Rincón González. Los historiadores se han pasado años tratando de dilucidar qué secreto de confesión reveló al Benemérito para que tomara tal decisión. Y la acompañó con una carta al Congreso donde exigió que a ningún hijo suyo le fuera permitido trabajar en política. Así se selló la sentencia de muerte de la barbarocracia que todavía tardaría siete años en terminar de extinguirse.

Entre los años 1923 y 1925, los hombres-máquina del Gobierno decomisaron las dos haciendas de papá. Modesto pudo salvar, en el último momento, Gutiérrez & Compañía. Por un milagro del santo de los avaros, sea quien sea su protector diligente, también rescató la concesión entregada por don Juancho que papá no pudo hacer efectiva. Modesto y yo la vendimos bastante mal, por las prisas, y el dinero dividido entre dos resultó casi nada. Lo mío fue apenas lo suficiente para los trámites de mi nueva identidad, un guardarropa adecuado, distinto a las ropas «de monja» desechadas por Modesto en cuanto abrí la maleta, y una pequeña renta depositada en un banco de Estados Unidos, como una seguridad por si acaso el futuro como dama de compañía resultaba diferente a lo esperado. El *crack* de 1929 barrió esa previsión. Pero antes de eso fui joven y tuve a Magnus McBeaty, por eso nada me preocupaba.

Con su parte del dinero y algo más del traspaso de la financiera de papá a un grupo económico regentado por ilustres enchufados, Modesto engordó sus negocios dudosos de siempre, pero abrió una nueva línea comercial: los inventos. Después de que yo me mudé con McBeaty, Modesto comenzó a recibir en su casa, una vez a la semana, a «talentos» (todos hombres, todos jóvenes) para evaluar su trabajo y estudiar la posibilidad de financiarlos. En diciembre de 1930, cuando desarrollaba algo llamado «un avisador de incendios» con un protegido suyo, Modesto tuvo la infeliz idea de llenar un bidón con aire en lugar de gasolina. El invento explotó, dejando casi inservible su pierna derecha. Yo me enteré de todo en una carta que me envió al mes siguiente, en la que me prohibía correr a Caracas para consolarlo. Con su teatralidad característica, informó que la vida pública se había terminado para él y que se encerraría en su casa «a esperar la muerte». Yo no le creí y me hice el firme propósito de visitarlo en cuanto pudiera reunir el dinero suficiente para hacer el viaje trasatlántico. Ya para ese momento vivía en París y mis finanzas, como las del resto de los europeos, no eran las mejores. Pasé casi ocho años intentándolo, hasta que recibí un telegrama de uno de sus criados en el que me informaba de su muerte. En todo ese tiempo, no había salido de su apartamento por no darle el gusto a nadie de ver cómo su apariencia física había desmejorado con el accidente y la edad.

La muerte de Modesto fue el final de la relación con un padre. Evaristo Gutiérrez falleció la tarde en que abandoné el hogar. Mi último recuerdo suyo era su sangre, cuya corpulencia oleosa resbaló ungiendo mi paladar y mi lengua hasta producirme una arcada; una memoria asociada al asco y a la sacudida. En cambio, mi último recuerdo de Modesto es el de su humanidad arrellanada en uno de sus sillones, rodeado de cojines, hablando sin parar dentro de su camisa blanquísima de bocamangas de encajes y sus calzones verde Nilo a lo Chamberlain. Preguntándome una y otra vez, muerto de la risa, qué cara puso el padre Ramiro aquella tarde cuando me vio salir de casa, dando grandes zancadas, con la maleta en la mano y la boca llena de sangre. Yo respondía que no era la cara del sacerdote, sino la expresión atónita de la madre María Soledad, la quijada hasta el suelo, persignándose una y otra vez, la pobre. La poca gente en la calle se quedaba mirando, la nueva estatura de mi orgullo o quizá la boca sucia, sin explicarse, a plena luz del día, qué líquido brillaba en mis labios. La luz blanquecina del sol que enardecía la ciudad desdibujaba las formas a mi alrededor, a excepción de la mía, perfilándose por las sombras proyectadas desde mi cuerpo. A pesar del viento frío que se escabullía entre la canícula tropical para tocarme la piel, una sensación de absoluto embeleso pugnaba por sacarme de la realidad. Quizá me había muerto. Sin marido, familia ni religión, no existía como mujer; renacía en ese momento como monstruo. Era una vampira de hecho y derecho: disfrutaba de la sangre con toda la lujuria del sexo. La perversidad fue la simple anulación de la vergüenza. Un precio mínimo que pagar por mi libertad. A una cuadra de casa de Modesto, frente al Mercado de San Jacinto, cerré los ojos. Escuchaba los pájaros y el resto de los animales. Olía el pescado, las reses y los pollos recién beneficiados. Con solo estirar los brazos hubiera podido tocar cualquier cosa. Todo estaba milagrosamente hinchado de vida. La sangre de mi boca ya no era suficiente. Como la modernidad demandaba petróleo para mover las tecnologías de la vida civilizada, yo necesitaba la sangre para reemplazar el alma que la perversidad y la mala suerte me habían arrebatado. Ahora que podía satisfacerla con libertad, tenía más sed que nunca.

ÍNDICE

Impreso en
Black Print CPI Ibérica, S. L.,
Torre Bovera, 19-25
08740 Sant Andreu de la Barca